# 스님, 지옥에 가다

이서규 장편소설

다차원북스

"모든 일에는 원인이 있고

또 결과가 있는 법입니다.

억겁의 시간을 뛰어넘는 악연도 인연이요,

순간의 찰나에 마주치는 인연도 인연입니다.

어찌 되었건 두 사람을 죽인 자를 찾아야

악연의 고리를 끊을 수 있습니다."

– 본문 중에서

## 차례

## 등장인물

**나**(휘문(輝文)스님) 거제도 포로수용소에서 가까스로 탈출한 반공 포로 출신이다. 부산 범어사로 몸을 피해 휘문이란 법명을 얻고 혜장스님의 제자가 된다. 얼마 후 나는 양구 황태사에서 계신 혜장스님의 스승 홍안스님으로부터 한 장의 편지를 받은 스승님을 따라 강원도로 떠난다. 하지만 나와 혜장스님이 도착했을 때는 홍안스님이 이미 입적한 뒤였다. 이후 연이은 스님들의 주검을 목격하게 되고, 의문의 사건이 하나 둘 풀려 가는데….

**혜장**(慧章)**스님** 나의 스승이자 황태사 홍안스님의 제자. 또 다른 제자인 현정스님과는 라이벌 관계로 의문의 스님 살해 사건을 해결해 나간다.

**홍안**(洪安)**스님** 황태사의 주지스님으로 혜장스님의 스승. 불자들 사이에서는 이른바 생불(生佛)로 추앙받는다.

**현정스님** 홍안스님이 입적한 뒤 장례를 주재하는 맏제자. 혜장스님과는 황태사 시절 라이벌 관계였다.

**은겸스님** 황태사에서 장독대를 관리하는 승려.

**도문스님** 황태사의 서기를 맡고 있는 승려.

**보성스님** 황태사에서 외양간을 돌보는 언청이 스님. 나와는 포로수용소에
서 맺은 묵은 악연이 있다.

**문혜스님** 황태사의 말사에 몸을 의탁한 비구니.

**일두스님** 황태사의 원로스님. 치매기가 심해 헛소리를 거듭하지만 살인사
건의 유력한 목격자이다.

**권박사** 시골 학교 교장 같은 분위기를 풍기는 대처승.

**경허스님** 사천 다솔사에서 온 젊은 승려. 권박사의 과거 친일 행적을 집요
하게 물고 늘어진다.

# 01

## 인연

"반동분자 새끼! 대가리를 깨깨 죽이라우!"

나지막이 속삭이는 소리에 온몸의 털이 곤두섰다. 그리고 다음 날 아침이면 어김없이 시체가 실려 나갔다. 너저분한 남녀상열지사를 입에 달고 살던 북청 물장수 김씨, 처자식 사진을 뜯어보며 눈물짓던 평양 토박이 양씨 아저씨도 그렇게 사라졌다. 60년이 훌쩍 흘렀건만 그 기억만큼은 어제 일처럼 또렷하다. 꼬박 3년이나 피비린내를 맡아 뼛속 깊이 핏물이 스며들었다. 거제도 포로수용소의 일상은 핏빛 냇물과도 같았다.

우리 막사 조장은 강원도 두메산골에서 놀던 땅꾼이었다. 혹자는 심마니라고도 했는데, 어설픈 이북 사투리를 써대며 눈깔을 부라리곤 했다. 사람이 죽고 나면 그놈은 으레 거들먹거리며 엄포를 놓았다.

"몸은 수용소에 있어도 제2 전선을 형성해야지. 이탈자는 전부 사형감이라우!"

그렇다고 당성이 뛰어난 것도 아니었다. 낫 놓고 기역자도 모르는 무지렁이가 자본론을 알 턱이 없었다. 코 밑이 갈라진 언청이였는데 빨갱이 앞잡이 노릇을 자청했다.

수용소의 아침은 분주했다. 식사 전에 몇 개 되지도 않는 화장실 앞에 길게 줄이 늘어졌다. 화장실을 오래 쓰면 고성이 터져 나왔다. 아침마다 원초적인 몸싸움이 벌어졌다. 그리고 언청이는 어김없이 그 싸움의 주인공이 되곤 했다. 놈은 최은희, 주증녀 사진을 구해 들고 종종 화장실로 기어들어갔다. 그리고 제 물건을 쥐고 흔들며 너저분한 신음을 토해내곤 했다. 미군 모포, 담배를 민간인 노무자에게서 돈으로 바꾸기도 다반사였다. 살벌하긴 해도 별것 아닌 저질이었다.

나는 이북에서 흘러든 뜨내기가 아니었다. 머리에 먹물도 들어 배운 놈으로 통했다. 그저 서울에 발이 묶여 인민군에 끌려간 이남 출신 포로였다. 당연히 무식한 막사 조장 눈에 고깝지 않을 리 없었다. 포로수용소에서의 3년은 법보다 주먹이 가깝던 나날이었다. 바로 옆에서 새우잠을 청하던 친구가 아침이면 피투성이 고깃덩이로 변해 사라져도 할 수 있는 일은 고작 모른 척 외면하는 것뿐이었다. 죽음에는 정당한 이유조차 없었다. 옳고 그름, 바르고 틀린 기준이 모호하던 시절이었다. 줄을 왼쪽에 서느냐, 오른쪽으로 자리를 잡느냐에 따라 삶과 죽음이 엇갈렸다.

빨갱이 포로들이 미군 포로수용소장을 잡고 실랑이를 벌일 즈음의 일이다. 물대포를 뿜어대며 치고 들어온 미군 앞에서 쇠스랑도, 곡괭이도 속수무책이었다. 그 뒤 친공 포로와 반공 포로를 분류하는 과정에서 나는 시뻘건 빨갱이 소굴로 밀려 들어갔다. 언청이는 배운 놈들은 다 갈아 죽일 거라며 무식한 티를 냈다. 그리고 그 화살이 내게로 향하고 말았다. 학교에서 배운 어설픈 영어 몇 마디를 철조망 너머로 미군에게 던진 적이 있었다. 그게 화근이 되어 언청이가 나를 사사건건 물고 늘어졌다. 제대로 찍히고 말았다. 그때부터 어떻게든 막사를 빠져나갈 궁리를 하기 시작했다.

양지바른 언덕 아래에서 우두커니 앞만 응시하던 중 희한한 광경이 눈에 들어왔다. 까까머리 노승이 잿빛 승복을 휘날리며 수용소를 활보하고 있었다. 살벌한 수용소에서는 좀처럼 접하기 힘든 바깥 사람이었다. 빨갱이들도 늙어빠진 중에게는 눈길조차 주지 않았다. 나는 슬금슬금 게걸음으로 스님 옆에 바짝 달라붙었다.

"중생을 구도하고 제 안에 있는 부처를 찾고 싶습니다."

물론 즉석에서 지어낸 거짓말이었다. 하지만 종교 행사에

참여하면 잠시나마 언청이에게서 해방될 수 있었다. 혜장(慧藏)스님은 제 앞가림 못하는 가련한 중생을 하염없이 바라보았다. 그리고 다음 날 수용소장의 특별 지시로 우리 막사에 포로 분류 명령이 다시 떨어졌다. 내가 냉큼 반공 포로 대열에 섞어 몸을 숨긴 것은 두말하면 잔소리였다.

기적 같은 일이 내게도 벌어졌다. 그리고 나는 직감적으로 스님이 모든 것을 움직였다고 여겼다. 슬그머니 용기가 나자 이번에는 조금 대담한 짓을 벌였다. 밀가루 포대 종이에 어지럽게 흘려 갈긴 메모를 건넨 것이다. 서울에 남은 식구들에게 생존 소식을 알리고 싶었다.

"포로수용소에서 편지를 띄웠다가는 다 빨갱이 식구로 몰리고 맙니다."

스님도 그때쯤에는 새파란 놈의 속내를 눈치챘을 터였다. 입으로는 번뇌, 중생의 구제를 외쳐도 실은 제 식구 챙기기에 급급했다. 스님은 그 뒤에도 두 번을 더 찾아왔다. 한번은 여동생이 또박또박 눌러쓴 연필 글씨가 빼곡한 편지를 건넸다. 그날 밤 편지를 읽으며 새벽까지 울고 또 울었다.

그런데 휴전을 앞두고 들려오는 소식은 흉흉하기만 했다. 북은 자기네 포로를 다 돌려보내지 않으면 유엔군, 국군 포로도 줄 수 없다고 버텼다. 어영부영하다가는 피붙이 한 점 없는 북으로 끌려갈 판국이었다. 그러던 어느 날 밤, 자유는 예고도 없이 찾아왔다.

사방이 대낮처럼 환해지더니 국군 헌병들이 철조망을 끊고 우리를 끌어냈다. 군인들이 도민증을 내준 뒤 민가에서 옷까지 갈아입게 했다. 간신히 바깥세상 구경은 했지만 불안하기는 마찬가지였다. 다들 유엔군이 도망친 포로를 잡아 북으로 보낸다고 수군거렸다. 이대로 서울 집으로 갔다가는 덜미를 잡힐 수도 있었다.

한참 후방인 부산에서도 참극이 벌어졌다. 여관방에서 자던 해양대학교 학생 100명이 하룻밤 사이에 부산 앞바다의 물귀신이 됐다. 학생들 가운데 섞여든 빨갱이 잔당을 추릴 수 없자 왕창 바다에 던져 버렸다고 한다. 국방색만 눈에 띄어도 가슴이 두근거리던 시절이었다.

거제도를 빠져나왔지만 어디로 갈지 갈피를 잡을 수 없었다. 그때 호주머니를 뒤적이다 여동생의 편지를 발견했다. 편지 겉봉에는 스님이 기거하는 부산 범어사 주소가 적혀 있었다. 동생이 영리하게도 편지를 스님 주소지로 보냈던 것이다.

나는 더 망설일 겨를도 없이 부산으로 발길을 돌렸다. 전쟁의 상흔은 사람도 도시도 변하게 만들었다. 부산 도심은 피난민들이 들어와 자리를 잡으면서 형체마저 뒤틀어졌다. 하루

끼니 챙기기에 급급한 자들이 궁둥이를 붙이고 야시장을 열어 나가테 토오리〔長手通〕 일대가 불야성을 이뤘다. 그사이에 동네 이름도 죄다 바뀌어 사카에 마치〔旵町〕는 창선동, 나가테 토오리는 광복로로 변해 있었다. 그나마 용두산 신사 앞을 지나던 전차가 남아 있어 예전 길을 되짚을 수 있을 정도였다.

'부산 지리도 모른 채 헤매다간 간첩으로 몰리겠다.'

나는 허둥지둥 범어사로 걸음을 옮겼다. 설마 흩어졌던 가족 소식까지 전해 주신 분이 사람을 내치겠나. 막연한 기대를 품은 채 산사의 문을 두드렸다. 혜장스님은 대웅전에서 동방을 뒤적이며 이를 잡고 있었다. 그 옆에서는 살집이 올라 넉넉해 보이는 주지스님이 가부좌를 튼 채 염불을 웅얼거렸다. 그런데 혜장스님은 먼 길 달려온 객에게 곁눈질도 하지 않았다. 대신 주지스님이 나를 맞았다.

"부처님의 도를 배워 중생을 구하고 싶습니다."

주지스님은 젊은 것이 거두절미하고 머리부터 깎겠다고 하자 말문을 닫았다. 그리고 내 남루한 행색을 흘끔거리기 시작했다. 세월이 혼란하기 그지없던 때였다. 바깥세상에서 떳떳이 살 수 없는 중생들이 저마다의 사연을 감춘 채 절로 모여들고 있었다.

"일본 중앙대 영문과 출신이고, 경성중학교에서 교편생활도 하셨네요."

주지스님은 그러면서도 조잡하게 쓴 이력서를 꼼꼼히 읽고 있었다. 남들보다 더 배웠고 직장도 번듯한 놈이 절로 들어왔다. 스님은 뭔가 구린 구석이 있다고 여기는 듯했다.

"소화(昭和) 19년(1944년) 징병검사에서 폐결핵 진단이 나왔지요. 그때 일본 생활을 청산하고 귀국선을 탔습니다."

나는 거짓말 반, 참말 반을 섞어가며 대꾸했다. 해방되기 전해에 귀국선에 오른 것도 맞고, 잠시 백묵가루를 먹은 것도 사실이다. 하지만 그 뒤의 행적에 대해서는 말을 이을 수 없었다. 팽팽한 어색함만이 감돌고 있었다.

"그러니께 왜놈들은 사내와 계집이 목간통에 함께 들어간다며?"

끝이 좀 늘어지는 충청도 말씨가 정적을 깼다. 혜장스님이 드디어 말문을 열었다.

"예! 그런데 왜년들은 사타구니가 아니라 젖가슴을 가리더군요."

나도 모르게 망측하게 말대꾸까지 했다. 스님은 수용소에서 서로 안면을 익혀 놓고도 꿔다 놓은 보릿자루 취급을 했다. 세파에 밀려온 가엾은 중생을 대하는 태도가 아니었기에 나도 은근히 심통이 나던 차였다. 그런데 스님은 부처님을 모신

신성한 곳에서 사타구니, 젖가슴 같은 말을 듣고도 미동도 하지 않았다. 오히려 나를 기특한 표정으로 바라보며 눈웃음을 지었다.

내친김에 친구들과 어울려 유곽에서 논 경험담도 풀어 놓았다. 한동안 지저분한 독백이 계속되자 주지스님의 얼굴이 홍당무처럼 달아올랐다. 그런데 혜장스님은 시종일관 심드렁한 표정을 짓더니 엉덩이를 들썩거렸다.

"뽀~~~옹!"

정적을 찢는 소리에 나는 드디어 입을 닫았다.

"스님 가죽피리가 울었습니다. 이제 머리 깎으셔도 되겠네요."

주지스님은 못 말리겠다는 듯 한숨짓더니 한마디 보탰다. 나중에 들은 바로는 스님은 기분이 좋으면 곧잘 한 방씩 날리신다고 했다. 나물밥에 소금국을 먹어도 왕이나 맛보던 구절판을 먹어도 사람 뱃속을 나올 때 나는 소리는 한 가지. 공양한 밥이 잘 삭아 몸 안에서 몰아일체의 경지에 오르는 소리라고 했다. 이 방귀 소리 한 번에 내 팔자가 혜장스님 제자로 탈바꿈했다.

스승과 제자의 인연을 맺었건만 스승님에 대해 아는 바가 하나도 없었다. 스승님은 범어사에 얹혀사는 객승이었다. 하지만 주지와 원로들은 승적도 없는 손님을 깍듯이 모셨다. 이듬해 봄날 볕이 따끈하게 달아오를 무렵, 요강을 비우면서 다른 중들이 쑥덕거리는 소리를 엿들은 적이 있다. 어떤 이는 스승님이 천석꾼 집 서자였는데 설움을 못 견뎌 출가했다고 전했다. 다른 이는 남의 집 머슴으로 있다가 눈 맞은 주인아씨가 시집가자 머리를 깎았다고 우겼다. 혹은 스승님이 만주로 흘러가 글방 훈장질을 했다고도 했다. 왜놈들 등쌀에 밀려 고향을 등진 뒤 독립운동 비슷한 것을 했으리라. 그런데 부친상을 당하고도 집에 올 수 없자 마당에 멍석을 깔고 망곡(望哭) 한 곡조 길게 뽑은 뒤 세상을 버렸다는 것이다. 누구 말이 맞는지 몰라도 스승님은 일자무식이 아니었다.

　선방에서 걸레질을 하며 스승님 등짐을 훔쳐본 적이 있다. 승복 몇 벌에 발우, 어려운 한자만 가득한 『법화경』이 들어 있었다. 벽장 시렁에는 일본 소설가 도쿠나가 스나오〔德永直〕가 쓴 『태양이 없는 거리〔太陽のない街〕』, 가와카미 하지메〔河上肇〕의 『빈털터리 이야기〔貧乏物語〕』가 꽂혀 있었다. 나도 해방 직후 세상이 정신없이 돌아갈 때 방구석에서 뒹굴며 들춰 본 책이었다. 시간은 남아돌고 할 일은 없어서 양놈 담배, 왜놈 책으로 시간만 죽일 때였으니 헌책방 거리에서 구한 빨갱이 소설이 폐병쟁이에게 유일한 낙이었다. 그런데 이 정도의 일본말을 알아먹으려면 중학교는 마쳐야 한다. 남의 뒤치다꺼

리로 눈칫밥이나 얻어먹던 자라면 학교 문턱도 간 적 없을 것이다.

'철조망을 넘어 빨갱이한테서 벗어난 줄 알았더니 스승이란 놈까지 시뻘겋구나!'

나는 탄식하며 신세타령을 했다. 영문과에 들어가기 무섭게 태평양전쟁이 터졌다. 왜놈들은 영어가 적성국 언어라며 바이런, 키츠의 책을 죄다 태워 버렸다. 귀축영미(鬼畜英美)라는 플래카드 밑에서 영어책을 구할 길이 없었다. 다행히 일본어 번역본은 남아 있어 도서관 문턱이 닳도록 오갔다. 명색이 영문과지만 알파벳 구경도 하기 힘들었다. 그때 다른 조선 학생들이 읽던 책을 훔쳐본 적이 있다.

대부분 오스카 와일드 같은 작가가 쓴 글을 일본어로 번역한 것들이었다. 와일드가 뭐 하던 작자인지 몰라도 그걸 들고 다니다가 혼난 적도 있다. 지도 교수는 빨갱이의 조상뻘 되는 놈이라며 호되게 야단을 쳤다. 그런데 도쿠나가, 가와카미 모두 일본에서는 알아주는 공산주의자였다. 불온서적을 고즈넉한 선방에서 다시 접하니 당혹스러웠다. 스승님도 예전에 혁명인가 뭔가에 빠졌던 사람일까. 이 빨간 물이란 것이 한번 들면 절대 빠지지 않는다. 나 자신도 반쯤 등 떠밀려 그놈들 편에서 총을 잡았으니 잘 안다. 가슴 한구석에서 궁금증이 꿈틀거렸지만 입에 자물쇠를 걸어 잠갔다. 이렇게 몇 해만 절밥을 먹다 다시 세상에 나갈 참인데, 스승은 무슨 얼어 죽을 스승이겠나. 대충 노망난 중 뒤치다꺼리만 하다가 도망갈 궁리만 했다.

그나저나 스승님은 별난 구석이 많았다. 싸라기눈이 매섭게 내리던 어느 겨울밤 잠을 설친 적이 있다. 그런데 스승님이 실눈을 뜬 채 누워 있는 것이었다. 화들짝 놀라 뒤로 물러앉아보니 가느다랗게 코 고는 소리가 들렸다. 눈을 뜨고 잠을 청하는 것이었다.

평소의 언행도 중인지 장돌뱅이인지 구분이 모호했다. 금정산 언저리 계곡에서 염소고기를 뜯으며 허연 막걸리를 걸치는가 하면 광복동, 남포동 좌판에서 얻어온 미역귀를 안주삼아 또 한잔했다. 한번은 아직 꿈틀거리는 곰장어를 석쇠에 올린 적도 있었다. 살려고 몸부림치는 놈을 구워 신문지에 말더니 단번에 쭉 잡아당겼다. 껍질이 순식간에 벗겨지자 굵직하게 썰어 왕소금을 찍어 먹었다. 비린 것을 가려야 할 승려가 백주 대낮 장마당에서 벌인 행각이었다.

스님은 노란 털이 수북한 미군에게 돈을 받고 사진도 찍어줬다. 또 코쟁이가 끼고 사는 양공주들 사주, 궁합 봐주고 초콜릿을 받아 챙겼다. 그런데 채신머리라고는 눈곱만큼도 없는 이런 분을 범어사 중들은 무서워하는 눈치였다. 도가 통해 이제 도깨비와 얘기를 나눈다는 것이다.

이듬해 봄, 스승님은 내게 계를 주시며 휘문(輝文)이라는 법명을 내리셨다.

"너는 배운 놈이니 글을 빛내 부처님 말씀을 널리 알려라."

스승님은 그럴싸한 핑계를 대고 나를 학승들 거처로 내몰았다. 그리고 마파람에 게 눈 감추듯 아랫담으로 내려갔다. 도대체 밖에 떡이라도 붙여 놓았는지 바깥출입이 잦았다.

어린애 걸음마 배우듯 경을 외우던 어느 날이었다. 아마 아침저녁 날씨가 제법 쌀쌀해지던 겨울 문턱이었던 것 같다. 내 기억이 정확하다면 동안거(冬安居) 준비로 분주할 때였다. 스승님이 편지 한 통을 받고는 길을 떠나자고 재촉했다.

"강원도 양구 황태사에서 큰 법회가 열린다는구나."

처음에는 법회에서 떡이라도 얻어먹으려는 심사로 여겼다. 초대장이란 게 오긴 했는데, 전국 사찰의 주지들 이름이 빼곡히 차 있었다. 스승님처럼 남의 절에 빌붙어 사는 객승이 낄 자리 같지는 않았다.

"황태사 주지 홍안(洪安)스님이 내 스승이시다. 오래간만에 스승님께서 곡차 한 잔 나누자고 조르시는구나."

불문에 들어선 지 겨우 한 해 남짓이었지만, 그분의 존함은 몇 번 들은 적이 있었다. 불자들 사이에서는 이른바 생불(生佛)

로 추앙받는 분이었다. 사람 바탕과 생김새가 닮으라는 법은 없는 걸까. 내 눈에는 스승님 행동거지가 영락없는 땡초였다. 술, 고기를 마다하지 않고 더러운 계집들과 노닥거리는 것이 취미인 양반이었다. 훌륭한 스승에게서 반드시 반듯한 제자만 나오라는 법은 없겠지. 뭉게뭉게 피어오르는 궁금증을 누르고 애써 합리화를 시켰다.

사실 날은 점점 쌀쌀해지는데 먼 강원도까지 걸음을 하는 게 영 내키지 않았다. 곧 닥쳐올 동장군도 두려웠지만, 나는 아직 완전한 자유의 몸이 아니었다. 질질 끌던 휴전회담도 끝나고 조국은 다시 허리가 부러졌다. 아직 마음 놓고 거리를 활보할 수는 없었다.

"스승님 세수가 올해로 여든둘이시니 이번이 마지막이 될지도 모르겠구나."

나는 그 한마디에서 형언할 수 없는 그리움 같은 것을 느꼈다. 스승님의 눈까풀이 사르르 떨리는 것을 본 순간, 볼멘소리는 집어치우고 행장을 꾸려야 했다. 강원도까지는 족히 나흘이 걸렸다. 트럭 짐칸에 몸을 싣고 두메산골로 들어서니 사람도 변하고 산야도 제 모습을 잃은 듯했다. 전쟁의 화마는 빽빽하던 숲까지 할퀴어 시뻘건 생채기를 남겼다. 여행은 더디기만 했다. 구불구불한 모퉁이를 돌면 차가 어김없이 멈춰 섰다.

지서 순경들이 큰 깃발을 흔들면 차는 그제서야 거북이걸음을 옮겼다. 건너편 산날망에 공비가 없다는 안전 신호였던 것이다. 춘천 근처에서는 헌병들이 차를 멈춘 채 우리를 끌어냈다. 그리고 수배 중인 안원도, 정순덕, 이홍이, 강우형 같은 이름을 외우라고 했다.

　"여기서 작년에 피 튀기며 싸움질을 했어요. 휴전선 긋기 전에 땅을 한 뼘이라도 더 뺏으려고 기를 쓰더군요. 그때 북으로 내빼지 못한 것들이 지금도 돌아다니니 살벌하죠."

　트럭 운전수는 담배 연기를 길게 내뿜으며 중얼거렸다. 새파란 군인들이 중들에게까지 까다롭게 굴자 안쓰러웠던 모양이다. 그나마 난리가 정리되면서 공비는 전국에 100명도 남지 않았다. 보살들이 떡을 싸준 신문지를 펼치니 낯익은 이름도 보였다. 지리산 빨치산 대장 하준수가 대구에서 총살당했다는 소식이었다. 그 친구는 나와 중앙대학을 같이 다닌 동문이었다. 주변 사람이 죽는다는 것은 죽음이 내게도 찾아온다는 예고와도 같다. 끔찍한 참상을 접할 때면 나도 모르게 몸이 움츠러들었다. 가뜩이나 산골바람이 매서워 옷깃을 올렸다. 스승님이 내 모습을 보며 한마디 내뱉었다.

　"절 문간에서 한판 싸움이라도 벌여야 하니 놀라지 말아라."

　스승님은 남의 장기판에 훈수 두고 구전 뜯기가 취미인 분이었다. 덕지덕지 화장을 한 양공주들은 다들 오라버니라며 반색을 했다. 그렇지만 지금껏 욕지거리 한번 퍼붓는 꼴을 못 봤고 주먹다짐을 한 적도 없었다. 그런 분이 남의 절에 가서 싸움질이라니? 나는 고개를 갸우뚱거렸다.

간신히 양구읍에 도착한 뒤에도 반나절을 더 다리품을 팔았다. 황태사는 고즈넉한 산마루에 걸쳐 있었다. 원래는 전나무 숲 사이로 오솔길이 뻗어 있었지만 지금은 온통 죽은 땅이 됐다. 변변히 자리 잡은 나무도 없이 여기저기 아름드리나무들이 내팽개쳐진 채 뒹굴었다. 난리통에 시주가 끊겨 절 살림이 팍팍해졌고, 결국 앞마당 숲을 벌목꾼들에게 넘겼다고 한다. 부처님의 도량을 감싸던 아늑한 숲이 없어지고 살풍경한 민둥산이 드러났다.

"처녀가 발가벗고 종로 한복판에 누운 꼴이구나. 잡놈들이 절간을 제 집처럼 드나들었겠군. 츳! 츳!"

스승님이 딱한 듯 혀를 찼다. 깊은 산골짜기 산사라고 해서 전쟁의 화마를 피해 간 것은 아니었다. 지리산 벽송사(碧松寺)는 장엄한 3층 석탑으로 유명했지만, 빨치산들이 절을 병원으로 쓰다가 홀랑 태워 먹었다고 한다. 산사 주변은 낮에는 토벌대가 판치고 밤에는 빨치산이 터를 잡고 밤이슬을 피하더니 결국 야차 같은 놈들이 일을 내고 말았다. 입으로야 자유, 민

주주의, 평등, 노동자·농민을 위한다지만 실은 순결한 처녀를 덮친 떼강도들이었다. 부처님도 한갓 잡귀 같은 전쟁이라는 놈 앞에서는 속수무책이셨나 보다.

선문에 다다랐을 때는 땅거미가 길게 늘어져 있었다. 금방이라도 해가 뒷산 너머로 꼴깍 넘어갈 것 같았다.

"이놈, 혜장아! 네가 무슨 낯짝으로 여기까지 굴러들었더냐? 감히 스승님의 참선법에 트집을 잡더니 이제 고기까지 먹는다지? 그래, 눈을 뜨고 참선하니 부처님이 반기더냐?"

우리가 절 마당에 들어서기가 무섭게 쩌렁쩌렁 호령 소리가 들려왔다. 고개를 들어 보니 깡마른 노승이 서서 눈을 흘기고 있었다.

"현정사형은 여전하시군요. 그래도 문수보살(文殊菩薩)을 내치는 보현보살(普賢菩薩)도 있답니까?"

문수보살과 보현보살이라……. 스승님은 입가에 쓸쓸한 비웃음을 머금은 채 유들유들 말을 받아쳤다. 노기가 성성한 그 스님도 홍안스님의 제자가 분명했다. 그것도 스승님과 더불어 손꼽히는 수제자였을 터였다. 문수보살은 지혜, 보현보살은 덕망을 상징한다. 그리고 이들이 본존불을 지키는 수호신이다. 그런데 너그러운 보현보살이 길길이 날뛰고 있고, 문수보살은 좀 봐달라는 듯 손을 내밀고 간청한다.

"손에 피 묻히고 절간에 들어온 놈이 고기 맛까지 들여 혓바닥에 기름이 도는구나."

현정이라는 스님은 기가 차다는 듯 고개를 설레설레 흔들었다. 스님은 남몰래 고기를 즐겼다. 생선은 물론이고 부잣집 대문간에서 육전 지지는 냄새만 나도 코를 벌름거렸다. 그런데 손에 피를 묻혔다니, 이건 또 무슨 뚱딴지같은 소리인가. 그때만 해도 나는 스승님의 진면모를 보지 못했다. 그리고 이후에 벌어질 끔찍한 참극 또한 예견할 수 없었다.

"중생들이 굶주리는데 찬밥, 더운밥 가린다면 어찌 부처를 만나겠소? 허기진 군상들과 미군 꿀꿀이죽에 식은 밥 한 덩이 말아먹어도 감지덕지지요. 먹는 것이 죄라면 삶은 생지옥이외다."

스승님은 사형에게 천연덕스럽게 말대꾸까지 했다. 현정스님은 말문이 막히는지 부들부들 떨며 스승님을 쏘아볼 따름이었다.

"네놈도 스승님을 뵈러 온 것이냐?"

현정스님은 목소리를 좀 누그러뜨리며 캐물었다.

"며칠 전에야 연통을 받았습니다. 사형께서도 오시기로 돼 있다고 하더군요. 스승님은 안녕하신지요?"

방금 전까지 길길이 날뛰던 스님은 그 물음에 잠시 뜸을 들였다. 그리고 맥이 빠진 듯 천천히 입을 열었다.

"스승님께서는 그제 입적하셨느니라. 내가 도착한 직후 쓰러지셔서 난리가 난 차였다."

행정이 엉망이던 시절이었다. 편지라는 것도 일주일은 지나야 받을 수 있었다. 부산에서 강원도까지 오는데 또 나흘이 걸렸는데, 그사이에 운명하신 모양이었다. 스승님은 망연자실해서 잠시 넋을 잃고 서 있었다. 그러고는 체면도 내팽개친 채 자리에 꿇어앉아 통곡했다. 아니, 원래 체면이라는 걸 모르고 감정에 충실한 분이긴 했다. 그래도 제자 앞에서 이토록 쉬이 눈물을 보일 줄은 몰랐다. 홍안스님과의 사이에 형언할 수 없는 애틋한 인연이라도 깃든 게 아닐까.

"네놈 하는 짓이 썩 내키진 않지만 스승님과의 인연을 생각해 절에 들이는 것이다. 다비식을 마치고 법회를 열 터인즉 그것만 끝나면 후딱 사라져라."

현정스님의 목소리에서는 쇳소리가 울렸고, 눈에서는 불똥이 튀는 듯해서 조마조마했다. 나는 이 작달막한 스님이 영 마음에 들지 않았다. 수용소에서 만난 작자들 중에서 비슷한 부류가 떠올랐기 때문이다. 엘리트 당간부들은 깔끔한 옷매무새, 거울과 씨름하며 머릿결을 정갈하게 손질하다가도 해만 떨어지면 감쪽같이 돌변했다. 제 손에 피를 묻히지 않고도 남

을 부추겨 사람들을 죽였다. 그날 본 현정이란 스님도 바로 그
랬다. 지나친 깔끔함 때문에 뼛속까지 스산해졌다. 진짜 공포
는 더러운 짐승 같은 놈들보다는 이런 자들이 풍기는 묘한 기
운에서 일었다. 그리고 어렵사리 발을 들인 절에서 나는 괴물
을 만났다. 인간이 마음속 깊이 품은 만(慢)이란 괴물을. 깡마
른 노인네보다 몇 배는 싸늘한 죽음의 그림자가 우리를 덮치
리라고는 꿈에도 몰랐다.

# 02

# 사리

호된 신고식을 마친 뒤 우리는 절 경내를 어슬렁거렸다. 황태사는 명찰로 이름을 떨쳐왔다. 그런데 지금은 옛 명성은 사라지고 썰렁한 기운만 감돌았다. 전각 몇 채가 난리통에 잿더미로 변했고, 선방은 각지에서 몰려온 객승들로 가득했다. 사찰이라기보다는 흡사 여인숙 같은 느낌이었다.

"이북에서 온 스님들이죠. 빨갱이들이 제일 멸시한 것이 중이랍니다. 그놈들 귀에는 부처님 설법은 뒷산 뻐꾸기 울음소리만도 못했나 봅니다."

어느새 우리 곁에 선 사미승이 심드렁하게 말을 이었다. 얼굴이 앳돼 보이는 동자스님은 참새처럼 조잘거리며 묻지도 않는 말에 대꾸했다. 휴전선 끝자락에 턱을 괴고 누워 있는 황태사는 천신만고 끝에 피난 온 불자들이 처음 만나는 부처님의 도량이다. 사미승은 여기는 해우소, 저기는 공양간이라고 손짓하더니 빈방 하나를 찾아 줬다.

　찬 서리가 내리면 산사의 하루는 무척이나 분주해진다. 가을걷이를 마치고 텃밭에서 꺾어 온 콩깍지를 털며 콩 타작도 하고 겨우내 쓸 장작을 팬다. 그런데 황태사는 사람이 득실대는데도 전혀 부산한 인기척이 없었다.

　"중은 살아도 죽은 듯 숨죽이고 지내야 하는 법. 뭐 그리 궁금한 것이 많아 사방을 두리번거리느냐."

　내가 계속 바깥을 기웃거리자 스승님은 핀잔을 줬다.

　삼복더위에 탁발을 나서면 길바닥에 깔린 개미, 지렁이를 밟아 살생을 하게 된다. 그런데 삼라만상을 이루는 미물보다 못한 것이 중 팔자다. 불알이 얼어 떨어질 듯 추운 엄동설한에는 사람이 두렵다. 동해에서 잡힌 동태, 서해에서 난 바지락, 남해의 미역과 굴을 실은 장돌뱅이 달구지 앞에서 걸음을 지체하다가 날벼락을 맞기 때문이다. 중은 팔자걸음을 할 수 없고 사시사철 큰 삿갓으로 얼굴을 가린다. 행여 그림자라도 비칠까 몸을 사린 채 500년을 살아온 것이 승려의 삶이다. 승려는 호탕하게 웃을 수도, 목 놓아 통곡할 수도 없다.

　중이 사는 곳도 흡사 관을 넣어둔 상엿집처럼 썰렁했다. 가구는 물론 고리짝 하나 없고, 방구석에 새끼로 엮은 종다래끼 하나만 놓여 있었다. 다래끼에는 샛노란 은행잎이 가득 담겨 있었다.

"萬廊僧不厭(만랑승부염), 一個俗嫌多(일개속혐다). 마지막까지 마당에서 비질하면서 도를 닦으셨구나."

스승님은 감개무량한 듯 나지막이 시를 읊었다.

'중은 행랑 하나 가득해도 싫어하지 않건만 속된 인간은 많다고 난리일세.'

당나라 시인 정곡(鄭谷)이 쓴 시다. 나는 소학교 입학이 좀 늦었다. 학교 가면 왜놈들처럼 이름을 바꿔야 한다고 집에서 서당으로 보냈기 때문이다. 덕분에 이런 시문은 잘도 외우고 다녔다. 스승님이 옛 시를 흥얼거리며 슬픔을 달래고 있을 때였다.

"스님! 안에 계신지요?"

장지문 밖에서 가느다란 음성이 들려왔다. 문을 열고 보니 얼굴이 예쁘장한 스님 한 분이 합장을 하며 인사를 건넸다. 낯빛이 뽀얗다 못해 핼쑥한 것이 폐병을 앓는 눈치였다. 말을 꺼내는 중에도 연신 손수건으로 입가를 훔쳤다. 몇 해 전까지 폐결핵이란 놈을 앓았기 때문에 잘 알 수 있었다. 내 몸이 거미처럼 말라 들어가자 어머니는 가물치를 고아 먹이셨다. 이 스님도 바람이라도 불면 쓰러질 듯 바짝 말라비틀어졌다.

"이 절에서 서기를 맡고 있는 도문이라 합니다. 큰스님 유품도 드려야 하고, 잠시 드릴 말씀도 있습니다."

도문스님은 찻잔과 다기까지 들고 왔다. 잠시 나눌 이야기는 아닌 듯싶었다. 찻물이 풍로에서 끓는 동안 도문스님은 꾸러미 하나를 내밀었다.

"스님껜 이 서책을 남기셨답니다. 금강산 유점사에서 피난 온 행자가 건진 『용감수경(龍龕手鏡)』이라고 하옵니다."

『용감수경』이라는 말에 스승님은 머리를 긁적이며 시큰둥하게 대꾸했다.

"황해도 귀진사 장판각에 아예 목판까지 있어 잔뜩 찍어 내지 않았습니까? 원래 이 땅에 법보종찰(法寶宗刹)은 둘이니 남에는 해인사, 북에는 귀진사입니다. 부처님 말씀을 담은 서책을 보관하는 도량이건만 다시는 가볼 수 없게 되었군요."

조선 명종 때 문정왕후의 스승 보우선사 덕분에 불교가 잠시 중흥기를 맞은 적이 있다. 그때 종찰을 설치했는데 대장경을 모신 해인사는 법보종찰, 부처님 사리인 금강보계(金剛寶戒)를 모신 통도사는 불보종찰(佛寶宗刹), 그리고 지눌선사가 불교 쇄신운동인 정혜결사(定慧結社)를 시작한 송광사는 승보종찰(僧寶宗刹)로 삼았다. 이를 삼보종찰(三寶宗刹)이라 한다.

"『용감수경』이야 흔하다지만, 이건 보우선사께서 간행하신 중간본이 아닙니다. 고려 때 이 땅에 들어온 원본이 분명하다더군요. 큰스님도 도둑이 들까 걱정해 대웅전 본존불 배 안에 모셔 뒀답니다."

　원본이라는 말에 스승님은 눈꼬리를 슬그머니 쳐들었다.

　"호랑이 담배 피우던 시절 나온 책이 뭐 그리 대단하다고 호들갑입니까?"

　스승님의 반응은 뜨뜻미지근했다. 이윽고 찻물이 끓자 도문스님이 잔을 채웠다. 젊은 중이 오랫동안 아팠는지 찻물 떨어지는 소리가 뚝뚝 끊겼다. 미세하게 손을 떨고 있었던 것이다. 숨을 내쉴 때마다 골골 소리가 났다.

　"스님, 아직도 눈 뜨고 참선을 하십니까?"

　도문스님은 스승님에게 뜬금없는 질문을 꺼냈다.

　"스승님께서 쓸데없는 말씀을 하셨군요. 그때나 지금이나 소승의 믿음에는 변함이 없습니다. 속세를 등지고 득도할 수 없고, 중생에게 눈을 돌리고 내 안의 부처를 찾을 수는 없습니다."

　스승님이 자못 완고하게 답하자 도문스님은 눈을 반짝였다.

　"그럼, 귀신도 보실 수 있겠네요."

　나는 스승님이 도통한 고승도 아닌데 가는 곳마다 귀신을 운운하는 게 영 이상했다. 범어사 중들도 스승님이 귀신 쫓는 도사라고 말했었다.

"소승 아직 배움이 부족해 잘 모르지만, 사찰 재산이 축나고 중이 사람 사는 곳에 갈 수 없었던 조선시대보다 못한 시대가 도래한 것은 알고 있습니다. 큰스님이 그런 일에 대비해 혜장스님을 부르겠다고 했는데 일이 이 지경이 됐군요."

나는 두 사람이 주고받는 선문답을 알아듣지 못했다. 도문스님은 책 한 권 내주더니 절 재산을 축내는 귀신 얘기에 여념이 없었다.

"중생이 먹고살기 어려운데 남의 물건 훔쳐 갈 기운이라도 있으니 다행이군요."

스승님은 별것 아닌 대화를 마무리 짓고 싶어 했다. 홍안스님의 부고를 접하고 허전한 마음을 달랠 길 없는데, 젊은 중이 이야기를 빙빙 돌리기만 하니 갑갑했나 보다.

"실은 작년부터 절에 묘한 일이 벌어지고 있습니다. 절에 귀신이 출몰한다는 소문이 파다합니다."

도문스님은 무척이나 총명해 보였다. 그런데 새파란 젊은이가 느닷없이 귀신 타령을 하니 어안이 벙벙했다.

"난리가 난 뒤에 절을 버릴 뻔했습니다. 물론 이 근방이 모두 전쟁터가 되는 통에 살기 힘들었던 것도 사실이었습니다. 하지만 무엇보다 쓸데없는 소문이 더 두려웠습니다."

전쟁이 난 이듬해부터 돌림병이 돌기 시작했다고 한다.

"미군 비행기가 뭔가를 뿌리고 간 뒤 엄동설한에도 이가 들끓어 골치를 앓았죠. 그 뒤부터 몸이 얼어붙을 듯 춥고 열이 펄펄 끓는 등 희한한 일이 벌어졌습니다. 절 스님 서른 명이 한 달 만에 쓰러지자 군부대에 연락도 해봤죠."

하지만 빨갱이 때려잡는 군대도 병마 앞에서는 속수무책이었다고 한다.

"군의관이라는 작자가 처음에는 천연두라면서 주사를 놓더군요. 그런데 며칠 뒤 스님 몇이 살이 터지고 피를 쏟았습니다."

삼복더위도 아닌 한겨울에 전염병이라니 믿기지 않았다.

"살이 퍼렇게 얼어붙더니 이내 붉은 반점이 돋았습니다. 나중에는 나병처럼 혀가 검게 타서 말도 못한 채 죽어 자빠지더군요. 어쩔 수 없이 반년 정도 절을 버리고 남쪽으로 피난을 했습니다. 그 와중에도 큰스님은 남으시겠다고 고집을 부리셔서 홀로 절을 지키셨지만요."

도문스님은 혹여 말소리라도 새어 나갈까 두려운지 목소리를 죽였다.

"그 뒤 병이 없어지고 큰스님이 성불했다는 소문도 돌았습니다. 득도하신 도력으로 병마를 무릎 꿇리신 줄 알았죠. 그런데 스님마저 갑자기 쓰러져 돌아가셨으니······."

"스승님께서 평소에도 많이 편찮으셨나 보군요."

"조밥과 미숫가루도 새모이만치만 드실 뿐 곡기를 거의 끊으셨답니다."

도문스님은 송구스러운지 낯을 붉혔다. 절에서 연세가 높은 스님은 행자들이 돌아가며 모신다. 그나마 조금 드시던 공양도 요 며칠은 딱 끊었다며 도문스님은 머리를 긁적였다. 그런데 스승님은 익히 짐작하고도 남는다며 고개를 끄덕였다.

"난리통에 굶어 죽는 중생이 속출하는데 호의호식하셨을 리 없지요. 스승님은 예전에도 단식을 즐기셨죠. 속을 비워 궁극의 공(空)을 느끼시곤 했어요. 내 속의 부처를 비운 자리에 남의 부처를 받아들이는 수행법입니다."

불가에서의 죽음은 곧 무로 돌아가는 것이다. 남는 사람은 슬프지만 죽는 이는 태초의 그 모습으로 돌아가 내세를 준비한다.

"마지막 임종은 수월하셨나요?"

스승님이 젖은 눈을 닦으며 물었다.

"워낙 급작스레 세상을 뜨셔서 사실 임종도 지키지 못했습니다. 장독대 옆의 벌통을 아침저녁으로 손보셨는데, 공양 시간에 오시지 않아 살피니 쓰러져 계셨답니다."

절에서 벌통은 귀한 재산이다. 꿀을 팔아 살림에 보태고 밀랍을 녹여 법회 때 쓸 초를 만든다. 황태사는 기거하는 중만 쉰 명이 넘는 큰 절이었다. 노승이 궂은일을 도맡았다니 조금은 놀라웠다.

"그럼 홀로 계시다가 숨을 거두신 겝니까?"

스승님이 캐묻자 도문스님은 고개를 끄덕여 대답을 대신했다.

"마지막 남기신 말씀 또한 없고요?"

스승님이 몇 번을 확인하듯 물었지만 도문스님은 도리질만 할 따름이었다.

"다비식에 걸칠 옷가지를 좀 빌릴 수 있겠습니까?"

부산에서 떠날 때만 해도 이렇듯 다비식까지 참석할 줄은 몰랐다. 당연히 장삼가사를 챙겨 오지도 못했다. 스승님은 필요한 옷 몇 벌을 적어 줬고, 도문스님이 몇 번을 읽더니 얼굴이 굳어졌다.

"꼭 이렇게까지 하실 필요가 있겠습니까?"

"낳아 준 부모만 부모겠소? 부처께 다가갈 수 있는 가르침을 주신 스승도 부모지요."

스승님은 낮게 목소리를 깔았다. 도문스님도 내키지는 않지만 의관을 다 챙겨 보겠다고 약조했다. 스님이 돌아가신 지 이틀이나 지났으니 바로 내일이 다비식이다. 현정스님은 그나마 스승님께 전보는 쳤던 모양이었다. 다만 우리가 먼저 떠나 버려 엇갈린 것이다. 불교계 어른이 돌아가셨으니 조문객이 줄을 이을 터였다. 신도들은 먼 길도 마다지 않고 서울, 강원도 등지에서 몰려들었다. 절 앞에 천막을 치고 밤새 불경을 외웠다. 때마침 법회 때문에 온 주지들도 모여 절 경내가 무척이나 소란스러웠다.

그날 밤 스승님이 이부자리에서 좀 뒤척였던 걸로 기억한다. 죽음은 또 다른 윤회의 관문이지만 역시 쉽게 받아들일 것은 못 되었다. 수용소에서 생면부지의 사람이 죽어 나가도 두려움에 떨며 밤잠을 설쳤다. 하물며 사제의 인연을 나눈 사이라면 그 고통은 더더욱 강렬했을 것이다. 그날 처음으로 스승님이 좀 처량하게 느껴졌다. 계를 내려준 사부를 뵙겠다던 걸음이 다비식까지 이어졌기 때문이다.

"눈 뜨고 참선을 하다니 대관절 무슨 소립니까?"

아까부터 스승님과 도문스님의 대화를 옆에서 지켜보다 생긴 의문이었다. 스승님은 별걸 다 알고 싶어 한다는 듯 눈웃음을 쳤다.

"까마득한 예전 일이니라. 머리 깎고 출가한 작자들 반절은 까막눈이던 시절이지. 참선을 배울 때 눈을 꼭 감고 무념무상으로 들어가라는데 도무지 바깥소식이 궁금해서 견딜 수 없더구나. 해우소에서 몰래 신문을 읽다가 들켰는데, 중생에게 눈을 감고 성불한들 무슨 소용이냐고 스승님께 대든 적이 있다. 그때 아까 본 현정사형은 내게 염주를 던지며 질타했단다. 그게 벌써 40년 전 일이구나."

그제야 스승님의 묘한 습관도 이해가 됐다. 잠자리에서도 눈을 부릅뜨고 코를 고는 것도 다 이유가 있었다.

"도대체 초대장에 딸린 서찰에 뭐가 적혀 있길래 귀신을 운운하시나요?"

스승님은 고놈 참 궁금한 것도 많다는 듯 심드렁하게 대꾸했다.

"팔순 노인이 홀로 감당하기 버거운 짐이 있다고 푸념하셨느니라. 보나 마나 주지들이 모여 재산 싸움 하는 것을 뜯어말려 달라는 것이었겠지. 현정스님 역시 같은 부탁을 받고 오셨을 게다. 누구든 제 손에 쥔 것을 내놓으라면 악귀로 변하는 법이거든."

스승님은 좀 전에 산문에서 잡아먹을 듯 일갈하던 노승을 떠올린 듯 미소를 지었다. 사형사제 간의 관계가 그 정도라면 인연은 악연이 아닌가! 그래도 뭐가 그리 좋은지 싱글벙글 웃고만 있었다.

그날 밤 잠자리가 바뀐 탓인지 나는 심하게 뒤척였다. 수용소에서 본 참담한 광경이 꿈속을 덮치더니 또 현정스님의 까칠한 음성이 귓전을 때렸다. 산사의 새벽이 허옇게 밝아올 무렵, 어디선가 나무 찍는 소리가 들려 눈이 절로 떠졌다. 스승님은 벌써부터 법복을 갈아입고 몸단장이 한창이었다.

날이 완전히 밝자 마당에서 두런두런 말소리가 들려왔다. 행자가 본사에서 가져다준 봇짐에는 누리끼리한 것이 끼워져 있었다. 바로 거친 베로 얼기설기 짠 상복이었다. 스승님은 저고리 아랫단은 꿰매지 않고 대충 접어 입은 뒤 가사, 장삼을 그 위에 걸쳤다. 겉은 선홍빛이 감도는 붉은 가사지만 속은 분명 민간에서 입는 상복이었다. 복상도 보통 것이 아닌 부모상을 당하면 입는 참최(斬衰)를 했다.

"굴건(屈巾)을 쓸 수 없지만 마음만은 한결같구나."

나지막하게 속삭인 뒤 스승님은 조용히 손가락을 입술에 댔다. 절간에서 유가의 복상을 했다는 사실이 드러나면 시끄러워질 수 있으니 내게 슬그머니 다짐이라도 받을 요량이셨다.

문지방을 넘어 마당에 들어서니 여기저기서 분주하게 움직이는 인기척이 느껴졌다. 바로 전날만 해도 쥐 죽은 듯 조용하던 절이 이제야 활기가 넘쳤다. 그런데 처음 뒤에서 볼 때야 다들 머리를 박박 깎았으니 몰랐지만, 분명 비구니들이 돌아다닌다. 툇마루에 걸터앉아 머리를 깎던 스님들은 잔잔하게 올라온 솜털을 정성껏 밀고 있다.

"난리통에 공양이라도 여인네 손을 탈 수가 있나? 산길도 험하고 지뢰도 아직 묻혀 있으니 보살님들 발길이 뚝 끊겼어. 그래도 재 너머에 우리 말사가 있어서 여승들이 법회 때는 잡일도 맡아 주지."

어디선가 귀에 익은 목소리가 들렸다. 억양은 바뀌었지만 밤낮으로 내리 3년을 들어온 그 억센 말씨. 나는 화들짝 놀라며 주변을 살폈다. 그리고 거제도의 악몽이 되살아났다. 막사 조장이었던 언청이가 툇마루에 엉덩이를 붙이고 있는 것이었다. 놈은 온 얼굴에 머리카락을 붙인 채 토끼 주둥이같이 갈라진 입술을 달싹거렸다. 대놓고 말을 건 것은 아니지만 '동무, 오래간만이야' 하는 표정이 역력했다.

'빌어먹을! 저 자식이 어떻게 수용소에서 빠져나왔나?'

안광이 잘 닦은 군화코처럼 미끌미끌했다. 세월이 흘렀지만 하는 짓거리가 변한 구석이 없는지 엄숙한 다비식 날 이를 드러내고 웃었다. 길게 뻗은 송곳니가 한층 사나워 보였다.

"이 절에서 외양간을 돌보는 보성이라고 하오. 부산에서 오셨다지? 도회지 절 분위기는 좀 어떤가? 보살님들 육보시는 여전한가?"

그새 법명까지 얻은 모양이었다. 언청이는 난생처음 본 사이인 듯 천연덕스럽게 인사를 건넸다. 그러고는 아침 예불이 끝날 때까지 내 꽁무니를 따라다녔다. 이 기분 나쁜 작자는 입을 잠시도 쉬지 않고 부산 소식을 캐물었다. 눈구멍에서는 필경 음탕한 기운이 줄줄 흘렀다. 놈의 시선은 음식 나르는 비구니들의 엉덩이, 가슴팍에 꽂혀 있었다.

음식이 차려지고 몸단장도 끝나자 모두 절 입구로 나갔다. 남북이 갈라진 1945년부터 전쟁이 발발하기 전까지 이 절은 북녘 땅이었다. 남쪽 신도들이 오려면 목숨 걸고 38선을 넘어야 했다. 그리고 또 3년간 총부리를 겨누고 싸움질을 했다. 절이 일반에 개방된 것은 무려 9년 만이었다. 절 앞에 천막을 치고 있던 신도들이 장막을 거두고 일렬로 들어섰다. 우리는 양옆에 서서 허리 굽혀 합장하며 고마움을 대신했다.

큰 법사를 앞둬서인지 공양은 제법 구색을 갖추었다. 연꽃씨를 갈아 끓인 연자죽이 구수한 향기를 뿜었다. 그 외에도 이른 조반에 들깨죽도 올랐고 고사리를 듬뿍 넣은 고사리두부탕, 표고버섯을 튀긴 뒤 들깨즙에 넣어 끓인 표고버섯탕, 동글동글한 산초장아찌, 튀긴 두부에 간장을 뿌린 두부소박이, 깻잎장아찌도 선보였다. 고기는 빠졌지만 분명 진수성찬이었다.

"수용소 인연도 큰 인연인데, 이따 절 아래 천지연에나 놀러 가지. 비구니들이 간혹 미역도 감고 볼거리가 좋다네."

조장놈은 남의 이목을 피해 몸을 기대더니 이죽거렸다. 오랜만에 도시에서 온 날라리와 죽을 맞추고 싶은 모양이었다. 놈의 몸에서 쇠똥 냄새가 퍼지는 것 같았다. 속으로는 네놈이랑 마주하느니 생니를 뽑겠다고 생각했지만 일단 입조심을 했다. 놈은 내 과거를 알고 있고 나 역시 언청이의 옛 사연을 훤히 꿰고 있었다. 서로를 위해 일단 입을 맞춰 둘 필요가 있었다. 아침 공양을 받으면서도 입안이 깔깔해서 밥을 깨작거렸다.

'원수는 외나무다리에서 만난다고 하필 여기서 걸릴 게 뭐람!'

절에서 새로 사람을 받을 때 신중을 기하는 이유를 이제 알 것 같았다. 나처럼 과거가 떳떳하지 못하면 갈 데라고는 딱 두 곳뿐이었다. 교도소 담장 너머나 심심산골 산사였다. 나와 언청이처럼 절에 몸을 숨긴 포로들이 상당수일 터였다. 나는 일단 스승님의 눈치를 살피기로 했다. 기회를 봐서 다비식만 마치면 냉큼 떠나자고 조를 심사였다. 그런데 스승님은 김치 한

조각을 집어 발우를 닦으면서 침통한 표정을 지었다. 누구나 한 번은 가야 할 길이건만 아끼는 사람이 떠나는 것을 말릴 수도 없으니 착잡할 터였다.

우리가 공양을 하는 동안 황태사 스님들은 손님 접대가 한창이었다. 한꺼번에 대식구가 몰려들었으니 공양간에서 밥을 짓는 일도 수월치 않을 터였다. 자리한 사람은 대략 마흔 명. 복색으로 보아 모두 다른 절에서 온 손님들이었다. 어제 마주쳤던 현정스님도 깐깐한 인상을 펴지 않고 심각하게 젓가락질을 했다. 그런 인상은 뭘 하더라도 진지한 법이다. 현정스님의 얼굴에서 왜정 때 교련을 가르치던 일본군 해군 장교가 떠올랐다. 그놈도 내일 당장 미군이 상륙이라도 할 듯 우리를 몰아붙였다. 내가 잠시 상념에 잠겨 있을 때 스승님은 몸을 일으켰다. 나도 얼결에 허겁지겁 발우를 비우고 보자기를 쌌다.

마당에는 이미 장작이 수북이 쌓여 있었다. 관에 담긴 홍안 스님의 육신을 그때 처음이자 마지막으로 접했다. 틀니를 빼자 볼이 홀쭉하게 들어갔다. 그래도 시신은 비교적 깨끗했다. 늦가을 으스스한 날씨 탓에 꽃이라곤 들국화 몇 송이가 전부였다. 대신 색색으로 물들인 한지를 곱게 접어 만든 조화로 연화를 꾸몄다. 마당 한가운데에는 깊게 구덩이를 파고 항아리

다섯 개를 묻었다.

질 좋은 약수를 길어 항아리에 붓는데, 이것이 말로만 듣던 오방수(五方水)라고 했다. 그 뒤 하얀 한지로 입구를 막고 위에 기와 두 장을 얹었다. 기와 위로는 황토를 흩뿌린 뒤 넓은 돌판을 깔았다. 거기에 다시 황토를 이번에는 두껍게 깔았다. 그 다음에 아래 산판에서 날라 온 소나무 장작을 빼곡하게 쌓아올린 뒤 연화를 모셨다. 사방에서 불붙은 솜방망이를 던져 넣자 불이 활활 타올랐다.

육신은 껍질일 뿐 혼은 이제 서방정토로 떠난다지만, 살아서 다시 볼 수 없는 이를 떠나보내는 마음은 애달팠다. 그러나 중은 슬픔도 기쁨도 내색해서는 못쓴다. 오히려 불가에서는 부처님께 돌아가는 길이니 다비식도 기쁘게 받아들인다. 하지만 스승님의 눈에는 조용히 습기가 고였다. 남들 눈에는 솔향이 묻어나는 연기가 들어가 눈이 아픈 것처럼 보일지 모른다. 하지만 이미 스승님이 남몰래 복상을 하신 것을 아는 나였다. 이런 분이 왜 부모처럼 여기는 스승과 다투었는지 도무지 종잡을 수가 없었다.

다비식의 주례는 스승님께 일갈한 현정스님이 맡았다. 제법 장엄하게 고인의 약력을 발표한 뒤 삼귀의례(三歸依禮)를 끝냈다. 그 뒤 부처님 말씀을 설명하는 착어(着語)를 하고, 요령(搖鈴)을 흔들며 고인의 혼을 부르는 창혼(唱魂)까지 마쳤다. 주례승을 따라 사홍서원(四弘誓願)을 외울 때 스승님의 어깨가 가늘게 떨리는 것을 보고 좀 당황스러웠다. 마당 한쪽에서는 머리에 서리가 앉은 초로의 보살님들이 와서 108배를 올렸다.

中生無變誓願度
(중생 끝닿는 곳 없으니 제도할 것을 맹세하며)
煩惱無盡誓願斷
(번뇌는 끝없으니 번뇌 끊기를 맹세하며)
法文無量誓願學
(불문은 그 한이 없으니 배울 것을 맹세하며)
佛道無上誓願成
(불도보다 나은 것 없기에 뜻을 이룰 것을 맹세한다)

경을 외우는 동안에도 연화는 맹렬히 타들어갔다. 이윽고 커다란 연꽃이 주저앉아 허리춤만큼 쭈그러들었다. 불꽃이 사그라지자 젊은 스님들이 유골을 수습하기 시작했다. 그런데 누군가가 찢어지게 고함을 치며 법석을 떨었다.

"사리가 없다! 사리가 없어졌다!"

순간 스승님은 물론 주례를 맡은 현정스님의 얼굴에서 핏기가 사라졌다. 키가 작달막한 양반은 옆으로 쓰러져 혼절하고 말았다. 스승님 역시 당혹감을 감추지 못해 입술을 지그시 베어 물 따름이었다.

# 03

# 다비

파란 하늘은 정말 질투가 날 정도로 눈부셨다. 해가 중천에 걸렸지만 현정스님은 아직도 냉정을 되찾지 못한 상태였다. 점심 공양도 물리고 승방에서 몸만 내밀고는 누군가에게 호통을 쳐댄다. 스님의 코앞에는 예순도 넘어 보이는 비구니가 고개를 떨군 채 잔소리를 듣고 있다.

"그 부정한 몸으로 공양을 만졌으니 이런 사단이 벌어지지! 이제 이 일을 어떻게 처리할 것인가?"

스님은 삿대질이라도 할 기세였다. 두 눈이 충혈돼 우리에 갇힌 토끼 꼴이었다. 오늘 벌어진 불상사도 큰일이지만, 아무 소리 못하고 쩔쩔매는 비구니가 너무 안쓰러웠다. 할 수 없이 스승님이 헛기침을 해대며 끼어들었다. 하지만 아직도 분이 안 풀렸는지 현정스님은 그 깡마른 몸을 부들부들 떨며 이제 스승님에게까지 고함을 쳤다.

"그래, 이제 속이 시원하더냐? 네놈을 절에 들인 것이 화근이었다. 스승님처럼 득도하신 분 다비식에서 사리가 한 톨도 나오지 않다니 말이 되느냐?"

현정스님은 목에 핏대를 세우며 엉뚱한 화풀이를 해댔다.

"돌아가신 분 몸뚱이가 뭐 그리 중요하다고 난리십니까?"

스승님은 현정스님의 면박도 시큰둥하게 받아넘겼다.

"존경하던 스승께서 입적하시고 사리가 염주 서너 개를 꿸 정도로 나오면 좋겠지만, 없는 사리를 만들 수도 없고… 어찌 보면 인생 공수래공수거(空手來空手去)라는 말씀을 잘 실천하신 것 같네요."

스승님은 눈웃음까지 지으며 부아를 돋우었다. 현정스님은 그 말에 머리 꼭대기까지 벌겋게 물이 들었다.

"이놈아! 나이가 들면 철도 들어야지. 너는 이 다비식이 단순한 장례식으로 보이느냐? 이 나라 불교의 미래가 여기 걸려 있어!"

"역사는 인간이 쓰는 게 아니라 세월이 그린 흔적입니다. 사형도 집착을 버리고 나비처럼 마음을 여세요."

스승님은 눈가에 주름을 잡으며 미소까지 흘렸다. 그런데 펄펄 뛰며 잡아먹을 듯 고함치던 현정스님이 애원조로 매달리기 시작했다.

"대명천지에 중들이 마누라를 끼고 살다니 있을 법한 소린가? 여기 모인 조문객을 보시게. 권박사 같이 왜놈들 똥구멍이나 핥던 작자들은 물론 자네랑 어울렸던 다솔사 주지 효당, 죽은 만해까지도 죄다 대처일세. 부처님을 따르면서 허리춤에 실을 꿴 바늘을 달고 사는 꼴이네."

"이 나라 불교는 대처를 딱히 막은 적은 없소이다. 원효대사는 출가 후에 요석공주를 맞아들였지요."

스승님은 대수롭지 않은 듯 말대꾸를 했다. 현정스님은 스승님이 한마디도 지지 않고 맞서자 가슴을 쳐댔다.

"늙어 죽으면 한 줌 재가 될 몸이 내 일신의 영달 때문에 이러겠나? 지금 경무대에서 우리를 바라보는 시선이 심상치 않아. 내가 아는 거사님 한 분이 경무대 경찰서장과 막역한데 조만간 피바람이 불 거라더군. 경무대 어르신이 처 딸린 중들을 내치든지 불자들 씨를 말리려고 하신다네."

생전처음 접한 소식이었다. 불자들 사이의 다툼에서 경무대가 거론됐다. 그렇다고 무조건 늙은 중의 잠꼬대로 치부할 수도 없다. 하지만 막 전쟁을 끝낸 가난한 나라에서 대통령이 나라 살림은 뒷전으로 물리고 불교를 때려잡겠다니 납득할 수 없었다.

"순수한 비구는 씨가 마를 지경이야. 왜놈들이 35년간 이 땅에서 떵떵거릴 때 퍼뜨린 악습이 바로 중들의 취처를 허락한 것이야. 내가 자네를 탐탁지 않게 여기면서도 절에 들인 이유가 있네. 홀몸으로 부처님 발자취만 좇는 자가 전국에 쉰 명도 되지 않는데 한 표라도 모아야지.”

역시 이 기분 나쁜 늙은이는 꿍꿍이가 있었다. 처음에 갖은 인상을 쓰며 악을 써대다가 우리에게 문을 열어 준 속내가 드러나는 순간이었다. 나라에서는 대처를 금하지만 아직은 그 작자들의 수가 더 많았다. 그들을 내치려면 한 표라도 더 긁어모아야 한다. 스승님은 분명 속세와 인연이 없는 비구승이다. 범어사에 있을 때 일부 중들은 사가에 처자가 있다는 말을 태연하게 했다. 그 때문에 홀로 명찰을 떠도는 바람 같은 스승님이 부담스럽다는 투였다. 자기들이 할 수 없는 일을 스승님이 하니 걸승이라고 박대할 수 없었을 것이다.

“중은 홀몸이니 탁발을 하고 남의 집 밥을 얻어먹으며 수도에 전념하는 것이지요. 하지만 하루 이틀도 아니고 수십 년을 함께한 내자를 내치라고 강요하는 것도 인륜을 벗어난 짓 아닙니까?”

현정스님은 스승님의 반박을 듣더니 기가 차다는 듯 고개만 흔들었다.

“자네가 속세를 아예 떠난 것이 사실이었군. 지난 3년간 이

나라가 피바다가 된 이유를 모르겠는가? 옳고 그름이 아니라 이기느냐, 지느냐를 두고 피가 터져라 싸운 것이네. 대처가 옳은지, 비구가 바른 구도의 길인지 가릴 필요도 없네. 저 대처들이 절을 차지하면 중생을 구도하기보다는 제 식구 입에 풀칠한답시고 절 재산을 축낼 것이야."

현정스님의 얼굴이 다시금 붉게 달아올랐다. 비구들 수가 부족하니 손을 잡자는데 스승님의 반응이 뜨뜻미지근해서였다.

"이 나라 명찰에 있는 불상, 불경, 심지어 풀 한 포기도 우리 것은 없습니다. 대대로 전해온 유산들이 어디 우리 불자들만의 것이겠는지요? 이 기회에 불교는 가진 것을 내놓고 더욱 몸과 마음을 갈고닦아야 합니다. 산 좋고 물 맑은 계곡에만 부처가 계신답니까? 부처는 욕지거리를 섞어가며 물건을 파는 시장 구석, 오가는 사내에게 몸을 파는 창기들도 품고 있는 보배입니다."

스승님이 정곡을 찌르자 현정스님은 땅이 꺼져라 한숨을 내쉬었다.

"자네는 법복 입은 유생일세. 부모처럼 모시던 스승님의 이름에 먹칠을 하려는가? 우리 스승이신 홍안스님이 누구신가? 타심통(他心通)이 통한 고승이시며 면벽 수도 9년 만에 무릎, 발목에 옹이가 박히셨네. 그런 분이 고작 헌 옷가지, 책 몇 권

만 남기고 뼈 부스러기로 사라졌다면 누가 좋아하겠나? 바로
저 뻔뻔한 대처들일세."

늙은 스님의 목소리가 한층 간절하게 바뀌었다. 타심통은
도가 통해서 남의 마음을 손바닥 보듯 읽는 경지를 말한다. 그
말이 맞는다면 홍안스님의 다비식에서 사리가 나오지 않은
점은 수상쩍다.

"절에서 내려오는 농담을 너무 진지하게 받아들이시네요.
누진통(漏盡通)에 도달하면 여색에도 몸이 반응하지 않고 남자
정기도 흘리지 않는다죠? 신족통(神足通)은 소설에나 나오는
축지법, 천안통(天眼通)은 멀리 보는 능력, 천이통(天耳通)에 도
달하면 벽 너머 소리를 듣는다고도 하죠. 또 숙명통(宿命通)을
깨달으면 자신의 전생을 볼 수 있다는데, 이런 자가 수도를 해
서 뭘 합니까?"

스승님은 여전히 요지부동이었다. 전날 젊은 스님이 귀신
을 찾아 달라며 설레발을 칠 때처럼 단호하게 잘라 버렸다. 그
말에 현정스님의 얼굴이 일그러졌다.

"예전에 스승님께 대들던 기질은 여전하구나! 참선을 할 때
도 눈을 똑바로 뜨고 앞을 응시하더니 돌아가신 뒤에도 스승
을 욕보일 참이냐!"

현정스님은 꾹 눌러 참았던 분노를 화산처럼 터뜨렸다.

"내가 겨우 네놈 하나가 던지는 표에 목을 매서 다비식에 들인 줄 알았더냐? 고매하신 비구승이 입적하고 사리가 나오지 않았다. 대처승들은 신이 나서 입방아를 찧어댈 것이야. 나는 필경 그놈들이 다비식에 농간질을 벌인 것 같아. 네놈이 스승님께 지은 죄를 갚고 싶다면 그것을 밝혀내도록 해라. 이것은 사형으로서 내리는 명령이다. 네놈은 두 눈깔 바짝 뜨고 사방으로 굴려서 도둑놈, 살인자도 잡아낸 적 있지 않느냐."

또 시작이었다. 귀신도 깜짝 놀라게 한다는 그 재주를 구경할 기회가 왔다. 현정스님은 이어서 입에 담지도 못할 끔찍한 내용을 지껄였다.

"혹시 알겠나? 대처놈들이 돌아가신 스승님이 겉으로는 비구인 척하면서 뒤에 여인네라도 숨겨 뒀다고 떠들지 모른다. 왜정 때 세상을 등진 것도 실은 산속 은밀한 곳에서 혼자만의 재미를 즐기려던 수작이다……. 온갖 억측과 구설수가 난무할 수 있겠지."

스승님은 결국 마지못해 고개를 끄덕였다.

"다비식 뒷정리를 한 스님들을 만나 보죠. 대신 아무것도 찾지 못하면 그냥 하산하겠습니다."

스승님은 물러나 돌아서며 닭똥이라도 씹은 듯 인상을 써 댔다.

"조달(調達) 같은 놈! 그 좁아터진 소견머리로 남의 아픈 곳을 잘도 찔러대는군!"

스승님이 현정스님에 대해 처음으로 험담을 입에 담았다. 조달은 석가모니의 사촌인 제바닷타(提婆達多)를 뜻한다. 석가께서는 중생을 제자로 받아들이시며 계율을 정할 때 속세 사람들도 따를 수 있게 지나친 엄격함은 피했다.

"어느 장사가 그 빡빡한 계율을 다 따라하겠나! 중이라고 평생 외떨어진 숲 나무그늘 밑에서 남이 버린 누더기만 기워 입고 살 수 있겠나. 동냥해 얻은 밥으로 끼니를 때우고 남의 집에서 식사 초대를 하면 내빼야 한다니 그게 원숭이지 사람인가! 지붕도 없이 여름에는 이슬, 겨울에는 서리 맞고 살다가는 해탈은커녕 병들어 골로 가지."

제바닷타는 부처님의 수행법이 너무 물렁하다며 배격했다. 아니, 결국에는 술 취한 코끼리를 풀어 부처님을 깔아뭉개려고까지 했다. 나는 스승님이 매사에 빡빡한 현정스님과 옥신각신했던 모습이 눈앞에 선하게 떠오르는 것 같았다. 무엇보다 제바닷타가 금지한 마지막 계율을 스승님은 곧잘 어겼다. 바로 금육이었다.

스승님은 이런 내 속마음을 아는지 모르는지 휘적휘적 앞서 나갔다. 다비식이 열렸던 큰 마당으로 가니 스님 서넛이 청소를 하고 있었다. 그중에 낯익은 얼굴도 보였다. 막사 조장, 아니 음탕한 농담을 던지던 보성이었다.

"현정스님은 좀 차도가 있으신지요?"

개중 가장 정갈해 보이는 스님이 조심스럽게 물었다.

"뙤약볕 아래에서 오래 계셨더니 잠시 어지러우셨나 보이. 큰스님 유골은 다 수습했나?"

젊은 스님은 자그마한 항아리를 내밀었다. 모닥불을 파헤쳐 구한 뼈는 서너 점. 두개골로 보이는 둥근 뼛조각과 다리뼈, 등뼈 두 개만 건졌다.

"간혹 몸 안의 기가 땅속으로 스며드는 수가 있으니 흙을 파헤쳐 보게. 혹시 현정스님이 원하던 사리가 나올 수 있으이."

스승님은 맥 빠진 목소리로 짤막하게 덧붙였다. 땅속을 뒤져도 사리가 나올 턱은 없다. 그래도 부질없는 미련은 남는 법이다.

"그런데 오방수는 어디 있나?"

땅에 묻었던 옹기를 뒤적이며 묻는 스승님에게 다른 스님 하나가 머리를 긁적이며 답한다.

"그게 죄다 말라 버렸습니다. 그래서 옹기 바닥을 닥닥 긁었지만 사리는커녕 재도 없는뎁쇼."

"오방수가 마르다니? 자네들 다비식은 언제 마지막으로 해

보았나?"

"저희도 출가한 지 채 3년이 되지 않아 이번이 처음이죠. 전쟁 중에는 연기를 피울 수 없어 매장을 했습니다."

스승님은 입맛을 연신 다시며 입술을 축였다.

"공양간에 가서 물 한 바가지만 길어다 주겠나?"

사리를 찾으려고 왔건만 난데없이 물을 달라니 좀 난감했다. 다행히도 여기 있는 중들은 대부분 일자무식인지 스승님의 뜬금없는 주문에 토를 달지 않았다. 잠시 후 얼굴에 주근깨가 가득한 젊은 중 하나가 양동이 가득 물을 담아 지게에 지고 엉거주춤 다가왔다. 스승님은 볕이 좋은 양지로 옹기를 옮기더니 양동이 물을 통째로 들이부었다. 그러고는 아무 말도 없이 명석 위에서 가부좌를 틀고 앉아 앞만 노려보았다. 다들 너무 황당해 말문을 막았지만, 나만은 스승님을 따라 자리에 앉아 버렸다. 그리고 10분이 조금 넘어서야 스승님의 입가에 미소가 번져 나갔다.

"내 예상대로야. 이 독은 깨진 것이 분명하다."

말씀을 듣고 독 밑을 살피니 흙에 물이 스며들어 있었다.

"하지만 스승님, 다비식을 하면서 열기를 못 이겨 제풀에 갈라졌을 수도 있습니다."

여태껏 참고 있던 의문이 터져 나왔다. 활활 타오르는 불기둥 아래서 흙으로 빚은 옹기라고 무사하겠나. 아궁이에 군불을 때면 걸어 둔 질그릇도 터져 버린다. 스승님은 나를 물끄러미 응시하더니 남은 독에 물을 채우게 했다. 과연 시간이 좀 흐르자 마당이 흥건하게 젖어들었다. 바닥이 모래흙이라 질척이지는 않아도 하얀 마당이 검게 물들었다.

"네 말대로라면 연화 바로 밑의 놈만 깨져야지. 그런데 장작불 옆에 묻은 것들도 칠칠치 못하게 물을 흘리는구나. 죄다 금 간 놈만 골라 묻은 것이야."

나는 스승님의 말에 자존심이 상했다. 나는 배운 놈이다. 아무리 귀신 잡는 스님이라도 계를 우습게 여겨 술과 고기를 즐기는 분이다. 추레한 늙은 중이 뭘 안다고 훈계일까.

"돌산에 폭격이 떨어지고 포탄이 날아가 파인 곳은 다 검게 그을렸더군요. 불탈 나무가 없어도 공기를 데워 온통 뜨거워집니다."

불구덩이는 나도 전쟁 때 수없이 봤다. 경상도 청도에서 미군에게 폭격을 당한 적도 있다. 그때 양조장에 사령부를 차렸다가 동료들이 몰살 당했다. 때마침 순찰을 나와 있었기에 살았지 거기 있었으면 나도 함께 황천길을 걸었을 것이다. 양조장이라는 곳이 원래 술이 항상 넘치는 장소이다. 술 좋아하던 우리 상좌동무는 기왕 죽을 것 화끈하게 마시고 가겠다며 호기를 부렸다.

그런데 집에 정통으로 폭탄이 떨어진 것도 아니었다. 집에서 한참 떨어진 논에 박혔는데, 그게 터지면서 불이 확 옮겨붙었다고 한다. 폭탄이 터지면서 주변 공기가 데워지니 양조장 술이 가장 먼저 타들어간 것이다. 대학 교양 시간에 배운 복사열이 떠올랐다. 그런데 그 식이라면 스승님의 설명에는 어폐가 있다.

"한번 머리에 든 먹물이 핏물보다 진하다더니… 네놈이 이제 스승 앞에서 오두방정이더냐?"

스승님은 역정을 내더니 잔가지를 들어 땅바닥에 뭔가를 끄적거렸다. 바로 다비식 전에 묻은 오방수 항아리의 위치와 위에 올린 연화 그림이었다.

"부처님 말씀에는 삼라만상이 태어난 경위가 담겨 있다. 헛기침을 하는 선비들도 이 점은 수긍하고 말았다. 공맹의 도리에는 세상천지가 태어난 족보는 들어 있지 않거든. 그저 이 세상을 살아가는 인간의 도리만 나올 뿐이지. 『반야심경(般若心經)』에서는 공(空)이야말로 모든 것이 태어나는 기본이라고 이른다. 다비식 때 왜 항아리를 묻는지 아느냐? 그저 사람의 육신을 태워 흙으로 돌려보내기 위함은 아니다. 죽은 사람을 완전히 무의 상태로 돌려 새로운 생명을 기대하려는 것이지."

다비식의 의미야 대강은 알고 있었다. 하지만 옹기가 그렇게 중요한지 나로서는 금시초문이었다.

"잘 보아라. 이 옹기에 물은 3분의 2만 채운다. 그럼 윗부분은 텅 비게 되지? 인간의 눈으로야 빈 공간이지만 사실 네 말대로 공기는 차 있을 것이야. 그런데 위에서 불을 지피면 이놈이 공기를 빨아들이고 물이 닿지 않는 부분은 그야말로 바람도, 물도, 불길도 닿지 않는다. 그럼 여기에 뼈에서 나온 진기가 빠져 사리가 생긴다."

하지만 나는 이런 장황설에도 굴할 마음은 없었다. 내가 틀렸다고 해도 우겨 보고 싶었다.

"그렇게 불을 때는데 밑에 있는 물도 끓어 넘치지 않습니까? 제가 보기에는 그 열에 못 이겨 항아리가 벌어진 것입니다."

"어허! 이놈이 또 방자하게 나서는구나. 네놈이 아무리 비틀고 조여도 자연의 섭리는 어쩔 수 없다. 불이라는 것이 성이 나면 위로 치솟기는 해도 아래로 뻗어 내려갈 수 없는 법. 산불이 나도 연기가 하늘 높이 올라가지 골짜기 사이에 고이지 않는다."

맞는 말이다. 불은 타면서 위로는 올라가지만 아래로 내려올 수 없다. 따라서 연화 밑 땅에 묻힌 장독 안의 물은 끓어 넘칠 수 없다.

"그뿐이더냐? 여기 옹기들은 가마에서 며칠을 구워서 나온 놈이야. 뜨거운 곳에서 한 차례 몸살을 앓으며 몸단장한 것들이 그깟 장작불을 못 이기겠느냐? 누군가가 다비식을 방해하려고 금 간 옹기를 넣은 것이지."

스승님의 설명에는 면도칼 하나 파고들 틈조차 없었다. 이 이치대로라면 독이 깨져 물이 새니 위에서 아무리 불길이 날뛰며 난리굿을 쳐도 빈 공간은 생길 수 없다. 불이 타들어가면서 공기를 빨아들이다가 고인 물을 만나면 이 소통이 멈추어야 하는데, 물이 새고 그 틈으로 다시 바깥바람이 들이치니 공기가 돌고 돌 뿐이다.

어마어마하게 쌓여 있던 장작더미가 그렇게 빨리 사라진 것도 이해가 된다. 바깥공기가 깨진 독을 통해 장작 안으로까지 치고 들어오니 옹기는 연통 역할을 한 셈이다. 그러면 연화 밑에 쌓아 둔 장작도 밖에서 타고 안으로도 불길이 번진다. 타는 속도에 가속도가 붙은 셈이다. 그럼 이 독은 다 누가 가져다 놓은 것일까?

"옹기는 평소 장독대에 있던 것입니다. 궁금하시면 절 뒤 장독대에 가서 직접 확인해 보십시오."

좀 전에 물지게를 지고 온 중이 입을 내밀며 퉁명스럽게 대꾸했다. 도무지 나와 스승님이 나누는 대화 내용을 이해할 수 없다는 눈치였다. 물이 끓어 넘치든 불이 치솟든 다비식과 무슨 상관이냐는 투였다.

절 경내를 돌아 산신각 쪽 외진 구석으로 들어서자 곳곳에 감나무가 흩어져 있었다. 올해는 감이 풍년인지 가지마다 새빨간 홍시가 주렁주렁 매달려 있다. 나뭇가지가 감 무게를 이기지 못해 찢어질 판이다. 밭에는 이미 물러 터진 홍시들이 사방에 떨어져 있다. 말사 비구니 하나가 허리를 굽혀 감을 줍고 있다. 낯선 얼굴들이 등장하니 여승은 고개를 숙이고 말도 붙이지 못한다. 젊은 사내에게는 영 익숙지 못해 보여서 스승님이 다가갔다. 아무래도 동년배인 나보다는 아버지뻘도 더 되는 스승님이 편할 것이었다.

"개암나무에 접붙이기를 했군요. 스님, 깨진 감은 모아 어디에 쓰시려는 겁니까?"

스승님은 친근하게 허리를 굽혀 인사를 했다. 밀짚모자를 눌러써서 얼굴을 알아보기는 힘들었지만 여승은 채 서른도 안 된 것 같았다. 파랗게 깎은 머리나 이마 선이 고운 것으로 보아 제법 예쁘장한 듯했다. 상대는 출가한 여인이다. 비구니에게 이런 마음을 품는 것이 죄스럽지만 눈에 비치는 미모를 외면하기도 어려웠다.

"땅바닥에 뒹구는 미물이라도 부처가 깃든 소중한 것입니다. 제 생명이 다해도 인간에게 좋은 일을 한다면 그것이 부처지요. 감은 모아서 독에 넣어 두면 좋은 식초가 됩니다. 감식초야 여러모로 쓸모가 많지요."

산사에서도 남의 눈을 피해가며 곡차를 즐기기는 한다. 하지만 속세에서처럼 막걸리를 담다 상한 술로 식초를 내릴 수는 없다. 그런데 감, 그것도 까치밥조차 못된 이런 것들을 걸러 식초를 만든다니 현명하기 그지없다.

"스님, 저는 부산 범어사에서 온 혜장이라고 합니다. 돌아가신 큰스님께 계를 받은 인연으로 다비식에 왔지요. 혹시 말사에서 황태사 장도 관리하시는지요? 오래간만에 간장에 절인 곰취 맛이나 보고 싶기에… 늙으면 어서 죽어야 하는데 자꾸 입만 짧아지는군요."

혜장스님이라는 말에 여승이 눈을 반짝였다.

"돌아가신 큰스님께 여러 번 말씀은 들었습니다. 소승 문혜라고 합니다. 공양이 입에 맞지 않으시는 모양입니다. 저희도 장아찌는 있지만, 곧 김장도 해야 하고 장은 여인네 손길이 닿지 못하게 하셔서……."

"아니, 몸이 늙어 허물어져도 제 어미 손맛을 못 잊는 법인데 공양간에 접근을 못하시다니요? 무슨 일이라도 벌어진 것인지요?"

문혜라는 여승은 말실수라도 한 것이 아닌지 걱정하는 눈치였다. 하지만 이내 이실직고했다.

"현정스님께서 여인네의 부정한 손길을 타는 것이 싫다고 역정을 내셨답니다. 그래도 제가 장독대로 안내는 해드릴 수 있습니다만······."

말씨로 보아 강원도 벽촌 출신은 아니다. 다소곳하게 말끝을 올리는 것이 서울 말투였다. 하얀 목선이 드러나자 눈이 부셨다. 스승님은 바쁜 일손을 돕지도 못하면서 시간을 뺏을 수는 없다며 길만 가르쳐 달라고 청했다. 여승이 대강 가리키는 방향으로 걸어가니 장독대가 나왔다. 얼른 세어 본 옹기만 해도 100개가 넘었다. 절이 한때는 대단히 북적거렸던 모양이다.

"전부 비슷비슷하게 생겨 깨진 놈을 가려낼 수 없구나."

스승님은 공연히 헛걸음을 했다는 식으로 한숨을 내쉬었다. 담장 너머에는 흙으로 지은 봉긋한 기둥 같은 것들이 흩어져 있다. 그리고 그 뒤에는 노란 은행나무가 서른 그루 정도 서서 반들반들한 은행 떨구는 소리가 들린다. 퀴퀴하게 퍼지는 은행냄새가 신경에 거슬렸다.

"묘한 조화로다. 구린내 나는 똥덩어리랑 달큼한 여인네 향기가 어울리니 여기가 극락인가, 아니면 지옥인가?"

스승님은 또다시 뜻 모를 혼잣말을 하며 깊은 상념에 빠졌다. 눈에 힘을 주고 바라보니 벌통이 제법 많았다. 사방을 두리번거리는데 장독 뚜껑에 부지런히 마른걸레질을 하는 스님이 보였다. 다비식에 쓰인 옹기가 어디 있던 것이냐고 물었지만 영 시원찮은 반응이다.

"여기 옹기야 다 상당히 오래되었습니다. 왜정 때 사들인 걸 겁니다. 그 가운데 뭐가 성한 놈이고 뭐가 상했는지는 장을 담기 전에는 모르지요. 저희야 그냥 비 오면 장독 뚜껑 덮고 한여름에 구더기라도 생기면 잡아 성불시켜 주는 것인데요. 참! 홍안스님이 여기서 돌아가셨죠."

"그렇군요. 바로 여기군요."

스승님은 대단한 걸 듣기라도 한듯 눈을 반짝거렸다.

"장독 뒤에 벌통 보이시죠? 난리 터지기 전에는 야산 나무 그루터기를 털어 목청을 캤었는데 경찰들이 산행을 막더군요. 그래서 절에서 벌을 치셨습니다. 쓰러지시던 그날도 벌을 돌보셨는데, 미물도 주인이 간 것을 아는지 이제 벌이 죽어 난리랍니다."

절에서 벌통은 귀한 살림 밑천이다. 꿀은 장에 내다 팔고, 벌집을 녹인 밀랍으로는 법회 때 쓸 초를 만든다.

"장독대 뒤에 벌통을 두는 것도 연유가 있죠. 자칫 벌에 쏘이면 급한 대로 된장을 발라야 하고 벌이란 놈도 장을 참 좋아

합니다. 오래된 간장은 조청처럼 졸아붙고 뒷맛이 달큰합니다. 우리 말사 여승들도 보약처럼 여기고 자주 얻어가죠."

스님은 머리 손질을 미뤘는지 듬성듬성 흰머리가 자라 올라오고 있었다. 스승님은 홍안스님의 마지막을 전하는 스님의 말을 한마디도 놓치지 않고 따라갔다. 그리고 성큼성큼 벌통으로 다가갔다. 과연 이맘때면 한참 시끄러울 벌통이 조용했다. 벌들은 가을에 밤꽃에서 겨우살이 꿀을 따 모은다. 그런데 땅에는 죽은 벌만 수북했다. 홍안스님은 이렇게 벌을 돌보다가 홀로 입적하셨다고 한다. 쓰러져 계신 것을 발견하고 몸을 일으켰을 때는 이미 숨이 끊어진 뒤였다고 한다.

"입적하셨을 때 입에 허연 거품을 한가득 물고 계셨습니다. 간질병 앓는 사람들이 거품 때문에 숨이 막혀 죽는 식이었습니다. 제가 숨통을 터 드리려고 입에 손가락을 넣었는데, 억세게 깨무시는 통에 손만 다쳤습니다."

스님은 아직도 손에 붕대를 감고 있었다. 죽기 직전 마지막 단말마는 거세고도 끈질기다. 이승과의 인연은 그처럼 질기고도 모진 법이었다. 스승님은 홍안스님이 마지막으로 누워 있던 자리를 물었다. 그러고는 거기서 합장한 채 한참을 서 있었다.

"아미타불!"

나는 스승님이 정적을 즐길 수 있게 슬그머니 그 자리를 벗어났다. 장독대 끝이 시야에서 아른거렸다. 하릴없이 돌담 옆 들꽃을 꺾으며 걷는데, 한구석 양지바른 곳에 누군가 앉아서 뜻 모를 말을 옹알거리고 있었다. 자세히 살피니 너른 평상 위에 노스님 한 분이 앉아 몸을 잔뜩 움츠리고 있다. 어느샌가 내 뒤를 따라온 스승님도 눈가에 주름을 잡고 한참을 쏘아보았다. 그러고는 이내 환한 미소를 띠었다.

"이게 누구신가요? 일두스님이 아니십니까?"

스승님은 논두렁에서 연 날리는 어린애처럼 쏜살같이 앞으로 뛰어나갔다. 스승님은 이 절에서 계를 받았으니 일두스님이라는 분도 예전부터 서로 안목이 있던 사이리라. 그런데 상대방은 전혀 아는 척도 하지 않고 고개를 아래로 떨군 채 외면한다.

"스님! 저를 모르시겠습니까? 40년도 더 지났지만 그때 난리를 일으켰던 혜장입니다."

스승님은 늙은 스님의 어깨라도 움켜잡고 흔들 태세였다. 그런데 아까 장독을 닦던 스님이 한마디 거들었다.

"일두스님은 해방되던 해에 중풍을 맞고는 정신이 온전치 못하세요. 처음에는 옛 추억은 곧잘 기억하시면서도 방금 전에 한 말을 잊으시더니 이제는 대소변도 가리지 못하십니다.

선방에 계시면 기저귀 가는 냄새가 배니 낮에는 밖으로 모십니다. 화롯불을 자꾸 엎으셔서 잠시도 홀로 둘 수가 없어요. 밖에서는 똥오줌 냄새야 바람결에 날아가지요……."

스님은 겸연쩍은 듯 이렇게 덧붙였다.

노스님은 몸 오른편을 아예 못 쓰는지 팔을 덜덜 떨었다. 앉은 돗자리 사이사이에는 누런 국물이 묻어 있었다. 그만 바지에 실례를 한 모양이었다. 누렁이 한 마리가 옆에 앉아서 열심히 돗자리를 핥았다. 사람 뱃속을 빠져나온 부처가 이제 개 주둥이로 들어가고 있다.

"홍안이는 어디 있나? 아니지. 요사스러운 안개가 덮쳐서 생목숨 끊었지. 혓바닥 긴 놈 말 듣고 여기저기 들쑤시며 오리발만 찾더니… 에이, 더러운 놈! 홍안이 잡아먹은 나쁜 놈!"

방금 전까지 가을볕을 즐기던 일두스님이 갑자기 화를 내기 시작했다. 요사스러운 안개가 절에 돌아다닌다느니, 혓바닥 긴 놈, 오리발이라며 자꾸 같은 말을 반복한다. 바짝 말라 잔뜩 갈라진 노인의 목소리가 한층 을씨년스럽게 다가왔다.

"아이고! 스님 또 이러시네. 그만 안에 들어가셔야겠어요."

곁에 있던 스님이 걱정스러운 듯 일두스님의 동정 깃을 여며 주었다. 일두스님이 공연한 헛소리만 지껄이자 제 부모 모시듯 얼굴까지 붉히며 당황했다.

"찬 기운이 도니 감기 기운이 있네요. 홍안스님 돌아가시고 몇 날 며칠을 같은 말만 되뇌시는데, 이제 저도 잠을 못 자 미칠 지경입니다. 오밤중에 혓바닥 긴 놈이 큰스님을 해쳤다고 잡아 오라시는데……."

순간 스승님의 표정이 딱딱하게 굳었다. 큰형님처럼 모시던 분이 노망이 들었다. 인간이란 결국 마지막을 두려워한다. 그리고 그 마지막 순간을 친한 사람을 통해 바라본다. 죽음은 그렇게 온몸이 부르르 떨릴 듯한 섬뜩함으로 다가온다. 스승님은 말없이 일두스님에게 큰절을 올렸다. 횡설수설하는 노망든 노인네를 부처님 모시듯 대하고 있었다. 나는 그날 스승님의 뒷모습에서 형언할 수 없는 서글픔을 느꼈다. 잠시 잠깐 절에 몸을 숨긴 몸이지만 진정한 불제자의 따뜻한 가슴을 처음 접할 수 있었다.

# 04

# 오감


　방에 돌아온 뒤 스승님은 돌부처라도 된 듯 입을 굳게 닫고 생각에 잠겼다. 마치 장기를 두며 한 수 물러 주기를 바라는 듯 이마에 주름을 잡았다. 일이 이상하게 꼬이고 있었다. 홍안 스님의 다비식에 누군가가 훼방을 놓았다. 그리고 혓바닥 긴 놈 말을 듣다가 화를 당하다니.

　"오방수 항아리를 깬 이유는 알겠구나. 물이 없어지면 불길이 거세져 뼈가 삽시간에 녹아 버린다. 사리가 맺힐 틈도 없이 살과 뼈가 국물처럼 흘러 버리게 마련이야. 그런데 혓바닥이라니……."

　내 눈에는 스승님이 노망든 노인네가 한 뜬금없는 소리에 너무 집착하는 듯 보였다.

　"스승님, 정신이 온전치 못한 분이 하신 말씀입니다."

　"이놈아! 혓바닥 긴 놈과 매일 만나면서 무슨 말인지 모르겠더냐!"

스승님은 내게 역정을 냈다. 부처님에겐 별칭이 있으니 바로 장광설(長廣舌)이다. 옛 성현들은 태어나면서부터 몸에 특징을 지니고 나왔다고 전한다. 부처님은 혀가 넓고도 길쭉한 분이었다는 것이다.

"일두스님은 저명한 학승이셨다. 부처님 말씀을 빌려 곧잘 우스갯소리도 하신 분이야. 지금은 몰골이 사납지만 불경 해독에 있어서는 천하제일이셨어. 그런 분이 무심결에라도 없는 말을 지어내실 턱이 없다. 그런데 부처님 설법을 따라 행동한 것이 무엇이길래 동티가 났다는 말인가?"

스승님은 연신 고개를 갸웃거리며 중얼댔다.

"스승님께서는 현정스님께서 께름칙해하실 때도 별일 아니라고 넘어가시려고 했습니다. 그런데 지금 와서 이리도 심각하게 받아들이시니 제가 당황스럽습니다."

나는 절간 분위기가 꼭 공동묘지처럼 스산한 것이 싫었다. 더구나 전쟁이 끝났어도 산에는 공비들이 득실댄다고 했다. 혹여 꿈에도 보기 싫은 빨갱이들이 내려올까 두려웠다. 그저 빨리 산을 벗어나 도시로 돌아가고 싶은 마음만 굴뚝같았다.

"나도 처음에는 현정스님의 노파심이 도졌거나 대처들이 가벼운 장난질을 한 것이라고 보았다. 그런데 다비식을 준비

할 때 절에 있던 대처는 없었느니라. 다비식에 쓸 땔나무, 오방수 항아리는 절간 근방에서 구해 온 것이지. 다른 스님들도 대부분 어제나 그제 도착했으니 이런 것에 손댈 틈이 없지 않았느냐?"

"우연히 깨진 항아리를 쓸 수도 있는 것이 아닌지요?"

나도 모르게 볼멘소리가 터져 나왔다.

"그럼, 벌통이 텅 빈 것은 어찌 설명하겠느냐?"

설마 주인이 죽었다고 벌레가 사라졌을 턱은 없다. 홍안스님은 벌통 바로 옆에서 쓰러졌다고 했다.

"절에서는 각자 맡은 본분을 몇 년이고 꾸준히 해온다. 아까 만난 스님도 장독대만 몇 년을 돌봤을 것이고, 바로 옆 벌통은 누구보다 잘 알겠지."

하기는 쓰러진 홍안스님을 가장 먼저 본 것도 그 스님이라고 했다. 장이란 놈은 변덕이 심해서 하루만 볕을 쬐어 주지 않으면 곰팡이가 허옇게 핀다. 새벽 예불이 끝나면 부리나케 뚜껑부터 열어놓아야 한다. 육식을 못하는 사찰에서 장은 요긴한 겨우내 양식이다.

"그럼 홍안 큰스님이 돌아가시고 벌들이 집단 자살이라도 했다는 말인가요?"

벌들이 왜놈들도 아닌데 자살이라니. 어찌나 기가 막혔던

스님, 지옥에 가다 73

지 절로 실없는 농담이 튀어나왔다. 하긴 떼거지로 몰려들어 쏘아대는 것이 사이판, 오키나와에서 무더기로 죽은 왜놈들을 닮기는 했다.

"이놈아! 아무리 산속에서 뒹군 중이라도 그 정도를 모르겠느냐."

스승님은 내게 핀잔을 주며 손을 내저었다. 스승님 짐작대로라면 다비식을 망친 놈이 홍안스님의 죽음과도 관련되었다는 얘기였다. 스승님은 여전히 뒷맛이 개운치 않은 듯 턱을 만지작거렸다.

"계를 주신 스승님께 기묘한 일이 벌어졌다니… 그냥 넘어갈 수도 없는 노릇이고 난감하구나."

젠장! 스승님은 이 빌어먹을 절에서 며칠 더 머물 요량이었다. 내 간절한 바람도 뒤로 물린 채 스승님은 염주를 쥐고 경을 외웠다. 스승님의 참선법은 참으로 독특했다. 다들 눈을 반쯤 감고 잡념을 떨치지만, 스승님은 두 눈을 부릅뜨고 벽을 뚫어져라 바라본다.

"눈을 감는다는 것은 현생의 괴로움으로부터 도망치겠다는 뜻이다. 삶도 죽음도 부처에게는 한낱 꿈에 불과하거늘."

나는 스승님의 넋두리를 뒤로한 채 절 마당으로 나왔다. 심란한 가슴을 좀 다스리고 바깥바람도 쐬고 싶었다. 어두운 방에만 갇혀 지내다가 두더지라도 될까 두려웠다.

"그리 멀리 가지도 않고 고작 부산인가? 전국 방방곡곡 다 쏘다녔어도 부산 완월동 밤구경이 최고였는데……."

마당 평상에 걸터앉아 먼 산만 바라보는데 누군가가 말을 걸어왔다. 언청이였다. 슬금슬금 다가와 아는 척을 했다. 절에서 허드렛일을 하는지 싸리빗자루로 우수수 떨어지는 낙엽을 쓸던 중이었다. 우리 둘 가운데 하나라도 배반하면 둘 다 치도곤을 면치 못한다. 놈도 현 상황을 아는지 예전보다는 말씨가 누그러져 있었다. 그래도 중다운 구석이라곤 약에 쓰려고 찾아도 없는 자가 머리를 깎았다니 실소가 절로 터졌다. 간만에 만난 사이에 대뜸 가랑이 벌려 먹고 사는 창녀들 얘기나 하려니 우스웠다.

'나야 파리만도 못한 목숨 건지려고 출가했다지만 이놈은 목적이 따로 있겠군.'

아까 비구니들을 바라보는 시선도 무척이나 끈적거렸다.

"여기까지 어찌 굴러온 게요?"

한 해 만에 건넨 인사치곤 꽤 까칠했다.

"난 원래 강원도 토박이야. 약초 캐고 뱀 잡는 데는 이골이 났지. 오가며 봐둔 절이었는데 마침 오자마자 전쟁이 딱 끝나더군."

원체 집도 절도 없이 떠돌던 인생인지라 엉덩이 붙이면 제 집 안방 같은 모양이었다. 입이 걸고 말씨도 투박한데 절에서 별 의심도 않고 받아 준 점이 신기할 따름이었다. 전쟁 전에는 장마다 돌아다니며 얼토당토않은 약을 팔았다고 한다. 나는 떠돌이 약장수 출신 중의 음담패설을 멍청하게 흘려들었다.

"날이면 날마다 오는 것이 아냐! 날아가는 새가 왜 떨어져? 기어가는 개미가 왜 자빠져? 다 정력 탓이야."

걸쭉한 장마당 흥정이 아예 입에 배어 들었다.

"지금도 근방에 심마니 친구들이 배회를 해서 간혹 객고를 풀고 가지. 혹시 부산 절에 오는 고관들 중에 백사나 산삼이 필요한 사람은 없다던가?"

이제는 아예 대놓고 약장수질을 할 참인가 보다. 얼굴에는 개기름이 줄줄 흐르는 꼬락서니를 보니 논두렁 옆에서 개구리라도 잡아먹는 눈치였다. 절의 공양에는 진기가 없는데 살가죽이 번들거렸다.

"시골구석에서 소나 돌보니 단골손님 죄다 떨어져나갈 판일세. 중간에서 다리만 잘 놓으면 구전도 단단히 쥐어 줄 수 있네."

이 말이 내 귀에는 반쯤 협박조로 들렸다. 뒤가 구리다는 것을 아니까 입 함부로 놀리지 말라는 경고였다. 세월이 험악한 시절에는 별난 작자들이 절로 몰려든다. 전쟁에서 사람 죽인 작자들은 꿈자리가 사납다고 들어왔고, 역 광장에서 소매치기로 먹고살다가 쫓겨 들어온 자도 있었다. 개중에는 피난길에 가족을 잃고 시름에 잠겨 온 점잖은 부류도 있지만, 대다수는 떳떳이 밖에 나가 살 수 없는 자들이었다. 물론 나도 빨갱이 이력 탓에 숨죽이고 사는 것은 매한가지였지만.

"이 절에서 바깥출입이 자유로운 사람은 나뿐이야. 뭐든 부탁할 게 있으면 말만 하라고."

소를 가둬 두고 키울 수는 없다. 풀도 뜯기고 여물로 쓸 볏짚도 나른다. 보성은 이런 핑계, 저런 구실을 대며 바깥으로 돌아다닌다고 했다.

"장을 보기도 하겠군요."

"소달구지를 끌고 절에서 거둔 팥, 콩, 들깨도 내다 팔고 호롱불을 밝히는 휘발유도 사오고 옷감도 끊어 오지."

농촌에서 소는 큰 재산이었다. 마찬가지로 사찰에서 소를 돌보는 자는 소걸음을 따라 밖으로 나돌아다닐 수 있다.

"혹시 돌아가신 큰스님 심부름으로 약을 사 온 적은 없소?"

내가 다소 생뚱맞은 질문을 던지자 보성은 쓴웃음으로 맞받아쳤다.

"약 심부름을 시켰다면 패거리들과 뭉쳐 값을 부풀렸겠지.

늙어빠져서 골골하는 산송장들이 넘쳐나지만 한약방 한 번 갈 생각을 안 해. 산에서 캔 도라지 달인 물로 해수병 고친다고 궁상만 떨지 알맹이가 없어."

뱀이나 잡아 팔던 떨거지에게 내가 괜한 질문을 한 모양이었다.

"아! 벌레 죽이는 약은 사왔어. 절에 바퀴벌레가 기어 다닌다고 사오라더군. 절간 기둥이 벌레 먹는데 나무를 바꿀 생각은 않고 벌레 잡는다고 극성이었지."

보성은 한심한 작자들 다 보겠다며 코웃음을 짓는다. 그러고는 이내 부산에서 새로 개봉한 영화는 무엇인지, 최은희와 주증녀의 소식은 들었는지 꼬치꼬치 캐물었다. 모두가 죽기살기로 살아남으려고 용을 쓰건만 이 작자는 팔자가 늘어졌다. 당장 내일 먹을 끼니 걱정도 없고 잘 집이 있으니 난세에 중노릇하기도 좋은 것 같았다.

"이따 좋은 것 보여 줄 테니까 도회지 얘기나 해주시게. 이게 나 같은 까막눈은 영 알아먹을 수가 없어서 말이지."

뭘 보여 주겠다는 소린지 몰라도 나는 그자와의 만남이 꺼려졌다. 그래도 보성은 해 떨어지면 외양간에 놀러 오라고 신신당부했다.

"오늘밤이나 내일 새벽에는 송아지가 태어날 것 같소. 밤새도록 지켜야 하니까 말동무나 하자고."

나는 보성이 길쭉한 이빨을 드러내고 웃는 모습이 기분 나빴다. 마치 너도 부처님은 안중에 없고 입에 풀칠하려고 기어 들어온 버러지 아니냐고 비웃는 듯 보였다. 은밀하게 밤에 만나자는 수작도 뻔하다. 뒷산 비구니들 이야기로 유치한 농담이나 지어낼 것이다. 역시 속세를 떠났어도 주둥이로 먹고살던 약장수 근성은 버리지 못했다. 묵언수행이라도 시키면 좀 나아지려나.

나는 늦가을 햇살을 즐기며 절 경내를 기웃거렸다. 지척에 벌목장이 있으니 나무는 맘대로 구할 수 있는데 굳이 벌레잡기에 열을 올리다니. 사람이란 간혹 자기 발치에 놓은 금가락지는 놓쳐도 지평선 너머 노적가리에는 집착한다.

그나저나 그 약이란 것이 효과는 있었던 모양이다. 하룻밤을 지내는 동안 바퀴는 물론 산촌에 흔한 개미새끼 한 마리 구경하지 못했다. 살생을 금하는 절에서 할 행동은 아니겠지만 지금은 일손이 달리는 시기였다. 전쟁 때 사지 멀쩡한 놈은 죄다 군대에 끌려가 병신이 돼 돌아왔다. 목발에 갈고리 손을 한 상이용사들은 여기저기서 돈 뜯는 데 정신이 팔려 있었다.

보성의 말처럼 이 절도 허리가 구부정한 중늙은이들로 가득했다. 신도들도 군대 간 남편, 아들이 무사히 돌아오기만을 치성 드리는 여자들일 것이다. 집이 낡아 허물어져도 손볼 남자가 없다.

　골짜기에서 바람이 들이치자 제법 쌀쌀했다. 슬슬 승방으로 돌아가 예불 준비를 할 시간이었다. 방문을 열자 스승님은 아까 그 자세대로 벽만 뚫어져라 응시하고 있었다.

　"스승님, 절 사정이 참 딱한 모양입니다. 절 들보와 기둥이 썩어 집이 흔들려도 수리할 여력이 없나 봅니다. 그런 형편에 이 외진 곳에서 큰스님들이 회의까지 하니 살림이 한층 쪼들릴 듯싶습니다."

　스승님은 내 말에 동작을 멈추고 의아한 듯 나를 쳐다보았다. 범어사에 처음 발을 들일 때 느닷없는 일본 목간통 이야기를 잘도 받아친 적이 있다. 스승님은 그런 내 순발력이 마음에 든 눈치였다. 한마디를 해도 숨은 속뜻은 있는 법. 나는 가뜩이나 힘든 절 살림을 축낼 것 없이 볼일 끝났으면 돌아가자고 보채는 중이었다.

　"다비식에 온 신도들도 많은데 큰 절이 그리도 곤궁하더냐?"

　"절 지붕, 서까래가 눅눅해지니 절에 바퀴벌레가 득실거리죠. 그런데 목재를 갈 엄두도 못 내자 살충제를 뿌렸다는군요."

　살충제라는 말에 스승님은 이맛살을 찌푸렸다.

　"겨우 그런 미물을 잡으려고 약을 쳐댔다고?"

　스승님은 고개를 설레설레 흔들었다. 도무지 믿지 못하겠다는 기색이 역력했다.

"읍내에서 장을 봐오는 스님이 한 말입니다."

내가 정색을 하며 앉음새를 고치자 스승님은 더욱 의아한 표정을 지었다.

"이놈아! 내가 두 눈에 힘을 잔뜩 주고 참선하는 이유를 아느냐?"

그 점은 아까부터 궁금했다. 쏟아지는 졸음을 쫓기 위한 고육지책일까?

"부처를 모실 때 잡념을 없애고자 눈을 감으라고 한다. 하지만 내가 부처요, 사방이 온통 부처투성이인데 쫓아버릴 잡념이라도 있겠느냐? 내 안의 부처를 찾기 전에 내 옆의 부처를 먼저 알아봐야 하느니라."

나도 절에서 그다지 오래 산 것은 아니지만, 스님은 선방에서 배운 것과는 정반대의 말을 해댄다.

"부처님과 만날 때는 눈, 귀, 콧구멍까지 몽땅 열고 오감을 총동원해야 하느니라. 샘에서 참선을 하는 것은 물 떨어지는 소리를 들으며 찰나의 오묘한 차이를 귀로 익히려는 것이다. 눈을 크게 뜨고 밤하늘 별자리를 바라보면 억겁이라는 장구한 시간도 하늘의 이치대로 움직임을 알 수 있다."

남의 절 살림이 거덜 나는 것과 참선은 무슨 관계인가? 뜬금없는 소리를 듣고 있자니 궁금증이 목구멍을 치고 나왔다.

"네놈도 소경이 아니면 두 눈 크게 뜨고 둘러보아라. 절 기둥이 상했다면 지붕인들 온전하겠느냐? 기와가 깨지고 이끼가 껴서 형편없어야 하거늘 어디에도 빗물 흐른 자국이 없다. 엊저녁 네놈 입으로 풀벌레 소리도 들리지 않는다고 했다. 지붕이 상하면 당연히 천장에 쥐떼가 뛰어다니며 운동회를 하는 법. 부처는 요란스레 참선을 한다고 만날 수 있는 게 아니다."

내가 스승님을 늙은 땡중이라고 우습게 본 탓일까. 아니, 중이라기보다는 서릿발 잔뜩 선 포로 심문관 같았다. 그렇다면 보성이라는 놈이 내게 거짓말을 지껄인 게 틀림없다.

"얘야! 나는 당분간 여기 머물러야 할 것 같다. 혓바닥 긴 놈이 누구인지 낯짝을 보기 전까지는 떠날 수 없구나. 비구와 대처가 멱살 잡고 싸우는 볼썽사나운 꼴은 보기 싫지만 따로 할 일이 남았거든."

스승님은 이 말을 끝으로 옆으로 돌아누워 버렸다. 그러고는 이내 드르렁드르렁 코를 골며 낮잠에 빠졌다.

'아! 말이 씨가 되고 말았구나. 당분간 세상 구경하기는 글렀다!'

나는 절로 터져 나오는 탄식을 애써 삼켜야 했다.

## 05

## 해충

"오리발이라!"

스승님은 맥없이 중얼거렸다. 늦은 오후 잠시 눈을 붙인 스승님은 고개를 갸웃거리며 손을 마주 잡은 채 만지작거렸다. 좀처럼 낮잠을 즐기는 법이 없는 분이 참 별일이라는 생각마저 들었다. 내가 휘적휘적 바깥을 싸돌아다니는 동안 꿈속에서 관음보살을 만난 것 같았다.

"벌이 무더기로 죽었고 홍안 큰스님이 입적했다. 벌통이 텅 빌 정도로 뿜어대다니."

스승님은 듣는 이도 없는데 혼잣말을 계속했다.

"스승님, 바퀴벌레는 쥐새끼보다 약삭빠르고 쓰레기만 먹고도 무럭무럭 자라는 독종입니다. 일본에 살던 친구 말로는 원자폭탄이 떨어진 자리에서도 와글거리며 살아남았답니다. 그런 놈들을 박멸하려면 기둥뿐 아니라 절 여기저기에 골고

루 뿌려 줘야 해요."

스승님은 만류하는 소리를 듣더니 한심한 듯 실눈을 뜨고 나를 바라본다. 꼭 배운 티를 내야 직성이 풀리냐는 식이다.

"벌통은 절 살림에 큰 보탬이 된다. 겨우 벌레 몇 마리 잡으려고 큰 재산을 날리겠느냐? 그리고 안개가 몰아치자 큰스님이 쓰러졌고, 벌도 죽어 나간다……."

스승님은 여전히 턱을 만지작거리며 골똘히 생각에 잠겼다. 보성이란 놈이 마구잡이로 지껄인 바를 전한 것이 실수였다.

"안개라… 안개라니?"

스승님의 혼잣말이 계속됐다.

"거제도에서 살 때 이, 벼룩을 어찌 잡았느냐?"

스승님이 뜬금없이 예전 일을 물어왔다.

"잡혀와서 바로 머리를 박박 깎고 새 옷을 나눠 줬습니다. 옷을 갈아입는 동안 미군들이 살충제를 뿌렸습니다."

미군들이 쓰는 허연 횟가루를 뒤집어쓰자 이, 서캐, 벼룩, 빈대가 죄다 사라졌다. 콩나물시루처럼 빽빽한 막사에 살면서도 벌레에 물린 적은 없었다.

"여름에 모기 같은 날벌레 때문에 잠을 설쳤지만 몸에 이는 생기지 않더군요."

이 말에 스승님이 만족한 듯 이를 드러내고 웃었다.

"벌통에 다시 가보자꾸나."

스승님은 미투리를 고쳐 신고 성큼성큼 앞서 나갔다. 아까와는 달리 장독대에는 아무도 없었다. 스승님은 이곳저곳을 뒤적이며 무언가를 열심히 찾더니, 이윽고 담장 너머에서 뭔가를 들고 돌아왔다. 주둥이가 길쭉한 주전자처럼 생긴 물건이었다.

"큰스님께서 쓰러지신 것이 일주일 전이지? 그때 분명히 꿀을 따려고 벌통을 털고 계셨을 거야. 이게 사람 잡는 데 쓰일 줄은 미처 몰랐구나."

나야 농촌 생활이라고는 해본 적이 없으니 잘 모르지만 스승님은 익숙하게 나무껍질을 주워 모았다. 그리고 주전자에 넣고 불을 댕겼다. 축축한 나무껍질이 타면서 희뿌연 연기가 펄펄 뿜어져 나왔다.

"이게 사람 죽이는 안개였어."

나는 스승님이 밑도 끝도 없이 떠드는 말에 어안이 벙벙했다. 연기를 피워대는 것은 벌을 쫓기 위해서였다. 그런데 이게 큰스님의 죽음과 무슨 상관이 있다는 것인가.

"미군들이 쓴다는 벌레 죽이는 약은 독성이 강할 것 같구나. 몸에 뿌리기만 해도 해충이 죽는데, 여기에 넣어 태우면 연기를 벌과 사람이 함께 들이마시겠지. 여기에 그걸 슬쩍 섞으면 아무도 모르게 사람 명줄을 끊어놓겠군."

나는 그 말에 기억을 더듬어 보았다. 미군들은 DDT라고 쓴 깡통을 여러 개 열고 슬금슬금 뿌렸다. 난생처음 맞아 보는 횟가루 세례 중에도 다들 눈을 꼭 감고 숨도 참았다. 그게 독성이 강하다는 말은 맞다. 해방되던 해 일본인 교사들이 수군대던 말이 떠올랐다. 독일에서 유태인을 죽일 때 이 가루를 분말로 뿌렸다고 했다. 밀폐된 공간에서 들이마시면 팔팔한 젊은 것들도 기절한다는 것이다.

홍안스님은 연세도 팔순이 넘으셨고 지병이 있었다고 들었다. 어쩌면 죽음에 말 못할 사연이 있을 수도 있다. 굳이 연기가 사람 잡았다고 우긴다면 경찰을 부르는 편이 나을 듯싶었다.

"일단 경찰에도 알리고 절 사람들에게도 해명을 하셔야 할 것 같은데요."

스승님은 그 말끝에 기가 막힌다는 듯 혀를 끌끌 찼다.

"배운 놈은 좀 나을 줄 알았건만 절간 생활 1년 만에 총기를 잃었더냐? 시체가 타버렸는데 신고를 한들 지서 놈들이 제대로 조사를 하겠느냐? 이 절 중들도 공연히 분란을 일으키고 싶지는 않을 것이다. 누구 짓인지 증거가 없으면 죄다 공염불이 된다."

스승님의 안광이 번뜩였다. 어떤 놈인지 꼭 제 손으로 잡아 족치고 싶어 하는 듯 보였다.

"혹시 압니까? 스님은 고령으로 돌아가셨고, 살충제가 바람에 날려 벌이 죽었을 겁니다."

나는 이런 시시한 말장난은 그만 집어치우고 싶었다. 스승님 말씀도 일리는 있지만 왠지 억지로 끼워 맞춘 듯한 느낌이 강했다. 신성한 사찰에서 살인이라니?

"아니! 오히려 연결 고리가 분명하구나. 다비식을 망친 이유도 알 것 같다. 사리가 나오지 않을 정도로 시체를 바짝 구워 버리면 증거는 한 줌 재가 되고 말지. 다비식에 훼방을 놓은 놈이 사람까지 죽인 거야."

스승님은 내 말은 한 귀로 듣고 흘려버리고는 한층 의기양양해졌다. 아주 흥미로운 것을 발견했는지 눈이 반짝였다. 전날 스승님을 애도하며 속으로 울음을 삭이던 모습은 사라지고 없었다.

"애초부터 벌레 잡는다고 약을 뿌렸다는 건 새빨간 거짓말이야. 큰스님은 해충을 없앤다고 그런 부산을 떠실 분이 아니다. 오리발을 찾으셨다는 말이 뭔지 알 것 같다."

노망들어 얼이 빠진 사람이 한 말에 너무 집착하는 것 같았다. 겨우 세 마디에서 무슨 단서를 찾았다고 난리실까?

"내 눈에는 광주리에 담긴 은행잎이 부처님으로 보였느니라. 늦가을에는 은행잎을 모아 곳곳에 놓아둔다. 그럼 바퀴벌레가 도망치고 말지. 수도하는 스님들이 살생을 함부로 할 수는 없지 않더냐? 이렇게 제대로 된 바퀴벌레 퇴치제가 있거늘 굳이 따로 돈을 들여 사올 필요가 어디 있겠나."

나는 그제야 처음 도착했을 때 스승님이 시를 읊조리며 은행잎을 만지던 장면이 떠올랐다.

"은행나무는 좀 유식한 농담으로 압각수(鴨脚樹)라고 부르지. 넓적한 잎이 오리발 모양이라 붙은 별칭이니라."

스승님은 퍽이나 큰 가르침을 줬다는 듯 근엄한 웃음을 짓는다. 누군가가 잔재주를 부리다 덜미를 잡힌 것은 분명했다.

"설사 잡더라도 살인자가 죄를 쉽게 털어놓겠습니까?"

나는 근심 어린 말투로 투덜거렸다.

"돌아가신 스승님의 원수를 갚겠다는 말이 아니다. 불제자로서 손에 피를 묻힌 놈도 사연이 있을 것이 아니더냐? 불도는 악을 쫓는 것이 아니라 좋은 방향으로 교화시켜야 한다. 돌아가신 스승님께서도 필경 그리하셨을 것이야."

나는 그 보기 싫은 보성이라는 놈을 결국 만나야 하는지 잠시 망설였다. 사람 기분이라는 것이 참으로 묘하다. 내게 아무리 친절하게 대해 주는 놈도 첫인상이 나쁘면 꼭 사단을 벌였다. 포로수용소에서 배운 이 삶의 교훈은 절대 뇌리에서 지워지지 않았다. 스승님은 모든 이의 마음에 부처가 깃들어 있다고 했지만, 내게는 말짱 헛소리로 들렸다. 부처는 간데없고 마라(魔羅), 지옥의 옥사장 마두(馬頭)만 제멋대로 뒤엉켜 있었다.

"그 중놈은 하수인에 불과하다. 사람을 상하게 한 흉기를 샀다고 제 입으로 떠벌릴 바보가 세상천지 어디에 있겠느냐? 필경 보성을 시켜 요상한 물건을 들인 장본인은 따로 있다. 뒤에 누가 숨었는지 슬슬 구슬려서 알아내야지."

스승님은 은근한 눈빛을 보내며 날이 저물면 보성을 만나러 가라고 권했다.

"보성이 심심산골에서 모처럼 말이 통하는 놈을 만났다고 좋아하겠구나. 외양간 옆에서 모닥불이라도 피워 놓고 약장사하는 요령부터 알아보아라. 분명 보성이 밖에서 함께 떠돌던 작자들과 한통속이 됐다고 했지?"

스승님은 아까 내가 짧게 조잘거린 말을 토씨 하나 빼지 않고 머리에 담아 두었다. 무심한 듯 보여도 무엇 하나 놓치는 법이 없었다.

산사의 저녁은 성큼 다가왔다. 늦가을 하늘은 오후부터 꾸물거렸다. 본격적인 겨울을 부르는 가을비가 추적추적 내릴 기세였다. 나는 솜을 누빈 두루마기를 꺼내 입었다. 방문을 나서는데 방울방울 빗줄기가 떨어지기 시작했다. 아궁이 주변 땔나무 더미를 뒤지니 허연 비료 포대가 나왔다. 쏟아지는 비를 막으려고 그 포대를 둘러썼다. 어느새 사방이 캄캄해졌다. 비가 떨어지니 오늘 밤은 달도 뜨지 못할 것이다. 내키지 않는 걸음을 억지로 떼려니 공연히 등골이 오싹했다.

절 대문을 빠져나와 오솔길을 따라 걸으니 외양간이 나왔다. 보성이 산다는 산막이 시야에 나지막이 들어왔다. 옆에 커다란 가마솥이 걸려 있었다. 쇠죽을 쑤는지 부뚜막 밑에서 불길이 맹렬히 타올랐다. 불빛 덕분에 눈이 좀 밝아졌다. 칠흑같이 깜깜한 비탈길을 조심스레 내려가던 순간이었다.

"이년아! 그게 어디 처박혀 있냐고! 부산에서 온 중놈들에게 보여 주면 없는 돈도 긁어모아 줄 거야!"

움막 안에서 가래 끓는 거친 목소리가 들려왔다. 멀찍이 떨어져 있기는 해도 보성이 틀림없었다.

"딱!"

뭔가를 치는 소리까지 들린다. 필경 여인과 함께 있는 듯 보였다. 이어서 숨이 턱에 찬 듯한 신음 소리가 들렸다.

'저놈이 실성했나? 자칫 잘못해서 사람 잡는 것 아닐까!'

보성이 손찌검을 계속하자 나는 뜯어말리고 싶었다. 하지만 얼어붙은 듯 발이 떨어지지 않았다. 우뚝 솟은 정수리, 개

기름이 줄줄 흐르는 볼, 그리고 넓적한 턱. 거제도에서 언청이에게 불만을 품은 자들이 생겨났다. 아침 세수를 하던 중 셋이 달라붙어 씨름을 벌였지만 끝내 다들 나가떨어지고 말았다. 그간 잡아먹은 뱀 덕분인지, 산삼을 많이 처먹었는지 언청이는 힘이 우악스럽게 좋았다. 책장이나 넘기던 내 손으로는 당해낼 자신이 없었다.

'방에 여자를 들였나?'

의문이 꼬리를 물었다. 아까는 재미있는 물건을 보여 주겠다고 이죽거렸다. 그것이 고작 거무칙칙한 촌여편네라면 나는 헛걸음을 한 셈이다. 사내들은 주먹을 휘두르고, 여인은 살기 위해 아무 놈이나 걸리는 대로 몸을 팔던 시절이었다. 나를 불러 여자를 끼고 술잔이나 기울일 요량이라면 번지수가 틀려도 한참 틀렸다.

"보여 주겠다는 놈이 고작 이런 것인가?"

나도 모르게 염주를 쥔 손에 힘이 들어갔다. 잠시 뒤 산막 입구를 막고 있던 가마니를 젖히고 누군가가 나왔다. 체구가 자그마한 것이 여자가 확실했다. 여자는 사방을 두리번거린 뒤 몸을 사리고 나왔다.

"아직 거기 있죠? 스님이 잠시 보자는데요."

잔뜩 움츠린 목소리였지만 분명 여자였다. 여인네가 길 건너편 수풀에 대고 말을 건넸다. 또 한 명이 도사리고 있는 것이다. 나는 외양간 뒤에서 발이 얼어붙은 채 한 발자국도 더 나아갈 수 없었다.

여자는 어둠 속에서 맹렬히 손짓을 해댔다. 이윽고 커다란 그림자가 모습을 드러냈다. 여자보다는 머리 하나가 더 큰 것이 남자가 틀림없었다. 모닥불에 비쳐 어른어른 춤추는 그림자는 등이 구부정했다. 나는 계속 숨어서 단 한 순간도 눈을 떼지 않고 훔쳐보았다. 그림자는 걸음새가 조금 특이했다. 다리를 전다고 보기는 어렵고 한쪽 발을 질질 끄는 것 같았다.

빗발이 점점 굵어지기 시작했다. 자칫하면 감기라도 걸리기 십상이었다. 나는 쏟아지는 빗줄기를 피해 오동나무 밑으로 기어 들어갔다.

'그냥 모르는 척하고 산막으로 들어갈까?'

잠시 망설였지만 이내 고개를 저었다.

와이셔츠 단춧구멍만 한 보성의 작은 눈에서는 음탕함이 줄줄 흘렀다. 여인네에게 손찌검까지 했다면 무슨 관계인지 불을 보듯 뻔했다. 게다가 사내 하나를 더 끌어들였다. 나까지 낀다면 남자 셋, 여자 하나. 묘한 조합이다. 나는 그 언청이놈의 완력을 알고 있다. 수용소에서 한판 붙는 날에는 주먹다짐이 그냥 끝나지 않았다. 상대를 아예 묵사발로 만들어야 성이 차는 놈이었다. 그럴 때면 독사처럼 살벌한 기운이 감돌았다.

　이제 살충제 따위는 궁금하지도 않았다. 그저 야차 같은 놈에게서 멀찍이 떨어지고 싶은 마음만 굴뚝같았다. 나는 비틀비틀 뒷걸음질하면서 외양간을 빠져나왔다. 할 수만 있다면 걸음아 날 살려라 달음박질치고 싶었다.

## 06

## 나찰

옆에서 부스럭거리는 소리에 슬그머니 눈이 떠졌다. 스승님은 내가 밤늦게 빈손으로 돌아오자 참으로 답답하다는 듯 혀만 끌끌 찼다.

"사지에서 살아 돌아와 야무진 구석이 있는 줄 알았거늘 겨우 여인네가 있다고 꽁무니를 빼다니, 그리 숫기가 없어서야 세파를 어찌 헤쳐 나갈꼬."

이불 속으로 기어 들어가자마자 천둥소리가 하늘을 뒤흔들었다. 늦가을 장맛비를 맞아서인지 몸이 와들와들 떨려왔다. 번쩍 번개가 칠 때마다 낯모를 그 여인의 목소리가 섞여 들렸다. 사내란 묘한 동물이다. 아까 먼발치에서 본 여인네가 눈을 감아도 자꾸 떠오른다.

뭇 사내들이 반할 미인인지 추녀인지 얼굴도 보지 못했다. 하지만 가녀린 어깨, 잘록한 허리선은 내 몸 안에 형언할 수 없는 흥분을 불러왔다. 지난 3년간 여자를 접한 적이 없어서일까? 삶과 죽음 사이에서 갈팡질팡할 때는 여자를 꿈속에서 보는 것도 사치였다. 그렇다고 여자 냄새도 맡아 본 적 없는 숙맥은 아니었다. 일본에 있을 때 아주 잠깐 연애 비슷한 것도 해본 적 있다. 도쿄 YMCA에서 만난 원산 출신 여학생이었다. 흑단처럼 검은 단발머리에 빛나는 해맑은 미소가 내 마음을 사로잡았다. 허나 짧은 로맨스는 이내 끝나 버렸다. 방학 때 고향에 가서 그대로 결혼했다는 소식만 들려왔다.

밤에 본 여인이 내 마음에 남은 이유는 아마도 애절함 때문이리라. 목소리에서 묻어 나오는 어떤 절박감이 사내의 연민을 자극했던 것이다. 수용소 3년 세월 동안은 긴장의 연속이었다. 식욕, 수면욕 그리고 내 나이 또래의 사내들이 가장 강하다는 성욕도 삽시간에 잠잠해졌다. 아침에 자리에서 일어나면 으레 아랫도리가 빳빳해지는 생리 현상도 나타나지 않았다. 그런데 오늘 아침은 부끄럽게도 이부자리를 젖히기 힘들 지경이었다.

"아침 예불에는 늦지 마라."

스승님은 어느새 세안을 마치고 마른 수건으로 얼굴을 문지르고 있었다. 내가 밤새 뒤척이는 통에 덩달아 잠을 설친 듯했다. 그래도 노인들은 잠이 적다. 스승님은 몰래 고기를 먹고 술도 즐겼지만 예불 시간만은 절대 놓치는 법이 없었다. 술, 고기로 입이 호강하면 예불로 마음도 깨끗하게 목욕을 한다고 믿는 눈치였다.

"스님, 기침하셨습니까?"

장지문 밖에서 귀에 익은 소리가 들렸다. 첫날 우리 방에 찾아왔던 도문이었다.

"긴히 상의드릴 일이 있어서 왔습니다."

도문스님은 우리 대답을 기다릴 틈도 없었던지 문을 열고 발을 들였다.

"스님 한 분이 심상치 않은 일을 당하신 것 같습니다."

도문스님의 입술이 파랗게 죽어 있었다. 때 이른 매서운 추위 탓인지 몰라도 일단 상당히 긴장한 듯 보였다. 아니, 그보다는 어딘가 몸에 탈이라도 난 듯했다. 쌀쌀한 날씨에 곱은 손을 불어가며 녹이면서도 땀을 비 오듯 흘렸다.

"외양간을 지키던 스님 하나가 쥐도 새도 모르게 사라졌습니다."

외양간지기라면 보성을 말한다. 나는 일순간에 피가 거꾸로 도는 듯 현기증을 느꼈다.

"좀 천천히 말을 해보시오."

스승님은 숨을 헐떡거리는 젊은 스님을 진정시켰다.

"절에 정을 붙이지 못해 나가고 싶었던 모양이네요. 지금껏 먹이고 재워 준 은혜를 갚지도 못해 야반도주한 것 아닌지요?"

스승님은 도문의 젊은 혈기를 찬찬히 어루만졌다. 사실 나도 그러길 간절히 바라고 있었다. 그 더러운 놈이 나처럼 부처의 길을 택했다니 피부에 구더기가 기어오르듯 소름이 돋았다. 그렇다고 내가 진정 부처의 제자가 되고 싶었다는 말은 아니다. 다만 내가 품은 소중한 여인을 음탕한 놈에게 빼앗긴 것 같은 혐오감이 온몸을 감쌌다.

"가축은 경내를 더럽히고 공비들이 호시탐탐 소를 노려 밖에 묶어 뒀죠."

"소는 멀쩡한가요?"

"다행히 소가 새벽에 새끼를 낳았나 봅니다. 그런데 사람이 없어서 하마터면 송아지가 얼어 죽는 줄 알았습니다."

소가 한 마리 늘고 사람은 줄었다는 말이다.

"해 뜨기 전에 우리 스님 서넛이 외양간으로 내려갔죠. 소가 난산이면 외양간지기 혼자 새끼를 받을 수 없으니 걱정이 된 모양입니다. 그런데 움막이 텅 비어 있더군요."

나는 조금 의아했다. 언청이는 태생 자체도 의심스럽고 불량한 기운이 역력했다. 절을 나간다면 맨몸으로 떠날 턱이 없다. 소라도 끌고 도망쳤다고 해야 맞을 자였다.

"외양간지기 스님이라는 분이 조금 문제가 있었던 사람입니다."

도문은 머리를 긁적였다. 사람이란 자고로 생긴 모양대로 마음도 쓴다. 보성은 아무리 뜯어봐도 도둑놈 상이었다.

"원래는 오가며 우리 절에서 잠깐씩 머무르던 식객이었습니다. 약초를 캐던 심마니였는데, 큰스님께 사기를 치려다 걸려 혼난 적이 있지요."

보성은 큰스님께 산삼을 맡긴 적이 있었다고 한다. 오대산에서 구한 귀한 놈이라며 삼을 내놓는데 굵기가 작은 무만 했다는 것이다.

"묘장뇌(苗樟腦)로군."

스승님은 보일락 말락 미소를 머금었다. 해방 전 이북에서 내려온 사기꾼들이 곧잘 써먹던 방법이라고 한다. 장뇌삼은 삼씨를 산에 뿌려 기른다. 이것이 싹이 트면 여러 번 장소를 바꿔가며 옮겨 심는다. 그러면 삼이 뚱뚱해지면서 굵직해진다는 것이다. 삼의 나이를 속일 때 쓰는 유치한 방법이다.

"그뿐이 아니고 충청도에서 캔 삼을 강원도산으로 속여 팔기도 했죠."

싸구려 중의 싸구려가 충청도 삼이다. 일명 멍삼이라고 부르는데, 종자 자체가 산삼과 거리가 멀다. 충청도 각지에 흩어져 있는 인삼밭에서 씨가 날아와 싹튼 것이다. 혹자는 삼씨를 먹은 새가 싼 똥에서 생겨났다고 조복삼(鳥腹蔘)이라 불렀다.

"그런 작자를 어떻게 절에 들인 게요?"

"그전부터 안면을 튼 자인데, 작년 이맘때쯤 절에 찾아와 애걸복걸하더군요. 지은 업이 너무도 크다며 닭똥 같은 눈물을 떨구었는데, 알고 보니 고향에 돌아갈 처지가 못됐어요. 전쟁 터지고 잠시 붉은 완장만 믿고 횡포를 부렸던 모양입니다. 그런데 세상이 뒤집어지자 빨갱이 앞잡이로 몰려 몰매 맞아 죽을 판이었죠. 그사이에 어디서 뭘 하고 지냈는지는 모르나 받아 주긴 했지요."

언청이가 뭐 하던 놈인지는 내가 잘 안다. 행적이 끊긴 3년 남짓은 나와 함께 지냈으니까.

"큰스님이 돌아가시자 그 은혜도 갚았다고 여기고 내뺀 것이 아닐는지요? 원래 기러기처럼 오가는 인생에게 절은 창살 없는 감옥입니다."

도문은 스승님의 지적에 고개를 저었다.

"빨갱이 딱지 붙은 놈에게 이보다 아늑한 은신처가 또 있겠습니까?"

깊은 산중 절에 찾아오는 부류는 신도들뿐이다. 더구나 큰 행사가 있을 때만 얼굴을 내민다. 전쟁이 끝나고 겨우 한 해가 흘렀다. 산에는 아직 공산당의 잔당들이 남아 있었다.

"스님 말씀은 보성스님이 제 발로 떠날 까닭이 없다는 소린가요?"

스승님은 미간에 주름을 잡고 되물었다. 스승님은 엊저녁 보성이 여자를 들인 것, 절름발이 사내와 한 움막에 들어간 사연을 죄다 들었다. 하지만 도문에게는 내가 본 바를 한마디도 흘리지 않았다.

"큰스님 돌아가신 뒤 절로 오는 인적이 뜸해졌습니다. 혹시 무슨 변이라도 당했다면 더 큰 사단이 벌어질 겁니다."

도문은 근심 어린 어조로 중얼거렸다.

"지금 단계에서는 경찰에 신고를 하기도 힘들겠습니다. 없어진 물건도 없는데 절에 강도가 들었다고 선전할 수도 없는 노릇이군요."

"예, 일단 스님이 어디 있는지 찾아야 할 것 같습니다. 절에 손님은 차고 넘치건만 믿을 만한 분이 스님뿐이라 어렵게 부탁드립니다."

스승님은 못 이기는 척 고개를 젓고는 자리에서 일어섰다. 젊은 시절 여기서 출가했다고 하니 근방 지리도 환할 듯했다.

"애야! 뭘 바라만 보느냐? 너도 의관 갖추고 차비를 하여라."

마당에는 이 절 중 가운데 비교적 젊은 것들 넷이 기다리고 있었다.

"저희는 마을에서 올라오는 외길을 되짚을 터이니 혜장스님과 휘문스님은 뒷산 벼랑 밑만 살펴 주십시오."

절은 앞면을 뺀 삼면을 산이 병풍처럼 둘러싸고 있다. 만일 산으로 도망갔다면 찾기는 글렀다고 보아야 한다. 공비에게 총 맞아 죽건 자기 패거리와 어울려 숨건 우리가 알 바는 아니었다.

"근처 심마니촌을 살펴야 할 것 같은데요."

내가 스승님을 물끄러미 바라보며 말을 건네자 스승님은 쓴웃음만 지었다.

"설사 심마니 출신이라도 근처에 동료들이 돌아다닌다는 말을 믿었더냐? 근처 산이 온통 민둥산이다. 약초가 자라고 싶어도 뿌리를 내리기 어렵다. 또한 도처에 깔린 지뢰가 무섭지 않겠느냐?"

양구는 지난 3년간 포성이 멎었던 적이 없었다. 휴전선을 두고 마지막 격전을 벌인 곳도 여기다. 양측에서 쏜 포탄만 해도 산을 이룰 정도라고 한다. 흙을 서너 번은 뒤집었을 터였다. 스승님은 처음부터 보성이 예전 친구들과 내통한다는 말을 믿지 않았다고 했다.

"나는 오히려 산 아래 벌목장이 의심스럽구나. 예전에 몰려다니던 무리들이 벌목 인부로 왔을 수도 있겠지."

그렇지만 절 앞 벌목장은 사방이 뻥 뚫려 있다. 아름드리 소나무를 베어내고 그루터기만 즐비했다. 사람이 아니라 토끼 새끼 한 마리 숨을 구멍도 없다.

"산 옆구리를 돌면 벼랑이 나올 것이다. 발밑을 조심하여라."

스승님은 여러 번 다녀 본 길인 듯 앞장서 나갔다. 산길은 험하지는 않지만 무척이나 비좁아서 두 명이 오가기도 힘들 지경이었다. 산모퉁이를 돌자 깎아지른 듯한 벼랑이 나왔다. 천 길 낭떠러지 아래를 유심히 살필 때였다. 누군가가 돌밭에 엎어져 있는 것이 눈에 뜨였다.

"여보시오! 스님! 괜찮으신 게요?"

나는 떨리는 목소리를 눌러 잡은 채 힘을 짜내 외쳤다. 하지만 남자는 꿈쩍도 하지 않았다.

"아래로 내려가자꾸나."

스승님은 한참을 더 내려가서 길을 찾았다. 비틀비틀 산마루를 내려가는 데도 한참 걸렸다. 산기슭에 이르자 남자의 몸이 좀 더 선명하게 보였다. 하얀 화강암 바닥은 검붉게 물들어 있었다. 박박 깎은 머리통과 갈색 모직 셔츠를 보니 산사의 중이 틀림없었다.

"보성이란 놈이 체구가 컸더냐?"

스승님은 곁눈질도 하지 않고 물었다.

"예, 키가 저보다 까마득히 컸고, 어깨도 당당하게 넓었습니다."

가슴이 두근 반 세근 반 요동을 쳐댔다. 정말 사람이 죽은 것이 맞다. 이 절에서 없어진 사람은 외양간지기 보성뿐이다. 내가 자갈밭에 발을 들이려던 순간이었다.

"잠깐, 걸음을 멈추어라."

스승님은 목소리를 낮게 깔고 주의를 준다. 시신 주변에는 시커먼 그을음이 묻어 있었다. 남자 시체 역시 산산조각이라도 난 듯 바닥에 시뻘건 창자를 쏟아 놓았다.

"지뢰밭이다. 자칫 발을 헛디디면 우리 둘이 황천길 동무가 되겠구나."

스승님은 먼 길을 돌아서 먼저 도문스님과 다른 스님들을 부르게 했다. 나는 후들거리는 다리를 부여잡고 엉금엉금 오던 길을 되돌아갔다. 도문스님과 일행은 벌목장 근처를 기웃거리고 있었다.

"아무래도 스님의 짐작이 맞는 모양입니다. 벼랑 아래에 누가 쓰러져 있어요."

나는 타들어갈 듯 애타는 심정을 억누른 채 고함을 질렀다. 도문은 내 말이 떨어지기가 무섭게 앞으로 내달리기 시작했다. 큰스님 입적 후 절의 모든 책임을 어깨에 짊어졌다고 여겨서일까. 도문은 걸음을 재촉하며 거의 뛰다시피 산을 기어 올라갔다. 다른 중들도 헐레벌떡 뒤를 쫓기 시작했다. 모두 뒷산 기슭 벼랑 아래 모였다.

"저기 엎어진 사람이 보성스님이 맞나요?"

스승님은 시신에 대고 손가락질을 했다.

"예, 양구 장에서 미군 털실 셔츠를 샀다고 자랑을 했죠."

젊은 스님 하나가 아는 척을 했다. 죽은 자가 보성이라는 것을 확인하는 순간이었다. 도문스님은 다리가 풀려 그 자리에 털썩 주저앉았다. 그리고 목 놓아 울기 시작했다.

"나무관세음보살! 나무관세음보살!"

젊은 스님의 통곡은 흡사 세상을 구하는 관음보살을 정말 고대하는 듯 구슬펐다. 다른 스님들도 충격에 휩싸여 무릎을 꿇었다.

"스님, 시신을 수습하고 싶은데 쉽지 않겠네요."

스승님은 눈가에 잔주름을 잡고 심각하게 말을 건넸다.

"여름장마에 지뢰가 떠내려온 듯싶군요. 함부로 들어갈 수 없겠네요."

"그럼 어쩌면 좋습니까?"

"사람이 죽었으니 일단 지서에 연락을 해야죠."

스승님은 이런 끔찍한 죽음이 전혀 낯설지 않은 눈치였다. 이어서 침착하게 해야 할 일을 지시하기 시작했다. 스님 한 사람을 뽑아 가까운 지서로 보내고 다른 사람들은 벌목장에 돌려보냈다.

"시체를 눈앞에 두고 자리를 비우실 참입니까?"

나는 도문의 저고리 소매를 붙들었다. 마치 부모와 떨어지기 싫어 매달리는 아이 같은 심경이었다. 이때 스승님이 말을 끊고 끼어들었다.

"다비식을 한 번 더 치러야 할 것 같네요. 그리고 경찰이 오더라도 시신을 옮기려면 들것이 있어야죠. 벌목장에서 쓸 만한 나무를 구해 오셔야 합니다."

도문도 그제야 알아듣겠다는 듯 고개를 끄덕였다.

"스님, 아직 다 말씀드리지 못한 것이 있습니다. 아무래도 머리칼이 시뻘건 나찰(羅刹)이 설쳐대는 모양입니다."

도문은 온몸을 벌벌 떨고 있었다. 첫날 본 해맑고 밝은 기운은 완전히 사라지고 없었다.

나찰이라! 죽은 자를 잡아가는 무서운 괴물이다. 쉬이 떨칠수 없는 악몽이 시시각각 우리를 덮쳐오고 있었다.

# 07

# 주검

"외양간 소는 무사하다는 말씀이죠?"

뚱뚱한 중년남자가 이쑤시개를 물고 지나가는 소리처럼 물었다. 남자는 어깨에 육군 소령 계급장을 달고 있었다. 카키색 군복 바지는 바짝 날을 세워 다림질한 상태였다. 남자는 아까부터 몇 번이고 같은 질문만 되풀이했다. 물론 돌아온 대답도 똑같았다.

"예, 새벽에 송아지가 태어나 오히려 한 마리 더 불었지요."

도문스님은 연신 굽실거리며 묻는 말에 답했다. 전운은 가셨건만 나라는 아직 군대 손아귀에 놀아나고 있었다. 군이 옳다면 그대로 따르고 군에서 틀렸다면 고발해야 한다. 남자는 한껏 멋을 부린 머리칼을 쓸어 올렸다. 옆으로 지나치기만 해도 피마자기름 냄새가 물씬 풍겼다. 하얀 헌병 철모를 쓴 사병 셋은 먼저 외양간을 수색했다. 군인들이 아궁이를 뒤적이다가 뭔가를 찾아냈다. 피가 점점이 묻은 저고리와 바지였다.

"여기 혈흔이 있습니다."

회색 승복 곳곳에 피가 떨어져 있었다.

"그럼 여기에서 처음 시비가 붙었군요."

소령은 나름대로 그림을 그려 나가고 있었다.

"처음 공비랑 맞닥뜨린 게 외양간이고, 그 뒤 스님이 도망치다가 절벽에서 떨어졌겠군요."

소령은 몸을 굽혀 아궁이 재를 더 들춰봤다. 나뭇재 속에 불쏘시개로 쓴 종이 뭉치가 나왔다. 물자가 귀하던 시절에 종이를 쓰다니 좀 의외이긴 했다.

"이건 삐라 같은데……"

Get Out Of the Medically Hazardous Zone.
US Army Will Evacuate All the Civilians.

미군들이 뿌린 삐라가 분명했다. 내 부족한 영어 실력으로 훑어봐도 확실했다. 아마 병이 퍼져서 주민 소개령을 내린 듯 보였다. 엊저녁 빗발이 거셀 때 태우려 한 모양이었다. 온 땅이 질척거릴 정도였으니 가을비치고는 제법 온 셈이었다.

"공비들이 들이닥친 모양입니다. 양구는 전쟁 전에는 이북 땅이어서 토착 빨갱이가 많아요. 철원, 고성, 인제, 화천, 양양, 그리고 속초 같은 수복 지구 사정이 다 엇비슷합니다. 인민군 패잔병들이 잔뜩 웅크리고 있으니까요. 겨울은 다가오고 양식은 떨어져 절에 들렀다가 스님을 해친 것 같네요."

남자는 배가 나와서인지 자꾸 허리띠를 잡고 바지를 끌어올렸다. 경찰도 아닌 군인이 먼 길을 한달음에 달려온 것까지는 좋았다. 읍내로 갔던 스님은 지프를 탄 채 군인들과 함께 돌아왔다. 지뢰밭 가운데 시신이 떨어졌다면 경찰보다는 군인이 처리해야 했다. 그런데 이놈들이 사건보다는 근사하게 점심이나 얻어먹을 심사인가 보다. 덕분에 다비식에 쓰고 남은 음식을 바리바리 챙겨내야 했다. 역시 중은 산 사람 취급을 받지 못한다. 숨은 쉬지만 사바세계와 현생을 오락가락하는 것이다. 시신을 거둔 것은 오후 그림자가 길게 늘어지는 4시경이었다.

"공비라면 의당 양식을 노리고 온 것인데 절에 없어진 물건은 없습니다."

도문은 소령의 설명에 토를 달았다. 하지만 소령은 젊은 중의 말은 깡그리 무시했다.

"스님이 저항하면서 지뢰밭에 뛰어들자 놀라 도망쳤겠죠."

"지뢰는커녕 포성도 듣지 못했어요."

도문은 애가 타는지 핏대를 올리며 반박했다.

"엊저녁 내내 비가 오고 천둥번개가 쳤어요. 절에서 좀 떨어진 외진 곳이니 추적추적 빗소리, 벼락소리에 섞였겠죠."

소령은 도문이 진드기처럼 늘어붙자 귀찮은 듯 손을 내저었다. 강원도 산촌에서는 다반사로 벌어지는 참극이라는 것이다.

"초저녁에 옆을 지나갔던 스님도 여자 목소리가 났다고 했어요."

도문은 아예 내 얘기까지 해가며 매달렸다. 사태가 심상치 않으니 군인들 몇 명만 남겨 달라고 애원했다. 하지만 소령은 일언지하에 거절했다.

"달도 가려진 어두운 밤에 이 외진 곳에서 짐승 소리를 착각했겠죠. 전쟁 후에 스님들 말고 여기 누가 삽니까? 나도 미군 비행기가 한바탕 쓸고 간 다음부턴 이 근방에 발도 들이기 싫어요. 여기서 얼쩡대다가 귀신 들릴 일 있습니까? 더구나 휴전선이 코앞이라 병력이 거기 몰려 있어요. 제 수하가 고작 서른 명이고 죄다 처자식 딸렸는데 무슨 일이라도 터지면 그 뒷감당을 어떻게 합니까?"

전쟁 중에 소령 계급을 달았다면 산전수전 다 겪은 역전의 용사일 텐데 전염병이 겁나는 눈치였다. 옥신각신하는 사이에 군인들이 시신 수습에 나섰다. 스무 살 안팎의 젊은이들이 시체가 무섭지도 않은지 꽤나 능숙하게 움직였다. 먼저 자갈밭 가운데까지 슬금슬금 걸어가며 발자국 떼는 곳마다 깃발을 꽂았다. 이윽고 들고 나온 시신을 가마니 위에 철퍼덕 던져 놓았다. 시체는 머리가 산산조각 났고 무릎 아래쪽은 너덜너덜 뜯겨져 달아났다. 온몸이 껍질이라도 벗겨진 듯 시뻘건 속살이 드러나 있었다.

얼핏 보기에는 사람인지 돼지새끼 구워 놓은 것인지 구분도 가지 않았다. 한쪽 팔 끝에 달라붙은 손가락 몇 개를 보고서야 사람이 맞다는 확신이 섰다. 다들 참혹한 광경에 고개를 돌린 채 염불을 외웠다.

"목 아래 깊숙한 상흔이 있죠? 이게 공비들이 쓰는 총창 자국입니다."

소령은 투실투실 살이 오른 손에 총 한 자루를 거머쥐고 설명을 이어갔다.

"우리 군이 쓰는 총에 달린 대검은 베기를 할 수 있어요. 그런데 인민군 총검은 날이 서지 않아 찌르기만 합니다."

나는 눈을 감고 들어도 무슨 말인지 쉽게 알아차렸다. 소련제 소총으로 훈련을 받은 적도 있기 때문이다. 인민군들은 총 끝에 기다란 꼬챙이를 달고 다녔다. 무딘 쇠를 벼르는 기술이 한참 떨어지는 모양이었다. 소령의 말처럼 꺼멓게 그을린 시신의 목덜미에 굵직한 구멍이 뚫려 있었다.

"이 스님과 마지막으로 만난 게 저녁 공양 때였나요?"

사람이 죽었건만 소령은 무덤덤하게 되물었다. 죽음이라는 것에 무감각해진 듯 보였다. 나는 절로 손이 들리는 것을 간신히 참았다. 스승님도 옆에서 눈을 찡긋하며 만류했다. 사람이 죽으면 맨 마지막에 만난 사람이 의심을 받기 십상이다. 사실 나보다 늦게 만난 사람도 있다. 이름 모를 그 여자와 절름발이 남자. 하지만 나 자신도 그 작자들 얼굴을 똑바로 보지 못했다.

"필경 목에 상처를 입고 도망치다 지뢰를 건드린 겁니다. 그래도 움막에서 꽤 멀리도 도망쳤군요. 산비탈에서 하필 지뢰밭으로 굴러 떨어졌다니……."

소령은 산에 사는 공비들의 소행으로 심증을 굳힌 눈치였다. 당장이라도 토벌대를 짜서 온 산을 이 잡듯 뒤질 기세였다.

"참! 비가 왔군요. 그럼 발자국도 다 씻겨 나갔을 것이고, 핏자국도 지워져서 큰일이군요."

소령은 끙! 하며 신음을 토했다. 다 잡은 놈들을 또 그대로 보내 줘야 한다는 아쉬움이 역력했다. 전후 사정을 모르는 군인들은 얼기설기 엮인 증거로 짐작만 할 따름이었다. 도문스님은 뭔가 불만이 있는 듯 이맛살을 찌푸렸다. 군인들은 보성의 움막에서 피 묻은 옷가지가 나왔고, 시신은 한참 떨어진 절벽 아래서 나온 점에 주목했다. 시뻘건 선혈을 흘리며 도망쳤을 보성의 모습이 눈에 선했다.

"움막에서 절벽까지 이어진 혈흔이 없지만 필경 제 말이 맞을 것입니다. 스님들은 되도록 외출을 삼가고 주의하세요."

군인들은 흉측한 주검을 거적때기에 둘둘 말았다. 지뢰로 박살 난 시체를 치운 적이 많은지 다들 태연했다. 소령은 일단 시신을 자기들이 가져가겠다고 했다. 읍내 보건소에서 더 자세히 살핀 뒤 원하면 돌려주겠다는 것이다. 나는 끔찍한 모습에 몸서리치며 허둥지둥 절로 돌아왔다. 가슴이 콩닥거려 도저히 진정할 수 없었기 때문이다. 스승님은 식은땀을 흘리는 내 손을 잡아끌었다. 군인들과 마주치면 당황해서 어쩔 줄 모르는 내 버릇을 간파했던 것이다.

"분명 남녀가 같이 있었다고 했겠다?"

스승님은 뭔가를 확인하고 싶은 듯 캐물었다.

"예, 빗속에서 들었지만 가느다란 여자 목소리였습니다."

내가 보성을 썩 내켜 한 것은 아니지만, 사람이 변을 당한 것도 모르고 서둘러 돌아온 것이 무척이나 후회스러웠다. 그때 용기를 내 움막에 들어갔다면 험한 꼴은 면할 수 있었을 것을.

"그때 매질을 멈추지 않았다면 어떻게든 끼어들었을 텐

데……."

여자가 절름발이를 데려왔고, 그 바람에 나는 슬그머니 발을 빼고 말았다. 그렇다면 그 둘이 보성을 해친 것일까?

"스님! 계십니까?"

도문스님이었다. 우리는 불장난을 하다 들킨 아이들처럼 서둘러 떨어졌다. 스승님은 대답 대신 헛기침을 했다.

"불상사가 줄을 잇는군요. 산에 공비들이 있는 것이 맞는지요?"

스승님은 눈을 아래로 깔고 짐짓 물어봤다. 도문은 몸이 불편한지 얼굴이 좀 상기돼 있었다. 열이 오르는 것이 감기라도 걸린 눈치였다.

"남녘 지리산에도 공비가 출몰한다는데 여기라고 별수 있겠습니까? 그런데 저는 도무지 빨치산 소행이 아닌 것 같습니다."

스승님도 짐작한 바가 있다는 듯 미소를 보였다.

"땅꾼 시절 어울린 불량배들이 찾아오곤 했나 보죠?"

"그런 것은 아닙니다. 산문의 계율이 엄격한데 잡인들이 감히 여기까지 올 수는 없죠."

도문은 손사래를 치며 펄쩍 뛴다.

"죽은 보성은 손버릇이 고약하고 여색을 밝혔습니다. 처음에는 산기슭 민가에서 닭서리를 해먹더군요. 그런데 점차 비구니, 보살님들에게 추근대고 절 물건도 함부로 팔아 치웠습니다. 불탑 아래를 뒤지다가 걸린 적도 있지요. 이런 골동품을 취급하는 장물아비가 있을 겁니다. 혹시 그놈들과 배가 틀어져 죽음을 당한 것은 아닐는지요?"

외딴 절에서 제멋대로 활보할 수 있던 자는 보성뿐이라고 했다. 첫인상부터 불량기가 넘쳐흐른 놈이었다. 중이 염불보다 잿밥에 눈이 멀었던 것이다.

"돌아가신 큰스님이 그런 짓을 용납했습니까?"

"큰스님의 말년은 공허함 그 자체였습니다. 스님께서는 절 살림은 아예 놓고 칩거하셨습니다. 간혹 벌통을 돌보며 시름을 달래는 정도였지요."

스승님은 눈을 감은 채 이야기에 귀를 기울였다.

지난 3년간 인간 세상은 지옥도를 연상케 했다. 형제가 형제를 죽이고, 이웃이 담을 맞대고 살던 사람을 고발해야 했다. 노스님의 고뇌가 깊어졌을 법도 하다. 스님은 천하의 불한당이 사찰을 휩쓸 때도 물끄러미 바라보기만 했다고 한다.

"난리통에 절이라고 무사할 수 있었겠습니까? 밭에서 거둔 참깨, 감자, 보리쌀도 종종 비고 큰스님 쓰시던 물건 몇 점도 없어졌습니다."

도가 높은 스님이 입적하면 제자들은 평소 쓰던 장삼가사, 목탁, 잡념을 없애는 죽비(竹扉), 악을 물리치는 금강저(金剛杵), 석장(錫杖), 염주 등을 나누어 가진다. 홍안스님은 다비식이 끝날 때까지 그런 유품이 전혀 나오지 않았다.

　"『용감수경』은 용케 본존불 뱃속에 복장유물로 감춰두었죠. 대웅전에는 항시 사람이 다니니 건드릴 엄두를 못 냈겠죠."

　도문은 머리를 긁적이며 겸연쩍게 말을 이었다.

　"보성을 다그치신 적은 있나요?"

　스승님은 당황해서 쩔쩔매는 젊은 중에게 차분히 물었다.

　"워낙 천연덕스럽게 잡아떼니 딱히 답을 얻을 수 없었지요. 사실 첫날 스님께는 이실직고하고 싶었습니다. 하지만 물증도 없이 함께 사는 스님 험담까지 했다가 생사람 잡을지 몰라서 그만……."

　도문스님은 어설프게 말끝을 흐렸다. 나도 짚이는 구석은 있었다. 보성은 나에게 부산에 아는 인맥이 있느냐고 물었다. 좋은 물건을 팔고 싶다고 떠벌리기도 했다. 난리는 끝났지만 부산은 아직도 임시 수도였다. 서울에서 휴전선이 코앞인데 정부 요인들도 쉽게 돌아갈 수 없었다. 동래 온천 일대의 적산주택은 죄다 각료들 차지라는 말도 돌았다. 돈 많고 권력을 누리는 사람들이 뒷간 똥파리처럼 몰려들었다. 도문스님의 설명이 어느 정도는 맞아떨어졌다.

"문제가 그리 간단한 게 아니었습니다. 그런데 스님이 가시고 멀쩡한 사람마저 죽었다면 그 후폭풍을 막을 수 없습니다."

도문스님은 주변 평판에 무척 신경을 쓰는 듯했다. 절의 큰어른이 입적한 뒤 엄청난 부담을 느끼는 눈치였다. 아직 세상이 뒤숭숭할 때였다. 험난한 시기에 큰살림을 억지로 떠맡아 이끌자니 없는 힘이라도 짜내야 한다. 그런데 절에 귀신이 붙었다면 신도들의 발길이 끊길 것이 뻔하다. 도문스님은 파장을 최대한 조용히 잠재우고 싶어 했다.

"아무리 하찮은 미물이라도 생명은 소중한 법입니다. 절에 밤손님을 들였다는 소문이 두려우신 모양이지만, 사람이 상한 것보다 큰일이 또 어디 있겠습니까? 더는 아무도 다치지 않게 조심해야죠."

스승님은 사람을 구해야 한다고 충고했다. 앞으로 있을 불상사를 막자는 것이다.

"살인자가 지금도 절 주변을 배회한다면 큰일이지요. 군인들만 믿었다가는 영영 놓쳐 버릴지 모릅니다."

스승님의 말에 은근히 거부할 수 없는 무게가 실렸다.

"큰 소란 없이 은밀하게 처리해 주실 수 있지요?"

도문은 꼭 다짐을 받고 싶다는 듯 눈을 번뜩였다. 스승님은 말없이 고개를 끄덕이며 대답을 대신했다.

"스님, 혹시 근방에 상이군인들이 사는 곳은 없는지요? 도시에서는 그 작자들이 떼로 몰려다니며 횡포가 만만치 않더군요."

스승님은 뜬금없이 질문을 던졌다. 나도 찢어진 군복에 갈고리 손을 휘두르며 다니는 작자들을 본 적 있다. 나라를 위해 싸우다 병신 되고 사람대접도 못 받자 고래고래 소리를 질러 댔다. 아무 점포에나 들어가 돈 내놓으라고 협박하고 밥집에서 무전취식하기를 대수롭지 않게 여기는 자들이었다.

"근방에 군부대가 많지만 그런 사람들은 본 적 없습니다. 시골구석을 다닌다고 뾰족한 수가 나오겠어요? 오히려 도시에 나가야 구걸하기도 편하겠죠."

남에게 빌붙어 사는 인생이라면 사람이 많은 곳을 찾게 된다. 촌구석을 싸돌아다녀도 밥 한 끼 때우기가 쉽지 않을 터였다. 스승님도 그 말에 일리가 있다는 듯 고개를 끄덕였다. 도문스님은 내일 열릴 회의 준비를 한다며 서둘러 대웅전으로 돌아갔다. 스승님은 손가락 사이로 염주를 돌리며 뭔가를 골똘히 생각하기 시작했다.

"스승님, 도문스님께 왜 큰스님의 죽음이 심상치 않다는 말은 전하지 않으셨나요?"

나는 아까부터 이 점이 가장 궁금했다. 대웅전에 숨긴 물건을 훔치려는 데는 큰스님이 걸림돌이 될 수 있다. 큰스님은 보성이 저지른 갖가지 전횡을 알면서도 모른 척했다. 하지만 절의 유물을 훔치는 것은 광에서 보리쌀 몇 됫박 빼돌려 엿 바꿔먹는 것과는 다르다.

"그 허연 가루를 보성이 사 왔다고 했겠다? 속이 시꺼먼 도둑놈이긴 해도 보성은 사람 죽일 그릇은 못 된다."

스승님 말씀이 일리는 있었다. 그놈이 좀도둑질이나 하려고 사람 멱을 딸 리는 없다. 차라리 사상이 달라서 죽인 경우가 많았다.

포로수용소에서 한 달만 버티면 평생 볼 시체는 다 보게 된다. 사연 없는 무덤 없다지만, 거제도 공동묘지에 묻힌 것들은 죽은 이유도 단순하다. 빨갱이, 아니면 반동분자. 사람보다 무서운 것이 사상이라고 했던가.

"나도 현정사형이 역정을 낼 때는 제대로 알아듣지 못했다. 그런데 큰스님의 죽음, 그리고 그 묘한 살충제를 샀다는 산적 같은 중도 죽어 자빠졌다. 필경 범인은 둘 이상이겠지. 여인네와 절름발이가 해쳤다손 쳐도 저 거구를 병신과 여자가 끌고 갔을 턱이 없지."

스승님은 눈을 지그시 감고 계속 말을 이었다.

"도문에겐 단단히 당부해야겠구나. 야심한 밤에 산길을 거슬러 올라 보성을 찾았다면 여인네와 중의 관계도 조금은 의심스럽지. 도문이 자칫 아랫동네를 발칵 뒤집어 계집부터 찾자고 난리를 부리면 놈이 내뺄지도 몰라."

나는 스승님의 속내를 알 수 없었다. 도대체 여인네를 찾는 것이 뭐 그리 대수란 말인가.

"여자는 보성을 죽이지 않았어. 사람을 죽여 본 놈이 피 맛도 제대로 아는 법. 나는 절름발이가 더 의심스럽구나."

살인이 닭 모가지 비트는 것 같을 리 없다. 상이용사는 골목길에서 주먹다짐이나 하는 건달이 아니다. 몸을 가누지 못해도 사선에서 목숨을 걸고 싸운 놈들이다. 눈앞에 보이는 것이 없는데 물불 가릴 턱이 없다.

"상이용사들은 패거리로 몰려다닌다. 엊저녁 네가 본 자들 말고 다른 놈들이 또 있겠지."

스승님은 밑도 끝도 없는 막연한 일을 손금 보듯 들여다보고 있었다.

"근방에 상이용사는 없다고 하지 않았나요?"

"군인들은 빨치산 소행으로 돌리고 있지만 석연치 않은 구석이 남아 있다. 빨치산은 북과 연락이 끊겨 주린 배를 부여안고 사는 것들이야. 그런데 보성을 죽이고 외양간 소를 내버려

됐겠느냐?"

스승님도 도문의 주장처럼 장물아비가 해친 것으로 보는 것일까.

"장물아비가 큰스님은 왜 해쳤겠느냐? 살충제를 태워 사람을 죽일 정도라면 많이 배운 놈이야. 배운 네놈이 그것은 더 잘 알지 않겠느냐?"

스승님은 멀쩡한 사람 속 뒤집는 데 소질이 있었다. 미제 살충제로 사람을 죽일 줄 아는 자라면 낫 놓고 기역자도 모르는 무식쟁이는 아니다. 그럼 나같이 배운 놈들은 다 살인귀가 될 수 있다는 소린가.

"스승님 하시는 말씀이 듣기 거북합니다. 그리고 도둑질이 들통 나자 보성이 큰스님을 해쳤는지도 모르죠."

나도 모르게 볼멘소리가 흘러나왔다.

"돈과 여자밖에 모르는 멍청이는 일을 쳐도 꼭 흔적을 남겨. 당장 제 눈앞에 어른거리는 물욕에 눈이 머니 야수가 사슴을 덮치듯 먹는 데 급급하지. 하지만 배운 것들은 꼭 뒷감당할 것부터 준비하는 법. 그런 놈들은 눈에 보이지 않는 체면, 염치, 나중에는 사상을 운운하며 어리석은 짓을 하지."

스승님은 이 말과 함께 나를 은근히 흘겨보았다. 입으로 불경을 외워도 근본은 머리에 먹물 든 한량이라고 말하는 것 같았다.

"배고파서 남의 집 담장을 넘는 도둑은 용의주도하게 사람 해칠 생각을 못하지. 그저 손에 걸리는 대로 긁어모아 팔아먹을 생각뿐이거늘."

스승님 말씀대로라면 훔친 놈은 보성이지만 죽인 놈은 따로 있다는 것이다.

"그 낮도깨비가 정말 나찰인지, 공비인지 낮짝 구경이나 해보자꾸나."

스승님은 다리를 풀어 반듯하게 펴더니 그대로 누워 버렸다. 수도하는 스님치고 이렇게 방구들과 사이가 좋은 분도 없으리라. 아예 구들장과 혼인이라도 했는지 툭하면 누워서 몸을 이리저리 굴렸다. 스승님이 밀고 간 자리는 비질, 걸레질을 할 필요도 없이 반들반들했다. 그 당시만 해도 스승님이 깊은 생각에 잠길 때 나오는 습관인 줄은 꿈에도 몰랐다.

## 08

## 대처

나는 스승님이 남의 절 살인 사건에 웬 관심이 그리도 많은 지 연유를 알지 못했다. 그런데 다음 날 법회 도중 그 까닭을 어렴풋하게나마 짐작할 수 있었다. 예불이 끝난 뒤 각 절 주지 들이 모여 토론을 가졌다.

"나라가 독립을 얻은지도 8년이 지났건만 이렇게 모여서 제대로 의견조차 나누지 못했소. 극락에 가신 홍안스님이 우 리에게 큰 선물을 안기신 듯하오. 살아생전 여러 문파를 두루 두루 알고 지내신 덕분에 모두 문상을 온 것 아니겠소?"

앞자리에서 좌장 역할을 자처한 자가 권박사라고 한다. 무 슨 박사인지 몰라도 말하는 행동거지에서 여유가 넘쳤다. 중 이라기보다 시골 학교 교장 같은 분위기를 풍겼다. 유들유들 한 태도가 지나치다 싶으리만큼 느끼한 감이 있었다. 그래도 남에게 해코지하는 모사꾼은 아닌 듯싶었다. 나는 말석에 겨우 엉덩이만 걸친 채 설법에 귀를 기울였다.

그런데 등 뒤에서 볼멘소리가 들렸다.

"우리 불교를 갈가리 찢어 놓은 장본인이 말은 뻔지르르하게 하는군."

돌아보니 눈썹이 숯 검댕처럼 짙은 젊은 중이 구시렁대고 있었다.

"왜놈들 치하에서 35년을 보낼 때 스님께서 하신 일은 무엇입니까?"

젊은 중은 당돌하게 손을 쳐들고 외쳤다. 까마득한 후배가 학계의 존경을 한 몸에 받는 고승에게 선문답을 던진 것이다.

"소승은 삼천만 동포를 구하고자 동분서주했소. 그러는 스님은 그때 기저귀나 떼었나요?"

권박사는 보통내기가 아니었다. 예전 이야기를 꺼내자면 그 자리에 있는 사람 중 뒤가 구리지 않은 이가 드물다.

"소승이 아직 철들기 전 까마득히 예전이지만 한 가지 기억에 남는 바는 있습니다. 박사님께서 승병 모집을 하신 적 있지요. 대동아전쟁에서 이겨야 우리 민족과 불교가 보존될 수 있다고 하셨지요."

살생계를 어겨가며 승려에게 군대에 가라고 부추겼다는 소리였다. 뒷줄에 자리한 젊은 중들이 웅성거리며 동요했다.

"그때 협조하지 않았다면 우리 사찰은 죄다 왜승들 차지가 됐을 것이오. 부처님의 도량을 지키기 위해 잠깐의 굴욕을 참은 것이 허물이 된다는 말이오?"

권박사는 젊은 중의 항변을 태연하게 맞받아쳤다. 내가 머무르던 부산 범어사도 왜놈들에게 점거당한 적 있다고 들었다. 대웅전 앞의 묘하게 생긴 석등도 일제가 남긴 잔재라고 했다. 그놈들은 아예 궁둥이를 붙이고 나갈 생각을 않다가 패전 후 쫓기다시피 해서 귀국선에 올랐다.

"불가의 가르침은 중생을 구제하기 위해 온몸을 바치라고 했소. 남들이 일본놈 앞잡이 노릇을 했다고 손가락질해도 나는 떳떳합니다. 그때 젊은 승려들이 학병에 지원했기에 이 자리에 계신 분들이 무사한 것이오. 그래서 이 땅에 부처님 가르침의 맥이 끊기지 않고 살아 숨 쉬는 겁니다. 내 무덤에 침을 뱉는다고 해도 나는 미동도 하지 않을 것이오."

권박사는 턱을 치켜들고 당당하게 맞섰다.

"그래, 중생을 돕고자 계율을 어기고 치욕을 감수하겠다는 뜻은 알겠소. 하지만 왜놈들이 조선의 혼을 빼앗고자 성까지 바꾸라고 할 때 가장 먼저 창씨개명을 하신 분도 권박사가 아니오?"

앞줄에 앉은 턱이 뾰족한 스님이 이의를 제기했다. 바로 현정스님이었다.

"조선불교회가 총독부 방침을 거부하면 사찰을 국유화한다는 협박이 있었소. 내가 솔선수범했기에 다른 분들은 법명을 유지하지 않았나요?"

권박사는 두꺼운 안경 너머로 유들유들한 미소를 보냈다.

"해방이 됐으니 왜놈 성도 버리고 다시 법명을 회복하면 그만이겠죠. 전쟁이 끝난 마당에 남양군도에서 쓰러진 중들을 누가 기억이나 하겠나? 하지만 세월이 흘러도 절대 없앨 수 없는 오류가 남았소이다."

현정스님이 한마디도 지지 않고 꼬장꼬장 물고 늘어졌다.

"온 몸으로 부처님 계신 도량을 지킨들 그 마음이 더러우면 무슨 소용이 있겠소? 여기 계신 분들 중 아내를 끼고 밤마다 음탕한 짓을 하는 자가 도대체 몇 명이오?"

팽팽한 긴장을 찢으며 현정스님의 날카로운 고성이 퍼졌다. 까다로운 노인네가 연달아 딴죽을 걸고 넘어졌다.

"대처는 왜놈들이 이 땅에 남긴 악습이오. 지금 싹을 자르지 않으면 목숨 걸고 지킨 부처님의 도량도 한순간에 시궁창으로 변할 것이오."

현정스님은 상대가 입을 열 짬도 주지 않았다. 곧이어 중은 여색을 멀리하고 선(禪)의 세계에 잠겨야 한다고 일갈했다.

"우리가 비린 것을 멀리하는 것이 단지 살생계를 지키기 위해서라고 보시오? 비릿한 피비린내는 밤마다 꿈자리를 사납게 흔들어 아침에 이부자리를 적시게 만듭니다. 사찰에서 마늘, 파, 부추, 달래, 흥거를 금하는 것도 음욕을 누르려는 것이오. 절 근처를 눈을 씻고 뒤져도 마늘밭, 미나리꽝은 없소. 모든 불자들이 중의 수도를 한마음으로 돕기 때문이오. 그런데 신성한 사찰에 여인을 들여 자식까지 보는 파렴치한들이 설쳐대고 있소."

오신채(五辛菜)는 불가에서 가장 멀리하는 채소다. 맵싸한 맛과 코를 쏘는 향기가 여인을 그리워하게 만든다는 것이다.

"색온(色蘊), 수온(受蘊), 상온(想蘊), 행온(行蘊), 식온(識蘊)도 이런 헛된 욕망에서 비롯되는 것이오. 중은 잘 때도 깨어 있는 것처럼 속을 비우고 맑은 정신을 유지해야 하는 법."

현정스님은 이 말을 강조라도 하듯 석장으로 마룻바닥을 쳐댔다. 여인의 따사로운 피부를 혀로 핥으며 색온을 느끼면 곧바로 온몸이 자극을 받는다. 고통과 환희가 섞인 배설의 즐거움은 수온이니 종래에는 여인이 없어도 몸이 발기한다. 쓸데없는 상상이 불러일으키는 상온을 지나 점점 여인을 탐하는 행온을 저지르면 업이 쌓인다. 그리고 멀쩡한 대낮에도 꿈을 꾸듯 세상만사가 모두 색으로 비쳐지는 식온에 다다른다. 현정스님은 인간을 약하게 만드는 이런 유혹을 떨쳐야 한다고 일갈했다.

"여인의 육체는 지저분하고도 문란한 것이오. 남녀가 몸을 합치면 정갈함이 추함을 당할 길 없으니 중의 마음도 흐트러지게 되오. 중생을 구도하겠다는 자들이 고작 제 여편네 눈치나 보며 살아가게 마련이지."

현정스님은 권박사를 쏘아보며 총알 같은 독설을 뱉어냈다. 자리에 함께한 다른 주지들의 얼굴도 숯불처럼 벌겋게 달아올랐다.

"원효대사께서도 요석공주를 아내로 맞았지요. 고려 때까지 우리 불교의 전통은 대처였습니다. 가정을 이루고 온 식구가 힘을 합쳐 부처님을 지성으로 섬기는 것이 무슨 허물이겠소?"

권박사는 험! 험! 헛기침을 한 뒤 이렇게 덧붙였다.

"부처의 권위를 빌려 지금 낭설을 퍼뜨릴 참이오? 권박사는 서울에서 오셨다니 세상 소식이 촌구석 영감보다는 낫겠구려. 경무대에서 내려온 방침을 공개하시오."

현정스님은 구부정한 등을 펴고 앞을 노려보았다. 경무대 방침이라는 말에 주지들이 서로 마주 보며 묻기 시작했다.

"경무대 어르신이 우리 불자들에게 무슨 말을 하신 겁니까?"

"불교계 모두가 알아야 할 사안이라면 이 자리에서 발표하시오."

드문드문 설명을 요구하는 목소리가 높아졌다.

"전국의 불교 대학을 키워 종합대학으로 승격시킬 계획을

짠 적이 있습니다. 배움의 도량 없이는 불교가 발전하기 힘들겠더군요. 또, 전국의 학교가 아직 제 기능을 못하는 마당에 종교에 구애받지 말고 학생들을 받아 가르쳐야 합니다. 그런데 경무대 경찰서에서 이상한 요구를 해왔습니다."

권박사는 가라앉은 말투로 힘들게 입을 열었다.

"나라가 전란의 소용돌이에서 막 벗어났건만 빈곤이라는 화마가 다시 용틀임하고 있소. 불교계가 사찰 재산을 추렴해 부모 잃은 고아, 전쟁미망인, 상이용사들을 돕는 데 발 벗고 나서라더군요. 그리고 참으로 민망한 말을 했습니다."

좌중의 눈이 권박사의 입으로 쏠렸다. 민망한 요구란 또 무엇인가?

"경무대 어르신은 대처를 왜놈들의 잔재로 보고 계십니다. 아내가 있는 중들은 가족과 연을 끊고 절에 머물러야 한다는군요. 사찰에서 처자식과 한집 살림을 하는 자는 더 이상 불자가 아니라고 하셔서……."

권박사는 이 대목에서 목이 메어 급히 냉수 한 사발을 들이켰다. 자신도 가족이 있는 만큼 무척이나 속앓이를 해온 듯 보였다.

"만일 가족을 포기할 수 없다면 사찰 문화재 관리를 도울 수 없다고 하십니다. 천년 고찰도 관리를 못하면 흉가로 바뀝니다. 전국 승려의 9할이 대처라고 호소하자 차라리 절을 나라에 넘기라는군요."

현정스님은 보일 듯 말 듯 은근한 미소를 띠었다. 대처승 문제가 자신만의 속앓이는 아니라는 점이 백일하에 드러난 것이다. 권박사는 답답한 듯 가슴을 치더니 제안했다.

"나라가 독립을 잃었을 때도 우리는 사찰을 지켜왔습니다. 진짜 주인을 내치고 부처님의 도량을 구경꾼이나 끌어 모으는 박물관, 놀이동산으로 만들 작정인가 봅니다. 조선 왕가가 망하자 창경궁에 온갖 동물을 풀어놓고 코흘리개들 잔돈을 뜯어먹는 것을 보세요. 우리가 왜 우리 자리를 남에게 내줍니까? 나라가 환란에 처했을 때 우리는 승병을 일으켰고, 사찰에 보관된 서적들은 천년의 역사를 고스란히 간직합니다. 나라와 겨레가 불교계에 진 빚이 엄청나니 우리가 곧 나라요. 대통령은 우리 재산을 몽땅 팔아 거지들에게 동냥으로 나눠 줄 것이오. 우리 자리에는 미국에서 온 코쟁이 목사들이 들어앉을 테지요. 나는 정부에 항의하며 단식으로 우리 의지를 보여 줄 것을 주지스님들께 권합니다."

권박사는 죽음으로써 우리의 굳건한 의지를 보여 주자며 핏대를 올렸다.

"어느 놈이 감히 사람에게 죽어라, 살아라 명령질이더냐?

삶과 죽음은 사람이 선택할 것이 못 된다. 모든 인간은 사형수다. 태어나면 반드시 죽으니 죽을 날을 받아 놓은 것이다. 오직 세월만이 그때가 언제인지 일러 줄 수 있거늘 누가 명을 재촉하라고 충동질인가!"

이제껏 오가는 말만 듣던 스승님이 자리에서 일어났다. 그리고 권박사를 손으로 가리키며 호통을 쳤다.

"우리의 재산을 지키고자 목숨을 거는 것도 잘못이오? 오대산 상원사 방한암스님은 군인들이 절을 태우려 할 때 죽음으로써 이를 막았소."

권박사가 말대꾸를 하자 스승님은 손을 내저었다.

"한암선사께서 돌아가신 것은 절을 지키기 위함이 아니었소. 세상천지가 부처님의 가르침보다는 야수처럼 물고 뜯는 것을 개탄하고 곡기를 끊으신 게요. 또한 한암선사는 자기 외에 다른 누구에게도 죽음을 권하신 바 없소이다."

스승님의 묵직한 저음이 대웅전을 압도했다. 권박사는 그래도 발악을 해댔다.

"부처님 사리, 수많은 불화, 서적은 우리만의 것이 아니오. 선대로부터 내려온 불자들 전체의 재산이거늘 교회 다니는 대통령이 도둑질을 하려는 것이오."

"따지고 보면 우리 모두가 도둑이외다. 몸에 걸친 옷, 매일 입에 넣는 공양, 밟고 다니는 흙이 임자가 있으니 우리는 더부살이하는 인생 아니겠소?"

말문이 막히는지 권박사가 잠잠해지자, 스승님의 시선이 현정스님에게로 돌아갔다.

"사형께서는 대처를 몰아내면 절을 지킬 수 있다고 보십니까?"

그날따라 스승님의 훤칠한 키가 작고 구부러진 현정스님과 대조되었다.

"물론일세. 사찰에 여인네, 아이들이 돌아다니는 것도 볼썽사나운 일 아닌가."

현정스님은 당연하다는 듯 어깨를 펴고 대답했다.

"길거리에는 굶주린 배를 움켜잡고 헤매는 중생들이 넘쳐나고 있어요. 몸은 인간계에 살지만 마음은 아귀와 같고 곳곳에서 배척당하니 아수라에 쫓기는 중생들입니다. 다리 밑에서 이슬을 피하며 하루하루 죽지 못해 사는 인생은 축생만도 못합니다. 이들은 죽음도 두렵지 않은지 거의 매일같이 영도다리에서 몸을 던집니다. 이승이 지옥인데 더 이상 무서울 것이 또 어디 있겠습니까? 이런 와중에 어린애와 여인네들을 중의 자식, 중의 아내라고 내치실 참입니까?"

스승님의 두 눈에는 눈물이 고여 있었다. 부산 시내가 좁은 듯 배회하며 자기 눈으로 본 부처의 다양한 군상을 설명하고 있었다.

"일연스님이 쓴 『삼국유사』에도 여인과 목욕을 하고도 성불하신 분들의 사연이 나옵니다."

신라의 젊은 중 노힐부득(努肹夫得)과 달달박박(怛怛朴朴)에게 관음보살이 여인으로 변해 찾아왔다. 달달박박은 사찰에 여인을 들일 수 없다고 거절했지만, 노힐부득은 이를 받아들였다. 산기가 있던 여자가 아이를 낳자 노힐부득은 피와 땀에 젖은 여인의 몸까지 씻겨 주었다. 그리고 남은 물로 몸을 닦자 미륵존상으로 변했다는 것이다.

"네놈이 과연 그런 말을 입에 담을 수 있겠느냐? 혈육이 자살하는 것도 말리지 못해 놓고 남 걱정을 하다니… 용기는 가상치만 여기는 네놈이 낄 자리가 아니다. 죽어서 흑승지옥(黑繩地獄)에 떨어지지 않으면 다행이거늘……."

현정스님은 가당치도 않다는 듯 혀를 끌끌 찼다. 그때 나는 내 귀를 의심했다. 처음 만났을 때 저 작달막한 늙은이는 스승님에게 손에 피를 묻혔다고 욕을 해댔다. 그런데 그 죽은 사람이 혈육이라는 것이다.

현정스님의 한마디에 스승님도 입을 굳게 다물었다. 대웅전은 부산 국제시장처럼 시끄럽게 달아올랐다. 절 재산을 보존하는 방법을 두고 설왕설래했다. 권박사는 단식투쟁을 벌이든가 몸을 불태워 소신공양(燒身供養)이라도 하자고 부추겼다. 현정스님이 그 말을 듣더니 한층 더 발끈했다.

"경무대 말이 두려우면 나라에서 금하는 짓은 하지 말아야지. 소신공양은 살인 행위와 진배없소. 신라시대 이래로 육신을 불태운 승려는 없었고, 손가락을 지지는 것으로 대신했을 따름이오. 처자식 딸린 사람을 죽여 놓고 식구들은 권박사가 챙길 참이오?"

현정스님은 코웃음 섞인 조소를 머금고 연신 비아냥거리며 대처승들의 타락을 힐난할 따름이었다.

"나라에서 대처를 쫓아내면 비구들이 주지가 되겠지. 부처님이 출가할 때 가족을 버리셨듯이 홀가분하게 그 발걸음을 따를 자만 남으시오."

스승님은 양측이 허옇게 침을 튀어가며 육두문자를 뱉자 이맛살을 찌푸렸다. 그리고 소리 없이 자리에서 일어나 밖으로 나와 버렸다. 시종일관 그 광경을 지켜보던 나도 슬그머니 자리를 뜰 수밖에 없었다. 절 마당에 나오니 스승님이 먼 산을 바라보며 한숨짓고 있었다.

"한 명의 중생을 살릴 생각은 않고 죽어 자빠진 사리나 건지려는 작자들……."

스승님 눈에는 대처, 비구가 밥그릇 싸움에 열중하는 불쌍한 중생으로 보였으리라. 내가 보기에도 비구승이 대처를 내치지 말자고 한 것은 자살 행위나 진배없었다. 난세에 자기주장을 펼칠 자가 과연 몇이나 되겠는가. 그저 이기는 편에 서는 것이 속은 편할 것이다. 스승님은 사형인 현정스님의 제안을 일언지하에 거절했다. 그래서 외톨이가 되고 말았다.

"스승님, 날이 제법 쌀쌀합니다."

나는 스승님의 외로운 뒷모습이 무척이나 안쓰러웠다. 스승님을 만난 이래 오늘처럼 궁지에 몰린 모습을 본 적은 없었다.

"그나저나 현정스님은 말씀이 지나치시군요. 살생계를 어긴 땡추라고 스승님을 몰아붙이니 민망해서 몸 둘 바를 모르겠습니다."

스승이라고 나를 제대로 가르친 적은 없다. 그래도 헐벗고 굶주린 나 같은 중생을 받아 주고 가족과의 끈도 연결해 준 분이었다. 그래서 늙은 중의 망발에 은근히 부아가 치밀었다.

"틀린 말은 하나도 없다. 사형이 성품은 빽빽해도 없는 말을 보탤 배포는 없단다."

아니, 그럼 정말 가족이 자살한 것일까?

머릿속이 백지장처럼 하얗게 변해 버렸다.

# 09

## 서책

첩첩산중이라도 사람 사는 곳은 어디나 어수선하기 마련
이다. 그것이 속세이건 산사이건 사람이 모이면 쓸데없이 과
장 섞인 헛소문도 돈다. 그래야 또 살맛도 난다. 중이라고 귀
닫고 눈 감은 신선은 아니다. 신선이 되면 도를 닦을 필요도
없다. 저녁 예불 시간에는 절 곳곳에서 일하는 스님들이 한
자리에 모인다. 아까 열띤 토론을 했던 스님들도 모두 얼굴
을 내밀었다. 나같이 막 출가한 햇병아리는 물론 말석에 앉
았다. 그런데 내 옆에 자리한 젊은 승려 둘이 속삭이는 소리
가 들렸다.

"저기 꿇어 앉아 독경하는 자가 권박사야!"

"박사는 무슨 빌어먹을 박사? 학위도 없는 박사가 세상천지
에 어디 있나?"

눈썹이 짙어 누에처럼 꿈틀대는 중이 대꾸했다. 아까 낮에

권박사가 승병 모집에 앞장섰다며 트집을 잡던 그 중이었다. 불평하는 중 목소리가 너무 커서 지켜보던 나마저 움찔 놀라고 말았다. 불가의 전통이란 알다가도 모를 구석이 많다. 중들이 법명은 버리고 속명을 쓰면서 왜 계를 받는지 모를 일이었다. 그뿐인가. 당시에는 박사라는 호칭은 아주 대단한 사람이 아니면 쓸 엄두도 못 냈다. 경무대 어르신도 대통령 각하보다는 이박사라는 호칭을 좋아했다.

나는 시종일관 투덜대는 젊은 중을 물끄러미 쳐다보다 그와 눈이 마주쳤다. 정수리가 우뚝 서서 여간 당차 보이는 게 아니었다. 그도 내 시선을 의식했는지 얼른 입을 다물었다. 예불 후 저녁 공양을 한 뒤 해우소에 들르려던 참이었다. 아까 그 젊은 중이 좀 겸연쩍게 웃으며 말을 건넸다.

"사천 다솔사에서 온 경허라고 합니다. 아까 뻔뻔하게 앉아 있던 중놈 탓에 냉정을 잃고 결례를 범했소."

먼저 통성명을 하자는데 말을 끊을 수 없어 대답했다.

"부산 범어사에서 온 휘문이라고 합니다. 스승님을 모시고 다비식에 왔지요."

범어사라는 말에 경허스님은 눈을 반짝였다.

"영험하신 혜장스님 제자시군요. 우리 주지스님도 혜장스님이 귀신을 때려잡았다며 입에 침이 마르게 칭찬하셨습죠."

나는 아까 대웅전 앞에 붙어 있던 명부를 떠올렸다. 가만있자, 경상도 사천 다솔사 주지는 효당스님이시다. 스승님과는 안면이 있는 듯 들렸다.

"입적하신 만해스님, 혜장스님 그리고 저희 주지스님이 소싯적에는 곧잘 어울렸다죠. 그분들이야말로 오늘 이 자리에 와서 당당하게 한자리 맡으셨어야 합니다. 왜놈이 득세할 때는 성이며 이름까지 갈아 치우고, 빨갱이 점령군에게는 양식까지 대주더니, 이제 경무대 눈치를 살피는 아첨꾼이 득세하니 말세예요. 그때 세운 만당(卍黨) 조직만 온전해도 이 수모는 당하지 않았을 것을……."

만당은 만해 한용운 스님을 중심으로 뜻있는 불자들이 뭉쳐 만든 조직이다. 왜놈 중들이 우리 절을 빼앗고 창씨개명을 강요할 때 저항한 유일한 단체였다.

"그럼, 아까 앞에 계시던 스님이 매국노라는 소리요?"

나는 경허스님이 씩씩거리며 분을 삭이지 못하자 넌지시 넘겨짚어 보았다.

"매국노 짓은 둘째치고 중인지, 속인인지 구별도 가지 않아요. 퇴경당이라는 법호는 버려두고 출가 전 이름을 써댑디다."

경허스님은 볼썽사나운 꼴을 본 듯 입가를 실룩거렸다. 나는 이 젊은 중이 언성을 높이자 불안했다. 식후 산책을 나온 사람도 많고 동자승들이 공양간을 오가며 자리끼로 마실 숭늉을 나르고 있었다. 경허스님도 내 불안한 기색을 눈치챘는지 슬그머니 뒷걸음질로 자리를 비웠다. 나는 간단히 세안을 한 뒤 지친 발을 끌고 방으로 돌아왔다.

'도력이 높아 귀신을 무릎 꿇게 한다고?'

좀처럼 믿기 힘든 소리였다. 스승님은 초저녁부터 퍼져 코를 골기 시작했다. 절밥 3년만 먹으면 눈이 썩어 나가는지 만나는 놈마다 귀신 잡는 중, 도력이 높은 분이라며 뚱딴지같은 소리만 늘어놓는다. 나는 꼬박 한 해를 쫓아다녔지만 스승님에게 선문답다운 말 한마디 들어 본 적 없는데 말이다.

산촌의 밤은 길고도 고요했다. 이런 적막이 내 목을 조여들듯 답답했다. 좀 뒤척거리다가 호롱불에 불을 밝혔다. 심심풀이 삼아『법화경』을 뒤적이는데 스승님이 기척을 했다.

"멀리까지 나왔는데 새삼스럽게 책을 연다고 눈에 들어오겠느냐?"

"잠자리가 바뀌어 눈을 감아도 정신이 말똥말똥합니다."

나는 하릴없이 잠자리 핑계만 댔다. 하지만 정작 나를 잠 못 이루게 한 것은 따로 있었다. 명색이 절이라는 이곳 분위기가 죽고 죽이는 수용소보다 더 살벌했기 때문이다. 스승님의 사형이라는 현정스님의 고함에는 목탁보다 단단한 뭔가가 몸을 웅크리고 있었다. 권박사의 흉을 보던 경허스님도 다른 절 출신이건만 살벌한 기운을 흘렸다.

수용소 생활 3년 동안 눈칫밥만 먹은 나였다. 그리고 아무 원한도 없는데 사람을 죽이는 것도 수없이 봤다. 그런 놈들은 보통 사람 눈으로는 볼 수 없는 비장함을 흘렸다. 사람이 사람 피를 손에 묻힐 때 큰 결심은 필요없다. 그저 내가 자는 막사가 빨갱이 막사면 반공주의자를 찾아내 도륙해야 한다. 반공 포로수용소에서는 숨어 지내는 빨갱이를 색출했다. 그것은 나의 의지가 아니었다. 내가 속한 집단의 움직임에서 낙오되지 말아야 나도 살 수 있었기 때문이다.

사람을 죽이는 데 대한 죄책감 같은 것은 사치였다. 대신 우물쭈물하면서 단체 행동에 소극적인 모습을 보이지 않으려고 기를 썼다. 오늘 만난 절의 중들에게서는 모두 그런 절박함이 묻어나고 있었다. 나는 그 절박한 기운이 흐르는 강물을 건너 목숨을 건졌다. 다시 그 물속에 들어가야 한다면 혀를 깨물고 죽는 편이 낫다고 여겼다.

"스님, 입적하신 큰스님의 서책에 무슨 내용이 담겨 있나요?"

그나마 도문은 얼굴이 예쁘장하고 개중에는 좀 정상에 가까워 보였다. 나는 스승님의 비위를 건드릴 용기가 없어 가장 만만한 자에 대해 빙그레 돌려 물었다.

"진리를 갈망하는 자가 걸어갈 길을 비추는 거울이지."

스승님은 내 질문이 껄끄러운지 두루뭉술하게 얼버무리고 말았다. 그렇다고 대단한 비밀을 간직한 것 같지도 않았다.

"용감이란 부처님 말씀을 모신 상자이니라. 거기에 수경은 손거울이니 불자들이 경을 읽을 때 쓰는 사전 같은 책이지."

불교 용어는 본디 범어(梵語), 팔리어 같은 이국의 언어를 한자로 옮긴 것들이다. 따라서 음과 훈으로 이해하는 기존의 한자 해석으로는 뜻을 헤아릴 수 없는 것이 많다.

"불가의 가르침은 유가와는 달리 서책에 연연해 얻을 수 있는 것이 아니거늘……."

스승님은 이 책이 등장한 것이 내심 못마땅한 눈치였다. 실제로 범어사에서 마주친 노승들은 거의 신문 하나 못 읽었다. 예전에는 경을 배우며 글도 읽지 않고 입에서 입으로 전하는 가락에 맞춰 웅얼거렸다고 한다.

"참선을 하면서 뜰에 핀 들꽃 하나만 살펴도 가르침은 얻는 법이다. 삼라만상 어느 것도 사진 찍듯 꼼짝 않는 것은 없느니라. 밤하늘 별자리는 자리를 바꾸고 칠흑처럼 어둡던 그믐달도 초승달, 반달, 보름달로 둔갑하지 않더냐? 나물만 뜯어 먹고 성불한다면 인간보다는 소, 말이 부처의 뜻을 잘 헤아릴 것이야."

틈만 나면 고기를 즐기는 분 말씀이니 어려하겠나.

"움직이는 것은 다 사연이 있다. 바람에 흔들리는 들꽃도 실바람에 꽃가루를 날려 씨를 뿌린다. 민들레는 아예 구름 같은 솜털에 제 씨를 실어 날린다. 책에 코를 처박는다고 진리가 보이겠느냐? 눈을 감는다고 중생의 고통이 시야에서 사라지겠느냐? 내 속의 부처를 찾는다고 업보가 사그라지겠느냐?"

그날 밤 스승님은 삼라만상에 핀 꽃 한 송이, 나무 한 그루에도 부처는 있다고 했다. 흙 한 줌, 타오르는 불길, 계곡을 가르는 시냇물, 삼복더위를 식혀 주는 산들바람 한 줄기에도 부처는 있다는 것이다.

"모든 것이 부처님의 규칙에서 한 치도 벗어나지 않지. 다만 그것을 깨달으려면 인간이 스스로 눈을 떠야 한다."

스승님은 이 말을 끝낸 뒤 물은 위에서 아래로 흐르고, 얼음처럼 차가운 냉골도 군불 한 번 지피면 쩔쩔 끓어오른다며 히죽거렸다.

"도문이라는 스님은 학구열이 대단한 모양입니다. 용케 책에 대해 훤히 꿰고 있더군요."

도문스님은 이 책이 보우선사 때 발행한 것이 아니라고 했다. 내 눈에야 골방 구석에 뒹구는 책은 다 구닥다리로 보였지만 그 스님은 귀한 책을 제대로 알아봤다. 배운 놈은 서로 통하는 구석이 있다. 도문은 계집처럼 곱상하게 생긴 데다 손끝이 매끈했다. 돌밭이나 일구는 일반 승려가 아니었다. 필경 절의 살림 이모저모를 꼼꼼히 챙기는 이판승일 것이다.

"한때는 형이 죽으면 동생이 형수를 취하는 야만족이 지은 책이라고 멸시받았지. 책의 저자인 행균(行均)은 고려가 오랑캐라고 업신여긴 거란족이었다. 하지만 부처님 말씀에 진정으로 눈을 뜨면 그런 구분도 허울 좋은 핑계에 불과하다. 고려는 부처가 야차를 얼싸안듯 책을 받아들였고 불도가 꽃을 피웠느니라."

스승님의 설명이 사실이라면 그 『용감수경』은 족히 800년은 넘은 보물이다.

"서책에 무슨 비기라도 숨겨져 있는 게 아닌지요?"

나는 나이는 젊지만 사람이라면 겪어 볼 만큼 겪었다. 겉보기에는 순한 양 같은 놈이 사람 멱을 따는 것도 보았고, 흉측한 흉터가 가득한 작자가 자아비판 시간에 닭똥 같은 눈물을 흘리며 손이 발이 되도록 비는 것도 구경한 적 있다. 하지만 도문스님은 첫인상부터 형언할 수 없는 청명한 기운을 뿜어냈다. 아침햇살을 잔뜩 머금은 문풍지 같은 느낌이랄까? 떨어지는 낙엽에도 눈물지으며 속으로는 칼을 품은 작자들과는 질적으로 달랐다. 그저 가르침에 목말라 하다가 스승을 잃자 뼛속 깊이 스며든 슬픔에 몸도 못 가누는 젊은이였다. 모자란 도량을 책에서 찾아 채우려는 순진한 바람만이 감지되었다.

"그렇다고 대단한 책은 아니니라. 불자는 다른 가르침을 배척해서는 안 된다. 그 책은 유가, 도가의 교훈을 빌려 불교를 설명하며 용어를 정리하고 있지."

스승님은 이어 색(色)자를 써 보였다.

"유가에서는 이 글자를 여인네 치마폭만 좇아다니는 천한 행동이라고 보지. 그러나 불가에서는 인간이 몸으로 할 수 있는 모든 것이 다 색이니라. 이 색을 제대로 실천한 자가 만해야."

공양을 마치고도 비슷한 말을 들었다. 다솔사 경허스님은 스승님이 만해스님과 교류가 있다고 말했다.

"왜놈들이 창씨개명을 하지 않으면 승적을 줄 수 없다고 으름장을 놓을 때도 만해는 요지부동이었다. 나처럼 험한 세상이 두려워 산으로 피해 다니던 자와는 격이 다른 인물이야."

만해스님의 일화는 매우 유명했다. 스님은 총독부 뒷산에 암자를 짓고도 북향으로 돌아누웠다고 했다. 왜놈들 꼬락서니가 보기 싫어서였다. 만해스님은 왜놈 쌀로 배를 채우기 싫다며 배급도 거절했다. 또 이미 속명을 버린 중이 일본식으로 이름을 고칠 필요가 없다며 버텼다. 열 마디 말보다 몸으로 보인 이런 행동이 훨씬 강렬했다.

"이런 사람들은 무서울 것이 없다. 무외(無畏)의 경지에 오른 셈이지. 그래도 만해도 꼼짝 못 한 것이 있으니 바로 자기 마누라야. 색이 색을 이긴 것이지."

스승님은 이 말을 하면서 너털웃음을 터뜨렸다. 입가에 주름을 잡고 연신 사자후(獅子吼)를 뱉어냈다. 나는 순간 범어사 중들이 속삭이던 말이 떠올랐다. 스승님을 가리켜 행유적불(行儒迹佛), 즉 겉은 중이지만 속은 선비라고 했다. 오늘 밤 처음 접한 스승님 말씀도 산사 고승의 설법이라기보다는 글방 훈장의 훈계에 가까웠다. 유가의 용어는 바늘 하나 새어 나갈 틈도 없이 정확하기는 하지만 또 편협하다. 말 한마디에 한 가지 뜻을 세우려고 노력하기 때문이다. 이에 비해 부처님 말씀은 돌려 해석해도 제자리로 돌아오는 쳇바퀴 같다. 이런 예는 헤아릴 수 없이 많다.

부처님 말씀 중 이렇게 두세 가지 뜻을 한꺼번에 함유한 예는 수없이 많다. 스승님은 치백(緇白)이라는 말 역시 중과 선비, 즉 불가와 유가의 정신이 어울린 상태를 뜻한다고 했다.

"치는 검은색, 백은 흰색이 아니더냐? 검은 승복과 선비의 절개를 뜻하는 하얀 도포 자락이지. 물론 조선시대부터는 중들이 글을 배우는 것도 언감생심 큰일 날 짓이었지만……."

"하지만 스승님, 승복이 검다니요? 모두 잿빛이 아닙니까?"

스승님은 참으로 답답하다는 듯 혀를 찼다.

"이놈아! 지금 중들이 걸친 옷은 조선 세조 때 와서 정해진 것이니라. 그전에는 왜승들처럼 시커먼 가사를 입었지. 중생을 사바세계로 인도하는 중들의 지위가 땅에 떨어진 뒤, 이승도 저승도 아닌 경계에 엉덩이 걸치고 입은 다물라는 임금의 명이었느니라."

스승님은 이런 서책에 담긴 내용도 그 원리만 알면 별것 아니라고 했다. 대부분의 불교 용어는 항상 음양의 조화를 추구한다. 서로 상반된 뜻의 글자를 끼워 맞추면 부족한 것을 메우고 남는 것을 덜어 주는 조화가 탄생한다.

"인간이 태어나서 죽을 때까지의 팔자는 생멸문(生滅門)이 관장하지. 그 생멸문이 돌아가는 원리는 바로 음양의 조화이니 불교는 살아 있는 자를 위한 위로야."

그렇다면 죽은 이의 원혼을 달래는 의식들은 다 무엇인가?

"그럼 귀신은 무엇입니까? 스승님 가르침대로라면 죽고 나서 남는 것은 없어야 하지 않습니까?"

"귀신? 다들 나를 보고 귀신을 어린애 다루듯 주물럭거린다고 하더냐? 그게 다 부질없는 헛소문이거늘… 중들이 하라는 수양은 않고 엉뚱한 상상만 하는구나."

스승님은 슬쩍 입꼬리를 올리고는 너털웃음을 터뜨렸다. 물론 죽고 난 뒤에도 나름의 질서는 있다. 바로 진여문(眞如門)이 그것이다.

"죽은 놈들 팔자까지야 숨이 붙어 있는 우리 중생이 어찌 헤아리겠느냐? 관음보살이 팔이 천개나 있는 것도 다 망자를 돌보기 위해서야. 그것은 부처님께 물어야지 늙은 중에게 무슨 답을 얻겠느냐?"

그렇다면 스승님이 귀신과 통한다는 소문은 무엇인가.

"남의 말 하기 좋아하는 놈들이 불망어계(不妄語戒)를 범한 것을 두고 동요하다니 한심하구나!"

사연인즉 좀 특이하기는 했다. 스승님께서 묘향산 보현사에서 기거할 때였다고 한다. 서릿발이 매섭던 어느 초겨울 아침 절에서 어린애 시체가 나왔다. 배가 갈라져 있고 간이 사라진 채였다. 주재소에서 나온 왜놈 순사들은 비상이 걸렸다. 다리 밑 문둥이들이 모조리 끌려가 죽도록 얻어터졌다. 어린애 간을 꺼내 먹으면 문둥병이 낫는다는 속설 탓에 가장 먼저 의심받은 것이다.

아이는 겨우 서너 살을 넘긴 사내아이였다. 그런데 어딘가 어색했다. 아이는 낙엽 속에 묻혀 있었는데 옷에 국화 꽃잎이 붙어 있었다. 피골이 상접했고 손톱은 매발톱같이 길어 배를 가르기 전에 굶어 죽은 상이었다. 스승님은 직감적으로 누군가가 아이를 굶겨 죽였다고 보고 무당집을 뒤졌다고 한다. 그리고 절의 산신각에서 치성을 올리던 박수무당을 잡았다. 순사들이 매섭게 다그치자 결국 놈이 실토를 했다.

신기가 없으면 뒷전무당이 된다. 수입이라곤 남의 굿에서 북이나 쳐 구전을 뜯는 것이 전부였다. 그런데 아이를 죽인 뒤 그 혼령을 꽃에 가두면 태자귀가 내려 명두무당이 될 수 있다. 명을 다하지 못하고 죽은 아이 귀신인 태자귀는 한이 깊은 만큼 신통력도 좋다고 한다.

평안도 벽촌에는 이런 황당무계한 낭설이 퍼져 있었다. 아이를 서서히 굶겨서 제 어미를 찾을 때 꽃을 밀어 넣는다. 그러면 넋이 꽃에 서린다는 것이다. 잔인하기 그지없는 악습이었다. 무당은 죽은 아이를 법회 때 보아 둔 절간 외진 곳에 떨구었다. 그러고는 낫으로 배를 갈라 모조리 문둥이 소행으로 돌린 것이다. 그런데 무당놈을 잡은 뒤 절에서는 죽은 아이가 스승님께 나타나 놈을 지목했다는 소문이 꼬리에 꼬리를 물었다. 귀신 잡는 중이라는 별명이 붙은 것도 이 때였다.

"그게 어디 신통력 덕이더냐? 절간에서 곡기를 끊고 단식을 하다보니 배곯다 죽는 것이 무엇인지 절로 깨닫겠더구나. 부처님 말씀 잘 따르면 혜안은 절로 뜨는 법."

스승님은 대수롭지 않게 대꾸했다.

"그런데 아까 장독대는 왜 그리 유심히 살피셨습니까? 현정 스님께는 독이 깨져서 다비식을 망쳤다고 말하면 그만이 아닙니까?"

내 목소리가 잔뜩 잦아들자 스승님은 영 못마땅한 모양이었다. 귀신을 부르거나 귀신을 쫓는 영신굿 같은 것은 무당이나 할 짓이었다. 스승님도 방금 무당이 벌인 망측한 짓거리를 인간의 눈으로 쫓아 잡았다고 했다. 그런데도 제자라는 놈이 아직도 무당 굿거리에 연연하니 답답하다는 반응이었다.

"좀 배웠다는 놈이 나을 줄 알았건만 오십 보 백 보구나. 네 눈에는 도문이라는 아이가 성한 놈으로 보이더냐? 나는 그 아이가 성불할 것 같지는 않더구나."

스승님은 무슨 까닭인지 학구열에 가득 찬 젊은이를 힐난한다.

"인간의 마음이 무엇이라고 보느냐? 바로 만(慢)이 아니더냐? 그놈 만은 독종도 보통 독종이 아니야. 종래에는 그 불경 탓에 자기는 물론 남에게도 비수를 들이댈 상이야."

총기가 넘치는 젊은 중에게 그런 면이 있을 것 같지는 않았다. 그저 끓어오르는 학구열을 달랠 수 없을 뿐 아닐까?

"만이 별것 아닌 것 같지? 그게 잘못되면 사람 잡는다. 네놈이 밤마다 잠을 못 이루는 것도 다 만 때문이야!"

스승님은 알고 있었다, 내가 밤마다 뒤척인다는 사실을. 나는 잠이 두려웠다. 수용소에서의 그 악몽이 살아 돌아올 것 같아서였다. 아니, 그보다는 잠이야말로 사람을 가장 나태하게 만드는 묘약이기 때문이었다.

제주도에서 온 빨갱이 한 놈이 있었다. 키는 6척 장신에 눈이 부리부리한 거친 녀석이었다. 제주도 비바리인 제 어미가 뱃놈 씨를 배어 낳았다는데 손버릇이 고약했다. 하기는 공산당이라는 놈들은 네 것 내 것 가리지 않고 애를 낳아도 곧장 고아원에 보내 함께 기른다고 했다. 그렇게 부모는 편하게 바깥일을 하고 아이는 나라가 키운다. 시쳇말로 북에서 김일성을 어버이라고 부르는 것도 당연하다. 인민들의 입장에서 보면 부모는 싸질러 낳기만 했을 뿐 키우는 것은 김일성이가 했으니까.

문제는 그놈이 남의 물건을 함부로 만지고 제 호주머니에 쏙 넣는다는 것이었다. 모처럼 더운 물에 씻을 기회가 있었는데 우리 막사 책임자의 시계를 가져갔다. 몇 차례 고성이 오간 뒤 주먹다짐이 붙었지만 제주도 놈을 당할 자가 없었다. 그래도 물러날 수는 없었다. 여기서 지면 반공 포로가 빨갱이 도적놈을 놔준 꼴이 된다. 결국 놈이 잠들었을 때 서너 명이 군화 끈으로 목을 졸랐고, 몇 번 버둥거리던 놈은 축 처져 버렸다. 이 무시무시한 광경을 바로 옆에서 보았지만 나는 자는 척만 했다.

포로수용소에 들어오기 전까지 나는 그런 놈들과는 어울린 적이 없었다. 공연히 남의 일에 끼어들 수도 없고 내 목숨 챙기기도 바빴다. 하지만 낮에는 의기양양하던 놈도 곯아떨어지자 속수무책으로 당하는 모습에 잔털마저 곤두섰다. 할 수만 있다면 거기서는 눈도 붙이기 싫었다. 그런 무서운 경험이 꿈속에서 거머리처럼 느물느물 되살아나 잠을 설치는 터였다.

"만이란 내가 무엇이라고 미리 단정 짓는 어리석은 짓이다. 그런데 도문의 만과 네놈 것은 정반대구나. 놈이 제 잘난 맛에 사는 아승만(我勝慢)이라면 너는 스스로 못났다고 넘겨짚는 아열만(我劣慢)이구나. 그래도 낙담 말아라. 바보 천치도 천재를 잡을 수 있는 법."

스승님은 재미있어 죽겠다는 듯 손뼉까지 쳐댔다. 참으로 불쾌하기 그지없었다. 내 마음속에 자리 잡은 두려움마저 읽어내니 벌거벗고 서 있는 듯한 착각마저 들었다. 제아무리 배운 놈이라도 무슨 소용이 있는가. 이성보다는 폭력이, 법보다는 주먹이 앞서는 세상에서 살아남으려면 그저 입 다물고 바짝 엎드려야 했다. 나는 볼썽사나운 일에서 눈길을 돌렸다. 그렇게 3년을 사니 자연히 주눅이 들어 버렸다. 스승님께 마음 한구석에 감춘 허물을 들키기라도 한 것처럼 얼굴이 달아올랐다. 그러다가 그만 대화가 뚝 끊기고 말았다.

나는 얼른 어색한 분위기를 다른 데로 돌렸다.

"가을밤인데 이놈의 절에는 귀뚜라미 우는 소리도 없나? 정말 귀신이 든 것 아닙니까?"

"이놈아! 아직도 귀신 타령이더냐? 죽은 혼령보다 인륜을 저버린 산 놈이 더 무서운 줄 모르더냐?"

스승님은 하릴없이 역정을 냈다. 내가 잠자리에 누워서도 허공을 맴도는 귀신만 쫓자 제자를 잘못 두었다고 여겼을지도 모른다. 이렇게 서로 뜻 모를 이야기만 주고받다 보니 날이 하얗게 밝아왔다.

처음 말을 섞을 때는 제법 그럴싸한 설법이 시작되는 줄 알았다. 그런데 마지막은 술에 술 탄 듯, 물에 물 탄 듯 흐지부지 끝나 버렸다. 그럼 그렇지. 1년간 설법 한 번 한 적 없는 분이 제대로 된 가르침을 주겠나.

"이승에 미련이 많으셔서 책까지 남기셨나?"

스승님은 방구석에 뒹구는 『용감수경』을 펼쳐 보며 웅얼거렸다. 말투만 들어서는 별다른 관심이 없는 듯했지만 표정만은 달랐다. 나는 그날 스승님의 표정에서 호기심이라는 단어를 낚아챘다. 내게 일본 목욕탕을 물어보던 날 짓던 짓궂은 아이 같은 미소가 입가에 또 걸려 있었다.

# 10

# 업보

하루가 또 맥없이 흘러갔다. 스승님은 저녁 공양도 물린 채 방에 틀어박혔다. 나도 덩달아 저녁을 건너뛰었더니 잠이 도통 오지 않았다. 하지만 뱃속의 꼬르륵 소리보다 궁금증 때문에 눈이 더 초롱초롱 빛났다.

"오늘은 아예 뜬눈으로 지새울 참이냐?"

스승님도 팔베개를 한 채 깨어 있었다.

"아까 일이 지워지지 않습니다. 아무리 화가 나도 사제에게 그런 심한 욕을 하다니요."

불가에서 혹승지옥은 몰인정한 자들이 가는 곳이다. 특히 자살하는 사람을 말리지 않은 자는 십중팔구 여기에 떨어진다.

"출가하기 전의 일이다. 대의를 위해 희생하는 것이 마땅하다고 여기던 시절이었지."

처음으로 스승님의 옛 사연을 듣게 되었다. 나는 어둠 속에서 귀를 쫑긋 세우고 정신을 집중했다.

"북만주 흑하(黑河)에 살 때였다. 내 나이 스물두 살. 큰형님은 독립군과 몰려다니며 한 달이면 한 번 들르곤 했다."

스승님은 간혹 형님 심부름으로 양곡, 옷감을 준비하기도 했다. 그러던 어느 겨울날, 일본군에게 들켜 형제가 감옥으로 끌려갔다.

"놈들이 독립군들 아지트를 알려 주면 풀어 주겠다고 했지만 형님은 끝까지 버텼어. 조국 광복을 위해서라면 이 한 몸 바쳐야 한다고 소리를 지르더구나. 그런데 나이가 어린 내가 더 만만했던 모양이지. 왜놈 순사가 형님 머리에 총을 대고 내게 협박을 했어. 내가 발설하지 않으면 형님을 해치겠다고 말이야."

스승님은 길게 한숨을 내쉬며 지난날을 회상했다.

"나는 형님의 성화에 밀려 입을 다물었어. 그리고 형님은 그렇게 돌아가셨지."

나는 범어사 중들이 스승님을 두고 독립운동가라고 했던 것이 떠올랐다. 결국 스승님보다는 그 형님에게 해당되는 소리였던 것이다.

"형을 잃은 충격에 아버지가 쓰러졌고, 형수는 졸지에 중풍 맞은 시아버지 간병까지 맡았지. 집을 나오기 전 마지막 모습이 눈에 선하구나. 아버지는 청상과부 며느리가 측은해 담배를 가르쳤다. 그렇게 시름이라도 달래라며 권한 것 같구나. 그리고 이 모든 것이 내 알량한 자존심 때문에 생긴 것임을 너무 늦게 깨달았다."

단식으로 결사 항쟁하자는 권박사의 말에 발끈했던 이유를 알 것 같다.

"한 사람도 구할 수 없는 작자들이 중생 구제를 입에 담다니 어불성설이구나."

스승님은 그 순간 대한독립, 자유대한 수호 따위에는 관심을 끊었다고 했다.

"내 안의 부처가 소중한 것처럼 남의 마음에 담긴 부처도 귀한 법이니라. 내가 너를 거둔 것도 그런 상처를 알기에 가능했겠구나."

나는 본디 그다지 모진 놈이 못 됐다. 수용소에서 사람이 죽어 나가면 마치 내일은 내 차례인 것처럼 온몸에 전율이 감돌았다. 거제도를 벗어난 뒤에도 줄곧 죽은 사람이 떠올랐다. 남의 죽음이 결코 그 사람의 것이 아닌 나의 고통으로 다가왔던 것이다. 스승님의 이런 깊은 배려를 난생처음 깨달을 수 있었다.

"나 같은 놈은 필경 흑승지옥감이지. 극락은 무슨 얼어 죽을 개꿈이더냐. 너는 나의 잘못된 전철을 밟지 말고 네 갈 길을 찾아라."

스승님의 훈계는 이른 봄비처럼 내 눈시울을 촉촉이 적셔
왔다.

"그나저나 보성이란 놈은 여색을 밝혔다지?"

나는 흠칫 숨을 삼키고 망설였다. 스승님께 나와 보성의
인연을 말해야 하나? 거제도 수용소의 끔찍했던 나날을 스승
님도 들은 바는 있을 것이다. 이제껏 나를 제자로 받아 주고
일언반구 거제도 얘기는 꺼내지 않았지만, 내 출신과 우리의
첫 만남은 분명 기억할 것이다. 하지만 언청이를 마지막으로
본 사람은 바로 나였다. 내가 말한 절름발이, 여인네는 누군
지도 모른다. 공연히 입을 잘못 놀려 분란을 일으키기는 싫
었다.

"예, 뒷산 비구니들에게 추파를 던졌다고 했지요."

나는 그냥 절에 와서 본 모습만 털어놓았다. 그 편이 나을
성싶었다.

"지금쯤 아비지옥(阿鼻地獄)을 헤매고 있겠구나. 나무관세
음보살!"

아비지옥은 부모를 죽인 자, 석탑을 훼손하고 현자를 죽인
자, 그리고 비구니를 농락한 놈들이 가는 곳이다. 쇠꼬챙이로
몸을 꿰어 필파라침(必波羅鍼)이라는 열풍을 쐬면 살가죽이 홀

랑 벗겨진다고 한다.

"스승님, 농담이라지만 죽은 보성의 몰골과 퍽이나 닮았습니다. 시커멓게 그을린 시체에 꼬챙이 자국이 남았고 살갗도 벗겨진 상태였죠."

나는 무심결에 어제 본 시신을 입에 담았다. 그런데 순간 스승님이 숨소리를 죽였다.

"애야! 역시 배운 놈이 뭐가 달라도 다르구나."

스승님은 더듬더듬 성냥을 찾더니 호롱불에 불을 붙였다. 파란 불이 붙자 스승님의 그림자가 일렁거렸다. 불빛이 춤출 때마다 그림자도 마구 몸을 휘젓는다.

"일두스님이 빈말을 한 것이 아니었느니라. 큰스님이 변을 당한 것이 혓바닥이 긴 놈 탓이라고 했어. 나는 그걸 부처님으로만 알았느니라."

스승님은 책자를 뒤적이며 몇 가지를 손가락으로 짚어 나갔다. 불가의 지옥은 팔열팔한지옥(八熱八寒地獄)이라고도 부른다. 여덟 개의 불지옥과 여덟 개의 얼음지옥이다.

"팔한지옥은 살아서 겪는 병마를 뜻하기도 하지. 도문은 귀신을 운운하지만 나는 단순히 몹쓸 병이 창궐한 것 같구나."

알부타(頞浮陀)는 천연두에 걸려 온몸이 와들와들 떨리는 것, 니라부타(尼剌部陀)는 문둥병을 동반한 오한, 알찰타(頞晰

陀)는 추위에 입이 얼어 혓바닥만 간신히 움직이는 것이다. 확확파(臛臛婆)는 입도 못 벌리고 목구멍에서 괴성을 짜낼 정도의 추위고, 호호파(虎虎婆)는 입술 끝만 움직이며 신음을 낸다. 올발라(嘔鉢羅)는 추워서 온몸이 퍼렇게 변하는 것, 발특마(鉢特摩)는 몸이 붉게 동상이 걸린 것을 뜻한다. 마지막으로 마하발특마(摩訶鉢特摩)는 얼어붙은 살이 터져 연꽃처럼 벌어진 형태다.

"도문이 두려움에 떨 수밖에 없겠지. 난리통에 절에 역병이 창궐했는데 증상이 같았다고 했지?"

도문스님은 새파랗게 젊은 청년이다. 그저 불경 몇 군데에 나오는 문장만 보고 혼비백산할 나이는 아니다. 또 의사까지 불러 검사도 했다고 들었다. 처음 온 의사는 천연두, 나중에 온 사람은 나병이라고 말을 바꿨다.

"미군 비행기에서 뭘 흩뿌렸는지 몰라도 희한한 병이기는 하구나. 하지만 이런 걸로 지옥을 운운하다니, 젊은 놈이 겁은 많아서……."

나는 이전에는 지옥이 용암이 끓어오르고 열탕일 것이라 생각했다. 일본에서 온천 여행을 가면 으레 도깨비 그림이 눈에 들어왔다. 아마 마지막 여행이 닛코[日光]와 기누가와[鬼怒川]였던 것 같다. 우스갯소리이긴 해도 귀신이 뜨거워서 화를 낸다니… 왜놈들 호들갑이 더 요란스러웠다.

"저는 불지옥만 있는 줄 알았습니다."

나는 스승님이 이렇게 흥분하는 이유를 미처 깨닫지 못했다. 가뜩이나 스산한데 지옥 이야기를 꺼내니 더 썰렁했다.

"불지옥을 살펴보자꾸나. 인간이 지옥에 떨어지는 기본 조건은 무엇이더냐?"

"살인, 도둑질, 거짓말, 음행 그리고 술을 너무 많이 마셔도 문제겠지요."

나는 스승님이 멀쩡한 사람 잠을 깨우고 책을 뒤적이는 것이 못내 수상했다. 물 만난 고기처럼 펄펄 뛰며 좋아하는 모습이 신기하기도 했다.

"그렇지만 불지옥도 여덟 가지나 되는데 이를 나누는 기준이 있더냐?"

나는 선원에서 배운 것을 그대로 암송했다.

"등활지옥(等活地獄)은 살생한 자가 똥통에 빠지는 것이고 중합지옥(衆合地獄)은 도둑질, 음행을 저지른 놈들을 산더미로 찍어 누르는 형벌이죠. 규환지옥(叫喚地獄)은 술 먹고 지랄한 놈들을 끓는 가마솥에 처박아 두고, 대규환지옥(大叫喚地獄)은 거짓말을 밥 먹듯 하는 놈들 혓바닥을 길게 잡아 뽑습니다. 초열지옥(焦熱地獄)과 대초열지옥(大焦熱地獄)은 남을 속인 놈들을 골라 철판에 얹어 지져대는 벌입니다. 그리고 나머지 둘은 혹승지옥과 아비지옥입니다."

내가 숨 돌릴 틈도 없이 줄줄 뱉어대자 스승님은 장하다는 듯 어깨를 두드렸다.

"승방에서 농땡이만 친 것은 아니구먼. 그럼 혓바닥 긴 놈이 어디에 있겠느냐?"

"거짓말로 계를 어겼으니 대규환지옥에 떨어졌겠죠."

"옳거니! 너는 지옥을 나눈 기준이 모호하다는 생각은 들지 않느냐?"

"예, 그렇습니다. 고작 거짓말 몇 마디 하고 술주정 부렸다고 끓는 물에 삶고 철판에 지져댑니다. 그런데 정작 살인한 놈들은 뒷간에서 구더기랑 놀며 뒹구니 불공평하죠."

스승님은 너털웃음을 터뜨리며 손뼉까지 쳤다. 정답이란 뜻이리라.

"거짓은 모든 죄악의 씨앗이고 술을 마시면 정신줄을 놓게 된다. 즉, 마음이 선해도 몸이 악행을 저지르기 십상이란 뜻이지. 업의 근본을 뿌리 뽑아야 한다는 뜻이니라. 그럼, 혹승지옥과 아비지옥은 무엇이 다르겠느냐?"

혹승지옥은 자살을 방조한 죄를 묻고, 아비지옥도 음행을 저지른 자를 처단하는 곳이다. 내가 얼른 대답을 못하고 우물거리자 스승님은 말을 이었다.

"흑승지옥은 자비심이 부족한 자들이 떨어지는 천형이다. 아무리 제 몸을 갈고 닦아도 절망에 빠진 다른 이를 외면하면 이 역시 죄악이다. 내 안의 부처를 아무리 잘 섬긴들 남의 부처를 모른 척하면 벌을 받아 마땅하다. 인간은 누구나 소중한 존재라는 평범한 진리를 뼛속 깊이 새겨야 할 것이야. 그리고 아비지옥은……."

이 대목에서 스승님이 잠시 말문을 닫았다. 뭔가 큰 가르침을 주고 싶은 듯 뜸을 들였다.

"살인, 음행, 거짓도 다 큰 죄지만 아비지옥은 좀 특별한 놈들이 가는 곳이다. 아비어미를 해치고 도를 깨친 현자를 죽인 놈, 불탑을 부수고 시주를 사사로이 써대는 놈, 무엇보다 비구니를 겁탈한 자들을 벌하는 무시무시한 곳이지. 내가 보기에는 보성이란 놈도 이중 하나는 범했어."

보성은 내게 접근해서 좋은 것을 보여 주겠다고 꼬드겼다. 보성은 툭하면 절간 재물을 빼돌려 제 주머니를 채웠다고 했다. 시주에 손을 댄 것이다. 또 도굴꾼처럼 사찰 탑을 뒤진 적도 있었다. 무엇보다 득도하신 홍안스님이 쓰러지셨다. 그렇다면 보성이 스님을 해친 것일까?

"보성 같은 멍청이가 범접할 분이 아니라고 말하지 않았더냐? 나는 엊그제 밤에 네가 보았다는 여인네가 비구니가 아닌지 의심스럽구나."

스승님의 어림짐작이 나는 쉽게 와 닿지 않았다. 놈이 아무리 제멋대로라고 해도 설마 여승에게 주먹질을 할 턱은 없다.

"보성의 주검을 보니 시커멓게 그을렸더구나. 필파라침(必波羅鍼)에 휘말린 것처럼 숯덩이가 되고 말았지 않느냐."

"스승님, 이승에서 필파라침이라니요……."

그 말을 채 마치기도 전에 예전 일이 떠올랐다. 미군들은 폭탄에 휘발유를 섞어 사람을 태워 죽였다. 한 발이 떨어지면 주변이 아예 불바다로 변했다. 사람은 불에 타 죽고 연기에 숨이 막힌다. 겉은 멀쩡해도 속이 타들어갔다. 낙동강 전선에서의 일도 불현듯 생각났다. 폭격이 끝나고 나는 살아남은 사람들을 찾고 있었다. 시체 더미에서 신음소리가 들리는 쪽을 무작정 파헤쳤다. 간신히 숨이 붙어 있던 동료는 배가 갈라져 있었다. 의외로 피는 별로 배어나진 않았다. 그 대신 김이 무럭무럭 올라왔다. 공기가 펄펄 끓는 기름 가마처럼 데워져 폐를 바짝 구워 버린 것이다.

그것은 이승이 아니었다. 우리는 숨은 쉬지만 지옥에 떨어졌다. 스승님도 이승이 저승만도 못한 지옥이라고 했다. 굶주리고 헐벗고 두려움에 떨며 사방으로 쫓기는 삶이 지옥이 아니고 무엇이랴.

"설마 사찰에서 어떤 미친놈이 피를 보겠습니까?"

나는 억지로 목소리를 가다듬으며 태연한 척했다. 스승님의 논리대로 상황을 끼워 맞출 수야 있다. 그래도 나는 여전히 반신반의였다.

"보성의 몰골을 보아라. 꼭 석쇠 위의 곰장어 꼴이 났지 않더냐?"

노인네가 엉뚱한 소리를 하며 키득거렸다. 부산에서 자주 해먹던 그 맛이 떠올랐는지 침까지 꿀꺽 삼켰다. 곰장어는 숯불 위에서 온몸을 비틀다가 결국 껍질이 홀랑 벗겨졌다. 스승님은 틈만 나면 지옥에서 불을 지폈나 보다.

"뭐든 나한테 걸리면 날마다 지옥 불구덩이를 맛보지."

노인네, 눈치는 빨라서 내 속을 읽고 있었다. 이를 드러내고 웃는 모습이 낮에 당한 수모는 모조리 잊어버린 듯했다. 그런데 어느새 나는 촉각을 곤두세우고 있었다. 이 알쏭달쏭한 선문답을 쫓아가려니 가랑이가 찢어질 판이었다.

"스승님 생각에는 거짓을 일삼는 자가 홍안스님을 해치고 보성마저 죽였다는 말씀입니까?"

스승님은 이 말에 내 얼굴을 물끄러미 쳐다보기만 했다. 자기가 할 말을 내가 미리 해버려 선수를 빼앗긴 모양이었다.

"보성이 벌레 죽이는 약을 산 것을 아는 자가 또 있을 것이다. 그놈이 생면부지인 너에게 그런 말을 했다는 것은 DDT로 사람 잡는다는 것은 까맣게 몰랐다는 소리야. 살인자가 반드시 감추는 것이 있다. 바로 살인 도구가 무엇이고 어디 있는지를 발설하지 않는 법이야."

보성은 생김새부터가 좀 기이했다. 자그마한 눈동자는 뿌연 흙탕물처럼 탁했다. 시선이 가는 곳에는 어김없이 여인네가 있었다. 하루 24시간 여자 생각에 눈이 먼 탓이었다. 그런 놈은 간교한 꾀를 부릴 수 없다. 사람 죽인 방법을 떠벌릴 까닭은 더더욱 없다.

"예끼 이놈! 네놈 나이가 몇 살이라고 벌써부터 관상 뜯어볼 생각만 하느냐? 낯짝에 쓰인 도둑놈, 살인귀 관상을 읽을 수 있다면 중노릇은 때려치우고 순경으로 취직이나 하여라!"

스승님이 헛기침을 해대며 큰 소리를 냈다.

"나는 출가한 이래 밤에도 눈을 감은 적이 없다. 참선할 때도 두 눈 부릅뜨고 부처를 보고자 했다."

그 말은 맞다. 스승님이 잠자리에서 실눈을 뜨고 코를 고는 모습에 나도 몇 번 놀란 적이 있었다. 참선할 때도 눈동자는 미동도 않지만 눈꺼풀을 활짝 젖힌 경우가 많았다. 다만 달갑지 않은 손님이 오거나 요점도 없는 잡담을 들을 때만 눈을 감앉을 따름이었다.

"그놈 낯짝, 세 치 혓바닥에 부처가 깃들지 않았으니 더 볼 필요도 없지."

그때부터 나는 스승님의 눈만 보고도 심중을 때려 맞히곤 했다.

"내 눈에는 벼랑 아래에서 보성이란 부처님은 보이지 않더구나."

천하의 불한당을 부처라고 부르다니. 죽은 놈도 저승에서 감사하다고 큰절을 올릴 노릇이었다.

"스승님도 참 짓궂으시네요. 남의 물건에 손대고 여인에게 손찌검을 하는 것이 무슨 부처라고……."

내가 무안해하며 한마디 쏘아붙이자 스승님도 쓴웃음을 짓는다.

"왜놈들 감옥에서는 사람이 죽으면 간수들이 부처님 나간다고 악을 쓰더구나. 죽은 자는 어떤 경우에도 고귀하게 다뤄야 하느니라."

아마도 예전에 고초를 당할 때 몹쓸 꼴을 본 모양이었다.

"왜놈 고등계 형사놈들이 항상 쓰던 말인지라 내 입에도 붙어 버렸구나. 왜놈들은 사람이 죽으면 부처가 된다고들 하더라. 그래서 시체를 부처님이라고 부르지. 그것들 하는 말을 귀

담아들을 필요는 없다지만, 내 안에 부처가 있는지 야차가 도사리고 있는지 모르는데 남의 속은 어찌 알 것이냐?"

정녕 보성 같은 악인도 성불할 수 있을까. 나는 이내 고개를 흔들며 망상을 떨쳐냈다. 한 인생 아무렇게나 내키는 대로 살아도 부처가 된다면 도토리만 먹으며 수행하는 승려들은 바보 천치다. 뱃살 두둑이 피둥피둥 살이 오른 졸부가 부처라면 피골이 상접한 중은 낮도깨비라도 되는가.

"부처는 반드시 흔적을 남긴다. 그 족적을 따라가면 궁금증이 풀리는 법. 그런데 오늘 죽은 보성은 움막에서 벼랑까지 날갯짓하며 날아갔는지, 두더지처럼 땅으로 꺼졌는지 자취가 없어. 내 눈으로 보지 않았다면 부처가 한 말도 믿을 수 없지."

보성의 움막에서는 피투성이 넝마가 나왔다. 필경 제 목에서 흐르는 피를 막으려고 용을 썼을 터였다. 그리고 비틀거리며 벼랑 쪽으로 내뺐을 것인데, 여기에 또 뭐가 빠졌다는 소린가?

"비가 와서 핏자국이 사라지고 발자국도 없어졌다. 분명 비는 왔지만 그걸 누가 보기라도 했느냐? 목에 난 상처로 볼 때 피가 분수처럼 솟구쳤을 것인데 움막에 남은 피는 턱없이 부족했어. 그게 보성이 흘린 피가 아니라면 어쩌겠느냐?"

순간 내 머릿속을 스치는 생각이 있었다. 어두워서 잘은 모르지만 절름발이가 피를 흘렸을 수도 있다. 배냇병신이 아니라 다쳐서 몸이 불편한 자라면 어떨까.

"이제야 감이 잡히느냐?"

"그럼 다리병신이 공비였다는 말씀인가요?"

제 몸 하나 건사 못하는 놈이 살인까지 저질렀다. 외양간에 소가 묶여 있어도 끌고 갈 엄두도 나지 않았을 터였다. 온통 뿌옇던 눈앞이 말끔히 정리되는 느낌이었다.

"놈이 공비인지, 약초꾼인지, 장물아비인지는 모르겠으나 필경 말 못할 사연이 있는 듯하구나. 그놈이 절에 오기 전 무슨 일에 말려들었던 건 분명하다. 업보를 풀지 못한 불쌍한 중생들을 굽어 살피소서. 관세음보살!"

나는 이 말을 들으며 엉뚱한 상상에 빠져들고 있었다. 혹시 스승님이 지목하는 범인이 공비가 아닐 수도 있다. 보성의 목줄에 사정없이 꼬챙이를 박아 넣은 것이 여자라면 어떨까? 새 생명을 잉태해 세상에 내보내는 일은 여성의 전유물이다. 이와 반대로 죽음의 그림자를 드리우는 것을 여자라고 못하라는 법은 없지 않은가.

남자면 어떻고 여자인들 또 어떠랴. 부자도 마음이 가난하면 쓰레기 찾아다니는 넝마주이만도 못하다. 끼닛거리가 없어 요조숙녀도 옷 벗고 갈보가 되는 세상이다. 부처의 눈으로 세상을 바라보면 모두가 불쌍한 중생들이었다. 업보는 원한을 낳고, 보성은 그 덫에 걸려 죽었을 것이다.

# 11

## 뒷간

대웅전 주변을 감도는 공기가 심상치 않았다. 어제 송장이 나간 탓인지 다들 예불 내내 침울했다. 다른 절에서 온 중들도 눈치를 살피며 말을 아꼈다.

"전쟁도 끝났는데 또 이런 불상사가 벌어지다니."

현정스님은 삐쩍 마른 손을 들어 본존불 앞으로 다가갔다. 그리고 오른손을 높이 뻗어 손바닥을 펼쳤다. 왼손은 아래로 내려 역시 손가락을 붙이고 손바닥을 보였다. 현정스님은 시무외인(施無畏印)과 여원인(與願印)을 보였다. 부처님께 자비를 갈구할 때 쓰는 합장법이었다. 스승님은 "그 양반, 앞뒤가 꽉 막혔지만 근본은 선량하다"고 했다. 첫인상은 성마르고 깔깔했지만 남의 불행을 진정 측은하게 여기는 것 같았다. 어제 스승님께 조소를 퍼붓던 무자비한 인상은 어느 정도 누그러졌다.

"회의를 시작하겠소."

어느새 권박사가 차석으로 밀려나고 현정스님이 상석에 앉았다. 어제 토론에서 자신이 완승한 것이 즐거운지 은근한 미소마저 띠고 있었다. 오늘은 왼편에 도문도 자리 잡았다. 지난번 법회에는 몸이 불편해 참석할 수 없었다며 간단히 사과부터 했다. 아직 코를 훌쩍거리는 것이 아픈 기색이 역력했다. 며칠 못 본 사이에 상당히 여윈 것 같았다.

"대처승들의 처분 문제를 매듭지읍시다."

현정스님은 의기양양하게 회의 시작을 알렸다. 이 말은 사실 어폐가 있었다. 자신과 스승님을 빼고 죄다 처자가 있는 대처승들이다. 대처승을 처분하자는 말은 회의장에 모인 대다수에게 스스로의 처분을 맡기겠다는 것이었다. 잔인하기 그지없지 않은가?

"당나라 임제선사는 부처를 만나면 부처를 죽이고, 조사나 나한을 만나면 그들도 죽이겠다고 했소. 진정한 깨달음을 얻기 위해 살불살조(殺不殺祖)의 정신을 실천하는 것은 당연한 일이오."

현정스님의 두 눈이 안경 뒤에서 빛나고 있었다. 대처라는 틀을 깨고 스스로 참자신을 찾으라고 윽박지르려는 요량이었으리라.

"스님께서는 경무대 어르신이 무서우신 게요? 우리는 손을 맞잡고 부처님의 도량을 지키고자 장작불에 몸을 던지기로 했소."

아무렇게나 내뱉는 권박사의 말에는 뼈가 있었다. 정말 소신공양이라도 할 요량인 듯싶었다.

"그토록 부처님을 아꼈다면 왜놈들 치하에서 일을 벌였어야죠. 스님께서 대동아전쟁 때 전국을 돌며 승병 모집을 했던 사실쯤은 경무대에서 훤히 파악하고 계셨소이다."

권박사는 이 말을 듣자 움찔하면서 식은땀을 흘렸다. 이 중은 그저 왜놈 성과 이름만 받은 것이 아니었다. 오래전 왜란과 호란 때 승병들이 나라를 지켰듯이 미국, 영국으로부터 불교국가 일본을 보호하자고 외쳤다. 남의 나라 전쟁에 우리 승려들을 끌어들인 것이다.

"사형께서는 지금 이들에게 향엄상수화(香嚴上樹話)를 강요하고 계십니다. 가느다란 나뭇가지를 입으로 물고 온몸을 지탱하는 이에게 달마가 서쪽에서 온 이유를 물으면 어찌시렵니까?"

현정스님이 한참 득의양양해할 때였다. 스승님이 별안간 일어서서 질문을 던졌다. 사람은 저마다 살아가는 이유가 있다. 목숨이 가느다란 나뭇가지에 걸린 자에게 조사서래의(祖

師西來意)를 물은들 답을 듣기 어렵다. 대답하느라 입을 열면 나무에서 떨어지고, 답을 안 하자니 묻는 이의 뜻을 어기는 것이다. 현정스님은 상대를 이러지도 저러지도 못할 궁지로 내몰고 있었다.

"중이 입에 담을 수 없는 화두입니다."

스승님은 현정스님의 방법이 공정치 못하다며 호통을 쳐댔다. 현정스님은 유일한 비구승이 자기편을 들지 않는 점이 불쾌한 듯 보였다. 손에 피 묻힌 자를 또 들먹일지도 모를 일이다. 나중에 들은 바로는 말문이 막히면 도망칠 구멍을 그렇게 판다고 했다.

"우담바라가 핀다고 해도 네놈 대드는 버릇은 사라지지 않겠구나. 그 옛날 스승님을 욕보인 치기가 아직도 그대로인 것을 보니 나이는 헛되이 먹었구나."

현정스님은 스승님을 쏘아보며 답답하다는 듯 한숨을 내쉬었다.

"인생은 찰나이고 부처는 영겁입니다. 인생사 백 년을 넘길 수 없거늘 방금 전 일을 꽤나 묵은 사연처럼 읊어대시네요."

스승님도 어제처럼 만만하게 당하지만은 않았다.

"부처의 정신은 허물을 들추고 썩은 가지를 쳐내는 것이 아닙니다. 나를 비우고 우주도 받아들일 도량을 키워야 하오. 이

것이 궁극적인 공(空)을 뜻합니다."

스승님이 일갈하자 현정스님은 허탈하게 웃었다. 잔뜩 메마른 웃음이 공연히 으스스했다.

"경무대 어르신께 색(色)과 공(空)을 떠벌려 보려무나. 처자를 끼고 사는 권박사도 우리 불교계의 미래를 걱정하고 있다. 네 놈의 잘난 세 치 혀를 놀려도 우리 재산을 지킬 수 없으리라."

다들 겉으로는 대처냐 비구냐를 두고 으르렁대지만 속내는 따로 있었다. 처자가 딸린 중은 절을 떠나 가족을 선택하거나 절에 머물려면 가족을 버려야 한다. 그게 아니면 주도권을 비구승에게 물려준 채 뒤안길로 사라질 판국이었다. 내 손에 쥔 권세, 재산을 그리 쉽게 포기할 수 있을까. 부처를 죽인 기개를 발휘할 수 있을까. 팽팽한 긴장감이 대웅전을 지배하고 있었다.

"하긴 네놈은 혈육도 저버렸으니 이런 토론이 따분하기도 하겠구나. 여러분, 여기 있는 혜장은 한때 나와 동문수학한 인연은 있으나 스승님께 반항한 뒤 제멋대로 뛰쳐나간 땡중이올시다. 홍안스님과의 사제의 연 때문에 어쩔 수 없이 불렀건만 계를 어긴 것을 후회하기는커녕 엉뚱한 소리로 사람들을 현혹하고 있소. 나는 혜장이 회의장에 발을 들일 수 없도록 조치했으면 좋겠소."

현정스님은 스승님을 꿀 먹은 벙어리로 만들 참이었다. 아픈 곳을 또 건드려 아예 가슴팍을 송곳으로 파헤쳐 놓을 작정이었다. 나는 좀처럼 남의 일에 끼어들지 않았지만 저도 모르게 주먹에 불끈 힘이 들어갔다. 엊그제 스승님을 불러 한 표가 아쉬우니 도와달라고 애걸했던 작자가 없는 소리를 작작 지어내고 있었다. 현정스님은 살생계를 어긴 고얀 놈이라며 스승님께 삿대질까지 해대고 있었다.

　"지난 난리통에 제 손에 피를 묻히지 않은 자가 있으면 나와 보십시오."

　이때 낭랑한 목소리가 낭하에 울려 퍼졌다. 생소한 음성이 터져 나온 곳으로 모두의 시선이 집중되었다. 도문스님이었다.

　"그럼 스님도 살생계를 어긴 적이 있단 말이오?"

　현정스님은 아들뻘도 못 되는 젊은이가 맹랑하다고 느꼈나 보다. 콧소리가 맺힌 말투에서 은근한 비웃음이 드러났다.

　"소승은 재작년에야 계를 받았습니다. 그리고 살생을 한 적 있습니다. 그것도 아주 가까운 이들을 수십 명이나 죽였습니다."

　의외의 고백에 다들 주변을 두리번거렸다. 곱상하게 생긴 젊은이의 입에서는 너무도 험한 말들이 튀어나왔다.

　"저는 포항에서 교편을 잡고 있었습니다. 군인들이 학도병을 모집하길래 우리 반 아이들과 함께 지원했습니다."

내 손에는 땀이 흥건히 맺혔다. 포항 전투 얘기는 귀에 못이 박히도록 들어왔다. 인민군 진격이 최초로 멈춘 곳이기도 했기 때문이다. 당시 인민군과 국군은 낙동강을 사이에 두고 대치 중이었다. 대구를 눈앞에 두고 발목이 잡히자 다들 새 돌파구를 뚫으려고 애썼다. 강을 건너 진격하기에는 인민군 전력이 턱없이 부족했다. 미군의 융단폭격에 고개도 제대로 못 들 지경이었다. 대신 토끼 꼬리 근처 돌출부를 장악하자는 의견이 나왔다고 한다. 포항, 구룡포만 접수하면 장생포를 거쳐 대구, 부산도 넘볼 수 있었다.

"아이들이 제 품 안에서 숨질 때 아이들의 눈에서 시선을 뗀 적 없습니다. 그렇게 제 생명을 빚졌고 다른 누군가의 목숨을 책임졌습니다. 그것이 죄악이라면 저는 지옥 맨 밑바닥으로 떨어질 겁니다. 우리 아이들에게 전선에 나가자고 부추긴 장본인이니까요."

저 샌님 같은 스님에게 그렇게 어두운 과거가 있을 줄은 몰랐다. 무엇보다 우리 둘 다 선생 출신으로 서로 반대편에서 총부리를 겨눈 사실이 충격이었다. 나는 숨소리를 죽이고 도문 스님의 고백을 낱낱이 새겨들었다.

"그것은 중생을 구제하기 위한 불가피한 행동이었소. 나라에서 군인을 징발해서 끌려간 것인데 스님 탓은 아니지요. 내 몸을 불살라 타인의 목숨을 구했다면 숭고한 희생입니다."

현정스님은 철없는 젊은이의 말을 애써 묵살하려 했다. 그러나 도문스님도 호락호락 당하고 있지만은 않았다.

"혜장스님께서 형님을 희생시킨 것도 같은 맥락이겠죠. 피를 나눈 형제를 포기하고 무수히 많은 목숨을 구하신 분께 너무 막말을 하시는 것 같습니다."

도문스님은 스승님의 역성을 들고 있었다. 새까만 후배가 반기를 들자 현정스님은 못마땅한 기색이 역력했다.

"우리가 이 자리에 모인 것은 돌아가신 홍안스님의 명복을 빌기 위함입니다. 따라서 회의의 좌장도 마땅히 이 절을 대표하는 소승이 맡아야 합니다. 비구와 대처 간의 갈등이 첨예해지는 마당에 한쪽 편을 들면 맡을 수 없는 자리예요."

도문스님은 의외로 당돌한 구석이 있었다. 한참 연배가 위인 선배 스님들의 손발을 꽁꽁 묶어 두는 재주 또한 능수능란했다. 회의장에는 찬물을 끼얹은 듯 어색한 침묵이 감돌았다.

"이 땅에 새로운 시대가 도래했습니다. 미움과 갈등은 잠시 그 고삐를 놓고 화해와 안정을 추구해야 합니다. 내 마음의 부처를 죽이든 쌓인 업보를 치우든 각자의 자유겠지요. 허나 남의 마음에 담긴 부처를 내 부처가 해치울 수는 없는 법입니다."

도문은 낭랑하게 읽어가듯 열변을 토했다. 듣는 이의 눈시울을 촉촉이 적시는 설법이었다.

"지금 계를 어긴 것이 자랑이라는 말씀이오? 내가 알기로 우리 스님들 중 사람을 죽이거나 도둑질한 사람은 없소. 여색을 밝히고 이부자리에서 뒹군 자는 어쩔 수 없다지만."

현정스님은 한동안 입을 다물고 듣기만 하다가 겸연쩍게 덧붙였다. 젊은 스님은 잠시 뜸을 들이더니 언성을 누그러뜨리며 말을 이었다.

"저는 학도병을 이끌고 전선에 나갔습니다. 전장을 누빈 사람은 누구나 내 목숨을 남에게 맡기고 남의 목숨을 책임져야 합니다. 살아온 자는 남에게 큰 빚을 지게 마련입니다. 저는 제 손으로 제자들을 묻고 부모들에게 전사통지서를 전했습니다."

말소리에 굴곡은 없었지만 젊은이의 두 눈에는 눈물이 글썽거렸다. 잠시 숨을 고른 뒤 도문스님은 뒷말을 이었다.

"그들 앞에서 살아 돌아온 것이 죄스럽고 미안했습니다. 이것이 저의 부처입니다. 살아도 지옥이고 눈을 감아도 지옥이라는 혜장스님 말씀이 뼈아프게 와 닿습니다. 부처가 극락에만 있다면 지옥엔 절망밖에 남는 것이 없습니다. 적어도 지옥 맛을 보신 분이 우리를 이끌어야 합니다. 저는 홍안스님이 눈

감던 그 순간까지 곁에서 모신 몸입니다. 큰스님의 의중은 소승이 가장 잘 알고 있습니다. 저는 불필요한 논쟁을 끝내려면 혜장스님께서 자리를 함께하셔야 한다고 봅니다."

도문스님의 파르라니 깎은 머리에서 한줄기 땀이 흘러내렸다. 자신이 옳고 현정스님이 그르다는 뜻은 아닐 것이다. 다만 회의를 주최하는 황태사 출신으로서 발언권을 행사하려는 것이다. 그래도 까마득히 나이 든 대선배에게 도전장을 내밀려니 긴장도 될 만하다.

"홍안스님의 맏제자는 혜장이 아니라 소승이오. 허나 일단 혜장의 의견을 좀 들어 봅시다."

현정스님도 한 발짝 물러나 스승님을 바라보았다. 현정스님은 스승님의 평소 습관을 알고 있다. 처치 곤란한 일에 앞장서지 않고 뒤에서 묵묵히 도와주기를 즐긴다는 것도 간파했으리라. 스승님은 현정스님과 도문스님에게 눈인사를 건넨 뒤 운을 뗐다.

"소승 스승님과 인연을 맺고도 한참을 찾아뵙지 못한 몸입니다. 그렇지만 우리 불교계의 갈라진 상처를 봉합할 기회만 주어진다면 이 한 몸 기꺼이 바치겠소이다."

이 말에 대처승들의 표정이 환해졌다. 스승님은 비구지만 대처들에 대해 관대한 편이었다. 왜정 때는 대처승들과 손잡고 일제에 맞서기도 했다면 양측을 중재할 수도 있으리라.

"소승 역시 돌아가신 큰스님의 제자께서 함께하시길 바랍니다. 이 나라 불교의 미래를 논하는 자리에 홍안스님의 생전 뜻이 중요합니다. 그분의 긴 생애 동안 여러 제자분들께 들려주신 다양한 가르침을 오로지 접하려면 더 많은 제자분들을 모셔야죠."

막간을 틈타 권박사가 손을 들고 제안했다. 자신들을 핍박하는 잘아 터진 현정스님보단 우리 스승님이 끼는 편이 유리하다고 본 것이다. 현정스님은 이마에 주름을 잡은 채 못마땅한 표정을 짓고 있었다. 그러나 비구승이라곤 스승님이 유일하니 다른 대처승이 회의를 주도하는 것보다는 낫다고 울며 겨자 먹기로 받아들이는 눈치였다.

젊은 스님의 기지 덕분에 스승님도 큰 화를 면했다. 자칫하다가는 홍안스님 49재는 물론 회의에서도 밀려날 뻔했다. 도문스님은 할 일을 마쳤다는 듯 자리에서 일어나 미끄러지듯 회의장을 빠져나갔다. 이어서 다른 스님들도 잠시 숨을 돌리며 삼삼오오 대웅전을 나왔다. 스승님은 젊은 스님의 뒤를 쫓아 계단을 내려왔다.

"현정사형이 대쪽같이 꼬장꼬장한 면은 있어도 본성이 그런 것은 아닙니다. 다만 소승이 젊어서 저지른 과오가 아직 뇌리에 박혀 있는 터라……."

매사가 끊고 맺음이 분명하신 분이건만 이번에는 말끝을 흐렸다. 조달(調達) 같다던 사형을 두둔하느라 쩔쩔매고 있었다.

"알고 있습니다. 눈을 뜨고 참선을 하셨다가 날벼락이 떨어졌다죠? 큰스님께 다 전해 들었습니다."

젊은 스님은 곁눈질을 하며 웃어넘겼다. 스승님의 곤란한 입장도 헤아릴 수 있다는 말투였다.

"지난한 전쟁 동안 수많은 젊은 목숨이 사라졌습니다. 스님도 그들 중 하나라니 대단하십니다."

"포항에서 인민군과 잠시 맞선 적이 있는 정도입니다. 유경수가 이끌던 탱크 부대를 간신히 저지했지요. 그나마 적이 중국말을 하는 만주군이라 한결 홀가분했습니다. 그놈들은 동포일지라도 모택동 앞잡이가 아닙니까?"

호리호리한 젊은이가 의외로 담대한 구석까지 있었다. 지난 전쟁은 남과 북이 대립하다 맺힌 화농이 터져서 일어났다. 그래도 단아하기만 한 승려의 입에서 피를 뿌린다는 말이 거침없이 터져 나오니 뒷맛이 씁쓸했다. 그리고 도문이 총부리를 겨눈 상대는 나와 함께 싸운 전우였다. 심란한 마음을 한참 달래던 차에 불현듯 좀 의아한 기분이 들었다. 하지만 나는 이

내 고개를 휘저으며 상념을 쫓았다. 사람이란 머릿속을 지나가는 생각을 죄다 입에 담을 수 없는 법. 공연히 옛 상처만 덧날 것 같았다. 그나저나 스승님을 두둔한 것을 보면 도문이란 친구가 참 장하다는 느낌이 들었다.

"휘문스님, 잠시 저 좀 봅시다."

내가 두 사람의 대화에 귀를 기울일 때였다. 낯익은 음성이 등 뒤에서 들려왔다. 다솔사에서 왔다는 경허스님이었다. 보나 마나 권박사의 코가 납작해져서 속이 시원하다고 떠벌릴 게 뻔했다. 그런데 경허스님의 눈초리는 침침하게 가라앉아 있었다.

"실은 드릴 말씀이 있어요. 외양간 움막에서 여자 소리가 났다고 하셨죠?"

경허스님은 무슨 연윤지 몰라도 이 부분을 무척 궁금해했다. 잠시 뜸을 들이다가 머뭇거리며 말을 이었다.

"실은 저도 그 소리를 들었어요. 며칠째 해우소에서 자꾸 신음 소리가 나더군요."

신음 소리라! 역시 내가 헛것을 본 것이 아니었다.

"일을 다 보고 손가락에 재를 묻혀 씻고 있었어요. 묘한 소리가 들리길래 처음에는 다른 스님이 경이라도 흥얼대는 줄 알았죠. 좀 지나니까 목소리가 높아지면서 더 선명히 들렸어요. 분명 여자 목소리가 맞았다고요."

경허스님은 이 말을 하면서 연신 두리번거렸다. 남의 이목이 두려운 모양이었다.

"다쳐서 신음하는 듯하던데……."

경허스님이 주의하는 이유를 알 것도 같았다. 남녀가 몸을 섞을 때 내는 소리일지 모른다는 말이었다. 절로 쓴웃음이 나왔다. 부리부리한 인상에 친일파 척결을 외치던 사람의 입에서 전혀 어울리지 않는 말이 튀어나왔다.

"장독대를 돌보던 은겸스님께 슬그머니 귀띔을 하자 기가 막힌 대답을 하더군요. 사실 절에서 하지 말아야 할 행동을 저지르는 자들이 종종 있다는 겁니다. 다솔사에서도 외양간지기가 망측하게 소 항문에 대고 그 짓을 하다 걸린 적 있고… 어쨌든 지금은 대처와 비구가 첨예하고 대립하고 있는데, 함부로 나섰다가 제 스승님이 봉변을 당할까 두려워서요."

은겸은 노망난 스님을 돌보던 그 스님이었다. 나이도 지긋한 걸로 보아 헛소문을 퍼뜨릴 것 같지는 않았다.

우리 스승님은 비구지만 지난번 현정스님과의 일전에서 대처들을 동정했다. 더구나 만당에서 항일운동 하던 스님들과도 곧잘 어울렸다고 했다. 경허스님은 이 점 때문에 내게 슬그머니 마음을 연 눈치였다.

"해우소라면 헛간이 딸려 있겠네요?"

"예. 퇴비 만들 때 재, 쌀겨, 잘게 썬 볏짚을 다 섞잖아요?"

경허스님은 당연하다는 듯 고개를 끄덕였다. 절간 해우소는 반쯤 개방돼 있다. 비스듬한 언덕배기에 집을 걸쳐 놓은 형국이다. 똥통을 아예 묻는 식이 아니라 언덕 비탈에 걸쳐 놓는다. 그 위로 해우소를 짓고 아래의 큰 옹기는 반은 비탈에 박아 두고 나머지 절반은 드러나게 된다. 아래에는 따로 문을 달고 볏짚을 쌓아 놓는다. 즉, 한쪽에서 보면 해우소 건물만 달랑 서 있지만 다른 면으로 돌아서면 해우소가 2층 구조였다.

"분명 신음 소리라고 했죠?"

불현듯 내 머릿속을 스치고 지나가는 것이 있었다. 그날 밤 외양간 옆 움막으로 다리를 질질 끌며 남자가 들어갔다. 또 스승님은 움막에 묻은 피가 보성이 흘린 것이 아닐 거라고 했다. 그놈이 다리를 다쳤을 수도 있다. 경허스님은 신음 소리를 벌써 사흘간 들었다고 했다. 한 번 정도라면 산짐승 소리를 오인했을 수도 있다. 하지만 한창 나이의 젊은이가 헛소리를 들을 리는 없다.

"스님, 오늘 밤에 저랑 해우소에서 만나시죠. 꼭 밝히고 싶은 점이 있습니다."

지금 돌이켜봐도 내가 왜 그런 배짱을 부렸는지 모르겠다.

하지만 내가 외면했던 한 사람의 목숨을 앗아간 자는 내 손으로 꼭 잡고 싶었다. 그놈 낯짝이라도 봐야 분이 풀릴 것 같았다. 아니, 내 과오를 스스로 씻어내라는 부처님의 말씀이 들려오고 있었다. 나는 거제도에서도 불가에 몸을 들이고도 사람 죽이는 일을 눈감아 줬다. 아니, 온몸으로 뒷걸음질했다. 수용소에서 죽은 양씨, 김씨 그리고 보성의 아귀 같던 모습이 눈앞을 스쳐 지나갔다. 모두 밤중에 내 꿈에 스며들어 꿈자리를 사납게 한 자들이었다.

# 12

## 배후

늦가을 깊은 달이 떠서 산꼭대기에 걸렸다. 두 시간 전 8시를 알리는 종소리가 울렸다. 대충 밤 10시쯤됐으니 슬슬 경허스님과 만날 시간이 가까와졌다. 스승님은 오후 내내 격론을 벌인 탓인지 코를 골고 있었다. 산촌 날씨는 이제 을씨년스럽게 쌀쌀했다. 달빛이 차갑게 비치자 한기가 스멀스멀 피부를 스쳐 지나갔다. 경허스님이 머무르는 승방은 절 경내 반대편에 있는 손님방이었다. 우리도 황태사 소속은 아니었지만 스승님은 엄연히 돌아가신 홍안스님의 제자였다. 그래서 이 절 스님들이 묵는 본원에 여장을 풀었다.

해우소는 절간에서 젊은 남자 걸음으로도 한참을 내려가야 했다. 일을 본 뒤 손을 씻으려면 냇가가 있어야 한다. 해우소 옆으로는 가느다란 실개울이 졸졸 소리를 내며 흘렀다. 일전에 범어사 스님들이 했던 말이 기억났다. 해우소는 절대 절 위에 짓지 않는다는 것이다. 물은 위에서 아래로 흐르는데 자칫 해우소에서 나온 똥물이 우물물에 섞일 수 있기 때문이다.

언덕배기를 등불도 없이 더듬더듬 내려가려니 여간 고역이 아니었다. 몇 번 발을 헛디뎌 휘청거렸지만 그래도 길은 제대로 잡은 것 같았다. 경허스님도 남몰래 승방을 빠져나오려면 애를 먹을 터였다. 상대는 다리 저는 남자, 그리고 어쩌면 여자도 있을지 모른다. 적어도 남자 둘은 붙어야 잡을 수 있을 것이다.

경허스님은 권박사가 설법할 때 불같이 화를 냈다. 무지렁이 티는 나지 않았지만 성질이 괄괄한 것 같기는 했다. 턱밑 수염을 깎은 자리가 푸르스름한 것이 힘깨나 쓰게 생겼다. 나 같은 약골만 아니면 큰 힘을 보탤 터였다. 나는 낮에 나눈 대화를 다시금 되짚었다. 절에서는 저녁 공양이 이른 편이다. 다들 큰 볼일은 해 지기 전에 해치우고 소변은 요강에 처리했다. 새벽 예불이 있으니 밤잠을 설치고 싶지 않아서였다.

"물 갈아 마시고 설사가 나와서 별수 없었어요."

경허스님은 별수 없이 자정쯤 뒷간에 갈 수밖에 없었다고 한다. 그리고 약속이라도 한 듯 그 묘한 소리가 들려왔다는 것이다. 놈이 인기척이 끊긴 자정에 산을 내려와 해우소 아래 헛간에서 눈을 붙이는 것이 분명했다. 그나저나 경허스님도 보통내기는 아니었다. 외딴 해우소에서 볼일을 보는데 묘한 소리가 들리면 털이 곤두서게 마련이다. 그런데도 귀를 쫑긋 세운 채 소리를 들을 정도로 담대했다. 역시 하나보다는 둘이 나을 것 같았다.

해우소 앞에는 작은 석유 랜턴이 대롱대롱 매달려 있었다. 경허스님이 들어갔는지 희미한 불빛이 어른거렸다. 부산 영도 고갈산은 정상까지 판자촌이 빼곡 들어차 있었다. 그런 동네는 뒷간도 여러 가구가 함께 쓰곤 했다. 어느 날 피난민들이 석유통을 끙끙대며 지고 가는 것을 본 적이 있다. 한여름 구더기를 죽이는 데 석유만큼 좋은 게 없다는 것이었다. 해우소 근방에 오니 차분히 흐르는 시냇물 소리에 섞여 휘발유 냄새가 나기 시작했다.

"뒷간 미물이지만 알까지 깡그리 없애다니 너무하구면."

나도 스승님과 붙어 다니다가 혼잣말하는 버릇이 들어버렸다. 듣는 이도 없는데 혼자 중얼거리고 있었다. 깜깜한 밤중에 산길을 가려니 두려움을 떨치고 싶기도 했다. 아무도 없지만 마치 누군가가 곁에 있는 듯 행동하면 조금은 덜 무섭다. 나뭇가지 사이로 해우소 문을 가린 거적때기가 얼핏 시야에 들어왔다. 좀 전까지 켜져 있던 랜턴 불빛은 사라졌지만 매캐한 탄내가 밤공기를 가로질렀다.

"여보시오! 경허스님! 벌써 오신 게요?"

나는 목소리를 최대한 낮춘 채 말을 건넸다. 절간 해우소는 사람이 없으면 거적때기를 걷어 올린다. 근심 걱정 털어내듯 싸갈긴 똥오줌도 원래는 공양이다. 귀한 공양을 싸댄 뒤 뒤처리도 깔끔해야 한다. 재를 뿌린 뒤 문을 열어 구린내까지 날려버린다. 그런데 아까 언덕배기에서 볼 때부터 해우소 문이 닫혀 있었다. 필경 누군가가 안에 있다는 뜻이었다.

그런데 애타게 부르는 소리에도 메아리 한 점 들리지 않았다. 언제까지 경허스님의 굵직한 목소리가 돌아오기만 기다릴 수는 없는 노릇이었다. 나는 한 발짝씩 살금살금 걸음을 떼며 앞으로 나갔다. 슬쩍 손을 뻗어 거적때기를 확 젖히는 순간, 코를 찌르는 휘발유 냄새가 물씬 풍겼다.

"스님! 어디 계시나요?"

나는 다시금 어둠 속을 더듬거리듯 두세 번 속삭였다. 아무 응답도 없었다. 좀 전까지 어른거리던 인기척도 딱 끊겨 버렸다. 차가운 바깥바람이 한 차례 몰아쳤다. 절름발이가 언제 올지도 모르는데 또 나 혼자 맞닥뜨릴 수는 없었다. 감히 랜턴에 불을 댕길 엄두도 나지 않았다. 대신 품 안에 있던 성냥불을 탁! 쳤다. 그 순간 어슴푸레한 모습이 눈앞을 스치고 지나가자 온몸의 털이 곤두섰다. 그것은 사람이었다. 아니, 더 정확히는 사람 발만 가지런히 올라와 있었다. 뒷간에서 귀신을 만난다는 말은 들은 적 있지만 얼굴 없는 발이 나를 맞을 줄은 몰랐다. 분명 해우소 귀퉁이에 사람 다리가 엇갈려 솟아 있었다.

"으악!"

나도 모르게 자지러지는 비명이 터져 나왔다. 나는 허겁지겁 뒷걸음질하다가 문지방에 발이 걸려 넘어졌다. 저 사람이 누군지는 중요하지 않다. 빨리 사람들을 불러 모아야 했다. 그런데 발이 얼어붙은 듯 바닥에서 떼어지지 않았다. 바로 그때 등 뒤가 후끈 달아올랐다.

"팡!"

시골 장에서 강냉이 튀기듯 폭음이 울렸다. 흡사 전쟁터에서 밤새도록 듣던 폭탄 터지는 소리 같았다. 그리고 시뻘건 불길이 사방에서 치솟았다. 눈앞이 연기로 자욱했다. 불과 두세 발짝만 떼면 문인데 피를 토할 듯 기침만 나왔다. 이때 부리나케 달려든 그림자가 있었다.

그림자는 등짝에서 시큼한 땀냄새를 흩뿌리며 나를 질질 끌어냈다. 경허스님이었다.

"저기! 저기! 사람이 있어요!"

나는 스님 얼굴을 확인할 겨를도 없이 해우소 안쪽을 가리키며 발버둥을 쳤다.

"빨리 여기를 뜹시다. 죽은 사람보다 산 사람이 우선이에요. 지금 휘발유 냄새가 곳곳에 진동을 해요!"

경허스님 특유의 묵직한 음성이 귓전을 때렸다. 절에서도 줄줄이 횃불을 밝히고 내려오고 있었다. 나는 해우소 앞 실개 울로 뛰어 내려가 그을음 가득한 입안을 헹궈냈다. 이게 더러 운 똥물이든 거름 섞인 구정물이든 가릴 틈도 없었다. 죽음의 냄새가 가득한 탄내를 빨리 몰아내고 싶었다. 의식은 또렷한 데 자꾸 낙동강 전선이 눈앞에 아른거렸다. 사흘 밤낮을 흔들 거리는 보급선을 타고 거제도로 향하던 기억도 떠올랐다. 멀 미하듯 구토가 밀려왔다. 그때도 불길이 사람도 말도 심지어 공기까지 몽땅 태워 버릴 듯 맹렬하게 타올랐다.

해우소는 판자를 이어 허술하게 지은 탓에 금세 폭삭 주저 앉았다. 스님들이 몇 차례 양동이로 물을 끼얹었지만 그 덕분 에 꺼진 것은 아니었다. 해우소 자체가 워낙 빈약한 나머지 더 탈 것이 없어서 저절로 불길이 잡혔다.

"사람, 사람이 저 안에 있었어요!"

내가 반쯤 넋이 나간 채 외치자 다들 웅성거리기 시작했다.

"저 안에 사람이 있다고요?"

도문스님은 몇 번이고 확인하듯 캐물었고, 나도 고개를 끄덕 이며 대답을 대신했다. 스님들이 관솔 가지에 다시 횃불을 밝 히고 불탄 잔해를 뒤적거리기 시작했다. 여럿이 해우소 한 귀퉁이의 깨진 항아리를 끄집어낸 뒤 일순 웅성거림이 멎었다.

"여기 있다!"

내가 허깨비를 본 것은 아니었다. 과연 사람 키보다 큰 옹기 안에 거꾸로 처박힌 주검이 드러났다. 스님 둘이 가까스로 시체를 끌어낸 뒤 얼굴에 찬물을 끼얹었다. 지저분하게 눌어붙은 똥 덩어리가 씻겨 나간 뒤 흉하게 일그러진 얼굴이 드러났다.

"장독대를 돌보던 은겸스님이다!"

일전에 장광설을 운운하던 그 늙은 스님을 모시던 중이었다. 홍안스님의 임종을 지켰다고 말한 자였다. 도문은 잽싸게 시신을 뒤집었다. 등에는 큼지막한 도끼가 박혀 있었다. 스님들은 손으로 얼굴을 가린 채 일제히 울먹였다.

"주지스님들이 머무르는 손님 숙소로 빨리 사람을 보냅시다."

도문스님이 재빨리 진화에 나섰지만, 아무도 말을 듣지 않고 우왕좌왕이었다. 처음 보성이 불상사를 당했을 때만 해도 도문스님은 은밀하게 처리하고 싶어 했다. 하지만 이제 두 명이 죽었다. 오밤중에 불까지 난 판국에 살인극을 더 이상 감출 수는 없었을 것이다.

"손님 숙소에서 자리를 비운 사람이 있는지 알아보세요."

도문스님의 목소리에서 다급함이 묻어났다. 살인자가 아직 주변에 있다면 더 큰 변이 벌어질지도 모를 일이었다. 주변이 좀 정리되고 나자 도문스님은 나와 경허스님을 불러 세웠다.

"두 분은 어쩐 일로 야심한 시각에 여기에 오셨소이까?"

도문스님은 조금 박정한 말투로 꾸짖듯 물었다.

"밤에 해우소 오는 이유야 뻔하지 않습니까? 그걸 꼭 말로 설명해야 아시겠어요?"

오는 말이 거칠자 나도 좀 퉁명스럽게 맞받아쳤다. 사실 해우소 밑바닥에서 들려오던 이상한 신음 소리 같은 이야기를 꺼낼 분위기가 아니었다. 경허스님도 쑥스러운 듯 머리를 긁으며 입을 다물었다. 그런데 그보다는 마음에 걸리는 부분이 있었다. 도문은 전쟁터에서 살아남은 자였다. 살이 튀고 뼈가 으스러지는 와중에 배운 교훈이 하나 있었다. 생사를 넘나든 자들을 대할 때는 절대 방심하지 말라는 것이었다. 도문은 연신 우리 둘에게 곁눈질하고 있었다. 뭔가 수상쩍은 구석이 있다는 투였다.

"이게 또 무슨 난리인가?"

바짝 마른 음성이 귓전을 때렸다. 현정스님이 드디어 참견을 해대려나 보다. 고개를 돌려 보니 현정스님이 석장을 짚어 가며 비탈길을 내려오고 있었다. 바로 옆에는 스승님도 보였다. 다들 연세가 있어 젊은이들보다는 걸음이 느렸다.

"얘야! 몸 상한 곳은 없느냐?"

스승님은 근심스럽게 묻고는, 내가 괜찮다고 답해도 몇 번이나 위아래를 훑어보았다. 마치 아버지가 물에 빠진 자식을 건져내서 성치 못한 구석은 없는지 살피는 것 같았다.

"예, 그나저나 사람이 죽었습니다."

언제고 또다시 이런 일이 벌어질 거라고 했던 스승님이었다. 그런데 그 말이 맞았다고 하는데도 들은 척도 하지 않고 나만 살폈다. 누가 죽든 아끼는 제자가 무사한 것만으로 안심하는 눈치였다.

"이번엔 등활지옥이더냐?"

스승님은 내 등에 묻은 먼지를 터는 척하더니 슬그머니 중얼거렸다. 그렇다. 나도 처음에는 지옥 이야기를 농담으로만 여겼다. 하지만 해우소에 빠진 시체를 보는 순간 자못 심각해졌다. 처음 목숨을 잃은 홍안스님은 연기에 목이 막혀 쓰러졌다. 낮도깨비 같던 보성은 필파라침이라도 맞은 듯 시커멓게 그을렸다. 그리고 이 시체는 흉측하게도 똥통에 목을 담갔다.

"뭔가 짚이는 구석이 없느냐?"

나를 한편으로 조용히 끌어낸 뒤 스승님이 캐묻기 시작했다.

"실은 다솔사에서 온 젊은 스님과 볼일이 있기는 했습니다."

막상 말문을 열기는 했지만 끝을 얼버무릴 수밖에 없었다. 주변이 캄캄했지만 이곳은 보는 눈이 너무 많아 섣불리 입을 놀릴 분위기가 아니었다. 스승님도 눈치챈 바가 있는지 조심스레 내게 손짓했다. 일단 선방으로 돌아가자는 뜻이었다. 방에 들어서자마자 스승님은 바닥에 깔려 있던 군용 모포를 내게 덮어 주었다. 몸이 얼음장 같으니 좀 녹이고 천천히 말해 보라는 것이었다. 그러고 보니 나는 아직도 이를 딱딱거리며 바들바들 떨고 있었다.

"제가 들어갔을 땐 벌써 사람이 거기 거꾸로 처박혀 있었습니다."

나는 더듬더듬 해우소 바닥에서 난 신음 소리, 시체 그리고 느닷없이 불길이 치솟은 점까지 빼먹지 않고 설명했다. 스승님은 이맛살을 찌푸린 채 듣기만 했다.

"엉뚱한 짓을 벌인 게로구나. 아직 팔팔한 것들이니 힘이 좋아 절름발인지 여인넨지는 잡을 수 있겠지. 하나 살인극은 막을 수가 없느니라. 누군지 모르지만 계속 지옥도를 그려 나가고 있어."

스승님은 선방 한 귀퉁이에 있던 신문지 한 장을 뜯어 와 대충 그림을 그려 나갔다.

처음 죽은 홍안스님은 목이 막혔다고 했다. 거품을 가득 물고 쓰러졌다면 필경 숨도 쉬지 못했을 것이다. 스승님은 그 옆에 아귀(餓鬼)라는 글자를 썼다.

"아귀라니요? 먹어도 먹어도 배고픈 그 귀신 말씀이십니까?"

나는 어리둥절해져서 절로 언성이 높아졌다. 스승님은 손가락을 입에 대고는 좀 조용히 하라고 타일렀다.

"아귀는 배가 고파도 음식을 삼킬 수가 없어. 목구멍이 바늘구멍보다 작아서 입에 우겨 넣기만 할 뿐 뱃속으로 밀어 넣지 못하지. 큰스님 입에 거품이 한가득이었다고 했다. 당연히 먹고 마실 수 없는 것은 물론 숨조차 내쉴 수 없었겠지."

"하지만 그분의 식탐이 강하다는 말은 금시초문입니다. 도문도 공양을 새모이처럼 드셨다고 했는데요."

스승님 설명이 왠지 쓸데없는 억측으로 들렸다.

"고통 받는 중생들에 대한 고통과 연민으로 목이 메었을 테니 목구멍이 좁아들기는 매한가지 아니더냐?"

스승님은 그럴싸하게 포장을 했지만 이 부분은 좀 미심쩍었다.

"그리고 오늘 죽은 그 중은 큰스님의 죽음을 목격했다고 말했어. 일두스님을 항시 모시고 다녔다면 필경 두 사람이 뭔가를 봤겠지. 일두스님이야 정신이 온전치 못하지만 똥물 뒤집어쓴 놈은 다를 것이야. 등활지옥은 사람 죽인 놈들이 가는 곳이다. 스승님의 마지막을 배웅했다고 떠벌리지만 어쩌면 스승님을 해쳤을 수도 있어."

이 양반이 도대체 무슨 억지를 부리고 있나! 그럼 살인자가 또 다른 놈에게 당했다는 뜻인가! 나는 머릿속이 하얗게 변해 버렸다. 대관절 돌아가신 큰스님이 무슨 일을 꾸몄길래 서로 죽고 죽이는 일이 반복되는 것일까.

"하지만 보성은 이 일과는 아무 관련이 없지 않습니까?"

"이놈아! 보성이 널 보자고 한 이유를 모르겠더냐? 놈은 절 바깥살림을 주무르다시피 했어. 스승님의 목숨을 앗아간 그 DDT인가 뭔가 하는 요물을 그놈이 샀을 것이야."

스승님 말이 맞는다면 결국 누군가가 이 모든 일의 배후를 조종한다는 뜻이다. 죽음의 내막을 아는 사람을 하나씩 죽이고 있다는 소리였다. 하지만 이런 짓까지 벌일 이유가 무엇일까?

"적어도 이 일을 밝힐 사람은 너와 나뿐이다. 첫 번째 살인이 벌어질 때 여기 없던 사람은 우리뿐이지 않느냐? 그리고 누가 이 짓을 벌이는지 모르지만 그 점을 잘 알고 있구나."

스승님은 이제까지 살인극에 별다른 관심을 보인 적이 없었다. 나도 보성이 죽던 날 다리 저는 남자를 봤다는 말은 일절 다른 곳에 흘린 적이 없었다.

"해우소에 들어갔을 때 휘발유 냄새가 났다고 했지? 그게 살짝 불만 붙으면 폭탄처럼 터진다지? 어쩌면 오늘 놈이 노린 대상에는 죽은 멍청이 외에 너도 포함됐을지 모른다. 민간에서는 비싼 휘발유가 아니라 경유를 쓴다. 불이 쉽게 붙지도 않고 증발해 날아가지도 않거든."

이 소리를 듣고 기억을 더듬어 보았다. 해우소에 발을 들여 놓기가 무섭게 코를 찌르는 휘발유 냄새가 퍼졌다. 경유를 뿌렸다면 그렇게 지독할 리 없다. 설마! 누군가가 우리의 일거수 일투족을 훤히 들여다본다는 말인가?

"보성은 장 보는 일을 전담했다지? 그놈이 네게 벌레 죽이는 약 말고 뭘 사왔다고 하더냐?"

나는 맹렬하게 엊그제 일을 기억해냈다. 분명 언청이는 절에서 거둔 팥, 콩, 들깨를 내다 판 돈으로 호롱불 밝히는 휘발유, 옷감을 사온다고 했다.

"자! 오늘의 범행 도구 휘발유도 보성이 없으면 구하기 힘들지. 놈은 비밀을 아는 자를 하나씩 죽여 나가는 것 같구나. 우리에게도 미끼를 던져 움직이는 쪽을 미리 가로막고 있어."

스승님은 다시 연필을 들고 복잡하게 그림을 그렸다.

"처음 다비식이 있기 전까지 우리는 옹기에 금이 갔는지 몰랐다. 다비식 뒷정리를 하던 중들에게 이야기를 듣고 장독대에 갔다가 죽은 은겸을 접했다. 그리고 보성이 서투른 수작을 부려가며 입을 함부로 놀렸다. 모르긴 해도 죽은 놈들 모두 스승님과 관련이 있는 것 같구나. 보성은 살충제를 사왔고, 은겸은 스승님의 죽음을 직접 보았을 거야."

나는 좀 납득이 가지 않았다. 보성이야 제 입으로 DDT 이야기를 했지만, 그렇다고 은겸스님을 끌어들인 점은 너무 앞질러 나간 듯 보였다.

"벌통은 보통 아침저녁에 손본다. 불가에서는 살생을 최소화하려고 안간힘을 쓴단다."

늦가을 날씨가 쌀쌀해지면 벌통을 비운다. 그런데 여기에도 나름 요령이 있다. 한낮에 작업을 하면 벌들이 활발히 움직이며 사람을 쏘고 제풀에 죽어 나간다. 그렇지만 이른 아침, 어둑어둑해지는 저녁에 벌집을 털면 벌들의 움직임이 좀 수그러든다. 즉, 큰스님도 쌀쌀한 아침에 변을 당했다는 말이다.

"은겸은 거동이 불편한 일두스님 곁을 떠날 수 없지. 제 입으로도 낮이나 돼야 바깥에 나온다고 했다. 그런데 일두스님은 스승님이 쓰러지던 광경을 그대로 묘사했어. 어쩌면 은겸이 살인극의 배후를 알았을지도 몰라."

나도 은겸스님이 일두스님의 옷깃을 여미며 허둥대던 것이 기억났다. 그러나 스승님의 주장은 어딘가 맞지 않는 구석이 있었다. 은겸이 큰스님에게 해코지를 할 이유가 없지 않은가. 그리고 당시에는 다른 절에서 온 스님들이 수두룩했다. 하필이면 손님이 많을 때 일을 벌일 까닭이 없다. 또 밖에서 온 사람이 일을 저질렀을 수도 있다. 각자 다른 절에서 살지만 한두 번은 만나 홍안스님의 가르침을 받은 사이였다. 예전에 쌓인 묵은 원한 같은 것이 있을 수도 있었다.

"물론 일리 있는 지적이다. 하나 이들을 모두 엮어 주는 뭔가를 찾아야 한다. 그게 법회가 아니겠느냐?"

그렇다. 다비식이야 미리 예상치 못한 사건이었지만, 법회는 예전부터 준비된 행사였다. 무엇보다 법회의 주요 화제가 바로 불교계 정비였다. 대처와 비구, 경무대 어르신까지 복잡하게 얽혀 있었다. 누군가가 이 작업에 찬물을 끼얹고 있다. 스승님은 살인극의 배후를 밝힐 묘수를 고안하고 있었다.

## 13

## 윤호!




　"세상에 하필이면 거기 빠져 죽었대."

　"그나마 똥통이 좀 얼어 있어서 발은 나와 있었다더군. 귀신이 장난질을 또 시작했나 보네."

　소문이란 참으로 무서운 것이다. 엊저녁 죽다 살아난 장본인은 입을 다물고 있는데 중들이 저마다 쑤군덕거렸다. 아침 공양을 마치기가 무섭게 삼삼오오 둘러앉아 똥물에 빠져 죽은 시체 얘기만 해댔다. 사람이 머리를 처박고 발만 내밀었다니까 별별 말들이 다 오갔다. 해우소 옹기는 웬만한 사람 키를 훌쩍 뛰어넘는다. 거기에 빠졌는데 몸이 다 잠기지 않은 점이 희한했던 모양이다. 그나마 가장 설득력 있는 소리가 밑바닥 똥이 얼어서 몸이 다 빠지지 않았다는 정도였다.

　"이번에도 공비가 한 짓일까?"

　어린 사미승은 무서운 듯 이를 딱딱 부딪치며 물었다.

"에이! 설마 연이를 몹쓸 짓을 하겠어? 나라면 먼 산으로 내뺐을 거야."

또래보다 나이가 좀 들어 보이는 중이 안심시켰다.

"그럼 불은 왜 났는데?"

"시신 발견한 스님이 놀라서 자빠졌대. 넘어지면서 랜턴이라도 깼겠지."

중들은 저마다 상상의 나래를 펼치고 있었다.

"스님, 어제는 제가 늦어서 죄송했어요."

경허스님은 마주치기가 무섭게 사과부터 했다. 딱히 이렇게까지 할 일은 아닌데도 몹시 미안해했다.

"일부러 늦은 것도 아니고, 실은 제가 약속 시간보다 좀 일찍 가기도 했어요."

나는 인사를 건성으로 받으며 골똘히 생각에 잠겨 있었다. 비명을 지르기 무섭게 불길이 치솟았다. 랜턴은 필경 밖의 문설주에 걸려 있었다. 나는 고작 성냥불을 붙였을 뿐이다. 그럼 누가 밖에서 망을 보다가 횃불이라도 던져 넣은 것일까? 온갖 망상이 머릿속을 헤집고 다녔다.

"자, 오늘 법회를 시작합시다."

현정스님은 구부정한 등을 펴고 고함을 질렀다. 쓸데없는 소동으로 절이 동요하니 탐탁지 않은 기색이 역력했다.

"경무대에서 대관절 우리를 그토록 미워하는 이유가 무엇인가요?"

좌중에 앉은 주지 하나가 질문을 던졌다.

"엊그제도 말했다시피 중이 처자를 거느리고 호사를 누리지 않소?"

현정스님은 당연한 것을 또 물고 늘어진다며 타박을 줄 태세였다.

"소승이 듣기로는 그렇지 않소이다. 지난 전쟁 중 우리 불교계가 나라를 위해 한 일이 무엇이오? 군대에 군승을 파견해 호국 영령들의 넋을 빌어 준 적 있소, 죽음을 앞둔 젊은 군인들의 사기를 진작시킨 바 있소? 가뜩이나 미국 물 먹은 양반이 이런 세태를 고깝게 보겠소?"

권박사는 제법 근엄하게 덧붙였다. 연이틀간 현정스님은 대처승들을 윽박질렀다. 불교계가 바람 앞의 촛불이 된 것이 다 네놈들 탓이라며 닦달했다. 그사이에 대처승들도 모여 부지런히 머리를 짠 눈치였다.

"살생을 금해야 할 중이 오히려 그걸 부추기라고요? 난 속세와 인연을 끊고 사는 것이 중이라고 여겼소이다."

현정스님은 겸연쩍게 고개를 돌리며 권박사를 외면했다.

"현정스님 말씀대로라면 승병을 일으킨 유정, 휴정선사도 큰 업을 쌓으셨겠구려."

은근히 비꼬는 태도가 역력했다. 이에 현정스님은 발끈하며 악을 썼다.

"왜놈들 전쟁에 우리 승려들을 자원하라고 부추긴 것은 그럼 업이 아니외까!"

묵직한 화두가 오갔지만 쉽게 결말이 날 것 같지 않았다. 양측은 삿대질까지 해가며 언성을 높였다.

"소승이 한말씀 올리겠습니다."

도문이 입을 열자 노승들도 기세등등하던 태도를 좀 누그러뜨렸다. 도문스님은 겨우 나와 엇비슷한 또래였지만 황태사의 대표가 됐다. 이제 막 첫걸음을 뗀 나로서는 감히 쳐다보기 힘든 위엄을 풍기고 있었다.

"불교계는 전쟁 동안 종단 차원에서 전쟁을 지원할 순 없었습니다. 사실 미국에서 들어오는 원조 물자조차 받지 못해 우리 먹고살기도 빠듯했지요. 또한 종단의 입장이 통일되지 못해 남북 어디에도 기댈 수 없는 어정쩡한 처지였습니다. 그러나 개인 자격으로 군에 참전한 이도 많습니다. 저 역시 포항승가학교 학생들과 함께 전투에 나간 바 있습니다. 이런 사연들을 모아 경무대에 진정서를 내는 것도 한 방안일 것입니다. 지금은 우리 전체가 살아남는 게 더 큰 과제라고 봅니다만……."

도문스님 딴에는 사태를 좀 정리하고 싶었던 모양이다. 그런데 현정스님은 더 길길이 화를 냈다.

"중이 제 입으로 계를 어겼다고 떠벌리라는 말씀이오? 스님은 깊은 산골에서 수련을 하지만 지금도 도시에서 탁발을 하는 스님들이 많습니다. 만일 이런 사실이 드러나면 가장 먼저 상이군인들이 몰려와 법석을 떨 게요. 사선을 함께 넘었으니 피를 나눈 전우라며 절에 붙어 앉아 또 얼마나 볶아댈지 눈에 선합니다. 우리가 여기 모인 이유는 우리의 재산, 우리의 정신, 우리의 제도를 바로잡고 지켜 나갈 방안을 모색하고자 함이오."

현정스님이 말을 마치기가 무섭게 도문이 맞받아쳤다.

"부처의 진정한 가르침이 무엇입니까? 업을 쌓은 이를 얼싸안고 그 업을 풀어 스스로 성불하게 만드는 겁니다. 스님께서 지금 하신 말씀은 홍안스님의 설법과는 정반대인 셈입니다. 홍안스님은 사람을 내치지 말고 업을 삭여야 한다고 강조했습니다."

도문의 말 한마디 한마디에 날이 바짝 서 있었다.

"그래서 스승님이 절에 여인네가 활보하게 내버려뒀단 말이오? 나는 솔직히 놀랐소이다. 다비식이 끝나고 고대하던 사리가 나오지 않아 심하게 의구심이 들었어요. 그런데 다비식

음식을 만진 여인네 중에 몸이 더러운 이가 섞여 있더군요. 여인네가 한 달에 한 번 불결해질 때 제물에 손을 대면 부정 탄다는 것도 가르치지 않았던가? 비구니가 지켜야 할 팔경계(八敬戒)가 그토록 쉽게 무너졌습니까?"

비로소 나도 기억이 났다. 다비식 때 졸도를 한 뒤 현정스님은 말사 비구니를 불러 크게 꾸짖었다. 거기서 아마 달거리를 하는 사람이 있다는 말이 나온 듯싶었다. 설마 그것 때문에 사단이 벌어졌을 턱이 없다. 이미 항아리가 깨져 물이 다 말라버렸다는 사실도 드러났다. 하지만 현정스님은 그런 게 안중에도 없었을 것이다. 돌이켜보면 그 상황에서 누구든 원망하고 책잡힐 짓을 해야 분풀이가 된다. 스승인 홍안스님이 득도하지 못해 사리가 없다는 오해를 풀려면 누구라도 물고 늘어질 태세였다.

"그럼, 그 비구니를 절에서 내치실 작정입니까?"

도문스님의 음성이 묘하게 흔들렸다.

"쫓아낼 필요까지야 없겠지만, 절 기강이 그만큼 해이해졌다는 말 아니겠소?"

젊은 중의 패기에 밀렸는지 현정스님도 조금 기세가 꺾였다.

"이 자리는 지난 다비식을 두고 잘잘못을 가리려고 모인 것이 아닙니다. 우리가 앞으로 나갈 길을 함께 모색하자는 것 아닙니까?"

보다 못해 스승님이 두 사람을 뜯어말렸다. 그러나 도문은 젊은 혈기를 참지 못하고 계속 쏘아붙였다.

"여기 계신 대처승들을 내치신다면 앞으로 불교계를 누가 이끌어 나갈 것입니까? 문제가 있으면 그걸 해결하고 보듬어 안아야지 무조건 잘라낸다고 고목나무에서 새싹이 돋아나겠습니까?"

현정스님도 낯빛을 붉히며 퉁명스럽게 대꾸했다.

"대처승이 낳은 자식은 아비의 업을 그대로 받게 되오. 업이 업을 낳는다는 말도 모르시오?"

업이 업을 낳는다는 말에 도문스님의 목젖이 가늘게 떨렸다. 내가 보기에는 현정스님 같은 벽창호는 무슨 말로도 구슬릴 방법이 없었다. 도문스님은 얼굴이 홍당무로 변해 자리에서 벌떡 일어섰다. 더 이상 화를 참을 수 없는지 성큼성큼 마루를 지나 대웅전을 나가 버렸다. 그래도 그 젊은 나이에 쟁쟁한 스님들 틈바구니에 끼어 설전을 벌인 용기가 가상하기는 했다.

나는 슬금슬금 자리를 피해 법당을 빠져나왔다. 도문스님은 처음 만날 때부터 왠지 끌리는 상대였다. 배운 티가 나는데다 인상도 가냘파서 감싸 주고 싶을 정도였다. 나와는 반대편이지만 전쟁에까지 나갔다는 말에 마음이 동한 것도 사실이었다. 법당 계단을 내려와 모퉁이를 도는데 도문스님이 자리에 꿇어앉아 눈물을 떨구고 있었다. 현정스님의 말에 뭔가 상처를 받은 것이 분명했다.

"업이 업을 낳는다고? 세상천지에 업이 없는 자가 또 어디 있단 말인가?"

분명한 어조로 되뇌고 있었다. 나는 본의 아니게 이 말을 엿듣고 말았다.

"스님, 이제 고정하시죠. 저 같은 말단이 낄 자리는 아니지만, 오늘 하신 말씀은 구구절절 옳은 얘기였습니다."

내가 너무 갑자기 끼어든 탓일까. 도문스님은 황급히 눈가를 닦으며 고개를 돌렸다. 출가를 했다고 인간 본성까지 버릴 수는 없다. 도문스님은 얼핏 보기에도 자존심이 상당히 강해 보였다.

"업이라… 참으로 오랜만에 듣는 말이군요."

잔뜩 풀이 죽어 혼잣말을 중얼거렸다.

"대처승들에게 막말을 하는 데 그만 냉정을 잃었습니다. 사실 저 역시 대처승의 자식입니다."

승적을 대물림하는 경우가 있다는 이야기는 들은 바 있다. 그래도 실제로 그런 사람을 만나기는 처음이었다. 나는 험한 언사까지 마구 써대는 현정스님이 새삼 원망스러웠다.

"물론 저는 어려서 출가해 식구는 없습니다. 돌아가신 선친도 생계를 꾸리고자 절을 세운 것에 불과합니다. 그래서 그분보다는 더 나아지려고 용을 쓸 따름입니다. 제게는 극복해야할 업이 바로 제 아버지입니다. 오늘 현정스님께서 그 점을 건드려 울컥하고 말았습니다."

도문은 볼썽사나운 꼴을 연출했다며 미안해했다. 나는 열한 살 때 아버지가 돌아가셔서 부자지간의 정을 잘 몰랐다. 아버지가 돌아가시고 나서야 간신히 학교에 다닐 수 있어 마냥 즐거워했던 기억만 남아 있다. 아버지 생전에는 학교는 꿈도 꿀 수 없었다. 입학하면 죄다 왜놈 성, 이름을 지어야 하니 아버지가 한사코 반대했기 때문이다. 나는 도문과 어깨를 나란히 하고 앉아 옛 추억을 곱씹었다.

"아버지는 신도가 죽으면 좋아했어요. 장례를 맡으면 시주가 든든하게 들어오니까요."

도문스님은 어느덧 눈웃음을 치며 담담하게 말했다.

"그런 분이 용케도 군에 입대했군요."

"겨우 석 달 남짓 머물렀습니다. 폐병이 도져서 힘이 달리더군요."

완전히 계를 받은 신분은 아니었던 모양이다. 군대 밥이란 것이 거개는 미군 통조림이었다. 쇠고기, 돼지고기, 커피, 껌까지 들어 있었다. 거의 매일 비린 것을 입에 대야 하니 계를 뒤로 미뤘다는 얘기였다.

"끔찍한 것도 많이 보셨겠군요."

"그나마 미군들과 작전을 해서 배는 곯지 않았습니다. 귀동냥으로 배운 영어로 통역을 맡았더니 생기는 게 많더군요. 육식을 금한다지만 혜장스님은 소싯적부터 고기를 즐기셨다죠?"

도문스님이 하얀 이를 드러내며 미소를 머금었다. 배운 사람 특유의 고즈넉한 웃음이었다. 도문스님은 행동거지가 점잖고 책도 좋아하는 듯 도수 높은 안경을 주머니에 넣고 다녔다. 늦은 밤까지 독서삼매경에 빠지는 사람은 눈을 쉬이 버린다.

"누구에게나 업은 있습니다. 다만 아버지의 업을 자식이 받는다는 말에는 동의할 수 없어요. 내 아버지에게 업이 있다면 그저 토끼 같은 자식, 여우 같은 마누라 건사하는 것뿐이었죠. 다행히 그 업 덩어리가 자라 부처의 길을 찾으면 다행이겠네요. 저는 매일 아침 눈을 뜰 때마다 그 업을 지우고자 합니다."

나는 우두커니 안경 닦는 모습을 지켜보았다. 도문스님은 입김을 불어가며 안경알을 문지르고 있었다. 마치 전생에 쌓인 업을 지우듯 정성을 다하고 있었다. 그리고 그 모습이 불현

듯 칼집에 들어가지 않는 칼처럼 부자연스럽게 다가왔다. 내가 무엇을 보았을까? 내가 들은 바가 맞을까? 짙은 상념이 내 마음을 뒤덮기 시작했다.

그날 밤 스승님은 긴 토론에 지쳤던지 초저녁부터 코를 골았다. 현정스님은 도무지 제대로 된 토론법을 모르는 것 같았다. 토론이란 내 의견을 말하고 남의 말을 들어야 한다. 하지만 늙은 중은 토론을 줄다리기 정도로 여겼다. 내가 힘이 달리면 좀 딸려 가다가 상대가 약해지면 잡아당기는 식이었다. 스승님이 잠시 숨을 멈추더니 눈을 떴다. 그러고는 어깨가 결리다며 좀 주물러 달라고 청했다.

"스승님, 인간의 업에는 뭐가 있습니까?"

"욕심이 부른 큰 부담이겠지."

"그럼 욕심에는 어떤 것이 있습니까?"

질문이 꼬리에 꼬리를 물자 스승님이 가부좌를 틀고 앉았다. 누워서 말하기에는 업의 무게가 너무 무거운 듯 보였다.

"식욕(食慾), 성욕(性慾), 명예욕(名譽慾), 재물욕(財物慾), 수면욕(睡眠慾). 이렇게 다섯 가지라고들 하지만, 사람 욕심이란 게 헤아릴 수 없이 많지 않겠느냐. 부자는 돈을 더 밝히고, 산해진미를 먹다 토하면 또 우겨 넣는 자가 부지기수야. 결혼한 남자가 바람피우는 이유도 이와 같지."

정말 업이란 무서운 것인가 보다. 많으면 많을수록 업만 쌓여간다는 소리가 이제야 실감이 났다.

"그럼 다른 사람의 업을 제가 물려받을 수 있는 건가요?"

스승님은 이 말에 곁눈질로 눈웃음을 보냈다. 오늘 현정스님이 한 망발이 떠오른 것이다.

"대처승 자식이면 아비의 업까지 겹쳐서 받는단 소리 말이더냐? 그런 헛소리를 믿는 작자들은 있다만, 그렇다면 윤회가 무슨 소용이 있겠느냐. 이승에서 못 갚은 업은 내세에서 다시 갚으면 그만이거늘. 인생이란 덧없고 빚에 쪼들려 사는 불행한 것이다."

나는 도문스님이 내뱉은 한탄을 듣고 내 처지를 떠올렸다. 내 손에 피를 묻힌 적은 없지만 수많은 사람이 죽어 나갈 때 눈을 감고 외면했다. 살생을 한 적 없다고 잡아뗄 수는 있어도 살생을 눈감아 줬다는 오명은 쓴 셈이다. 살인귀 같던 놈들의 업을 나눠 가질 수밖에 없지 않겠는가.

"업을 없애려면 어찌 해야 합니까?"

"그게 그리 쉽게 사라지겠느냐? 기본적인 오욕(五慾)은 세월과 함께 쓸려 나가겠지. 늙으면 잠이 없어지고, 이가 빠지고 속도 시원치 않아 많이 먹지 못한다. 명예, 재물을 탐한다면 죄다 자식에게 남겨 주려는 노욕이니 제 것이 아니다. 노망든 노인네들이 간혹 탐하지만 성한 정신은 아니니 축에도 못 낀다. 그리고 성욕은… 너도 내 나이가 되면 알 것이다."

스승님은 나를 힐끗 바라본 뒤 크게 웃어 젖혔다.

"인간 욕심이 이것뿐이면 내세에서 갚기도 편하지. 배고픈 자는 돼지로 태어나고 명예, 금전욕은 고치를 버리고 날개를 펴는 나비가 되면 그만인 것을. 수면욕은 겨울잠 자는 뱀, 개구리만 돼도 늘어지게 풀 수 있고, 성욕은 한 번 흘레붙는 데 1초도 걸리지 않는 토끼가 제격이겠구나. 축생 중에서도 하루살이 같은 벌레가 되면 업을 없애는 시간도 짧아 좋지. 그런데 사람의 업이 그리 단순한 게 아니니라."

"그럼 욕심이 그것 말고도 또 있습니까?"

사람이 등 따뜻하고 예쁜 여자 끼고 잘 먹고 잘 살면 제일 아닌가? 그 외에 뭘 더 거창한 것을 바라겠는가?

"내가 네놈을 받은 이유가 바로 그것이다. 적어도 무슨 주의 운운하면서 생사람을 잡지는 않는다는 거야. 빨갱이들 책을 읽어 보니 말은 정말 청산유수더구나. 모든 이가 행복하게 잘 사는 세상이 오면 좋겠지만 그러면 부처도, 예수도 실업자가 되고 만다. 이승이 극락이면 저승은 뭐가 되겠느냐? 공연히 허파에 바람 든 것들이 지상낙원 만든다고 멀쩡한 사람들 끌어들인 게 전쟁이란 말이다."

스승님은 업을 없애려다가 오히려 업이 더 쌓였다며 혀를 찼다. 그나마 나처럼 살기 위해, 살아남기 위해 부처님을 찾는 자는 솔직하다는 말이었다. 스승님의 말을 들으며 공연히 숙연해졌다. 스승님은 알고 있었다. 내가 밤새도록 악몽에 시달리며 잠꼬대를 하는 이유도, 그리고 이미 지옥에 한 번 다녀온 적이 있다는 사실조차도.

이제 서서히 내가 아는 바를 알릴 용기가 생겼다. 적어도 스승님만은 지금 내가 접한 상황을 헤아려 줄 것이다. 지옥이 무엇인지 아시는 분이니까. 나는 아주 힘들게 지금껏 숨겨온 내 업, 보성에 대해 운을 떼기 시작했다.

# 14

## 치매

　"스님, 그날 일이 기억나십니까? 혓바닥 긴 놈이 설치던 날 말이죠."

　스승님은 벌써 두 시간째 같은 말을 반복하고 있었다. 일두 스님은 인적 드문 암자에 기거하고 있었다.

　"그냥 허연 연기를 뿜었어. 그놈이 홍안이 목덜미를 잡고 휘두르더니 땅바닥에 내팽개쳤어."

　일두스님은 무서운 것이라도 본 듯 두 눈이 빨갛게 충혈되어 있었다. 제아무리 영민하던 사람도 넋을 놓으면 단순해지는 법이다. 일두스님은 이제 먹고 싸는 일 외에는 관심이 없는 듯했다. 해우소에서 은겸스님이 죽고 난 뒤 아무도 스님의 성화를 당해낼 수 없었다고 한다.

　"아무리 물어도 소용없어요. 어제는 엉겅퀴 가시에 긁혔는데, 가시가 와서 자기를 찔렀다고 우기셨다고요."

병수발 드는 사미승이 퉁퉁 불어서 볼멘소리를 했다. 치매는 인간이 이승에서 받을 수 있는 최악의 천형이다. 기억이 사라지고 아끼던 사람과 남남이 되어 버린다. 성격마저 변하고, 종래에는 사람이 개처럼 굴게 된다.

일두스님은 허연 연기가 감돌았다는 말을 벌써 다섯 번이나 했다. 스승님이 아무리 바꿔 물어도 돌아오는 대답은 한결같았다.

"스님, 그러니까 연기가 피어오를 때 곁에 누가 있었나요?"

정작 알고 싶은 대목에 이르면 일두스님은 입을 다물었다.

"성한 분도 아닌데 우리가 헛수고만 했나 보다."

스승님은 허탈한 듯 한숨을 내쉬었다.

"그 이야기를 왜 그리도 뜸 들여 한 것이냐? 일찌감치 알아차렸다면 두 번째 불상사는 막을 수 있었을 터인데……."

엊저녁 달그림자가 질 때 내가 어렵사리 꺼낸 말에 스승님은 크게 놀랐다. 죽은 보성과 내가 거제도에서 만났던 사연, 보성이 나에게 했던 얘기들……. 스님은 혀를 끌끌 차면서 아쉬운 듯 허공만 쳐다봤다. 나 역시 스승님께 본의 아니게 보성에 대한 사연을 감춘 것이 후회가 되었다. 그런데 스승님은 정작 나와 보성이 같은 수용소에서 맺은 악연에는 관심이 없는 것 같았다. 대신 전혀 다른 것을 물었다.

"그놈이 까막눈이라 읽지 못하는 게 있다고 했지? 그게 무엇일까?"

스승님은 머리를 감싸 쥐고 끙끙 앓는 소리를 냈다.

"필경 절에서 애지중지하는 물건일 거야. 도문은 보성이 좀 도둑질에 도가 텄다고 불평했어. 스승님의 유품도 상당수 빼돌렸을 테니까."

그러고 보면 홍안스님의 유품이라곤 스승님이 받아 든 『용감수경』뿐이었다. 어쩌면 그렇게 귀한 책이 또 있었을지도 모른다. 그리고 내게 그것이 진본인지, 무슨 내용인지를 묻고 싶었을 수도 있다.

"저희 둘은 아직 완전히 자유로운 몸이 아닙니다. 한번 빨갱이는 영원히 빨갱이라고 하죠. 들리는 풍월로는 나라에서 반공 포로들을 충청도 논산으로 집단 이주를 시킨다더군요. 황무지도 개간시키고, 한꺼번에 모아 두면 관리하기도 수월하겠죠."

바깥세상이 나 같은 놈에게는 아직 창살 없는 감옥이었다. 논산에는 육군 훈련소까지 생겼다. 여차하면 빨갱이들을 잡아 족치기 딱 좋은 곳이었다. 서울에 멀쩡하게 식구들을 두고 촌구석에서 땅이나 갈아먹고 싶지는 않았다.

"보성도 그런 사정을 밝힐 순 없었겠지. 마침 같은 입장인

너를 만났다면 값나가는 물건을 팔아 치울 궁리를 했을 수도 있다. 그런데 좀도둑질 좀 했다고 사람을 죽이다니, 납득이 가지 않는구나."

지금까지 분명한 것은 몇 가지가 안 된다. 만일 그 빌어먹을 살충제로 홍안스님이 돌아가셨다면 나머지 죽은 두 명도 관련은 있다. 보성은 살충제를 사 왔고, 은겸스님은 밑이 터진 독을 내왔다. 다비식을 방해한 것이다. 홍안스님의 목숨만 앗아간 것이 아니라 명성에도 흠집을 내려고 했다. 도대체 왜 그랬을까?

"정말 대처승들이 흉계를 꾸민 게 아닐까요?"

나는 현정스님이 마음에 들지 않았다. 대자대비한 부처님의 제자라는 분이 독설을 내뿜고 걸핏하면 남의 험담을 해댔다. 현정스님은 다비식을 망친 것이 대처승들의 농간 때문이라고 길길이 뛰었다. 그런데 지금 정황으로 볼 때는 모든 일을 그렇게밖에 설명할 수 없다. 대처승들은 외지 사람들이다. 회의가 끝나고 각자 절로 돌아가면 황태사에서 벌어진 일 따위는 되돌아볼 일도 없다.

"너 같으면 같은 절에 사는 큰스님을 생판 모르는 다른 절의 중이 죽이자고 한다면 냉큼 협조하겠느냐?"

하기는 보성, 은겸 모두 황태사 소속이다. 교통이 불편하고 난리 끝난 지도 얼마 되지 않은 시점이었다. 불교계 내의 교류가 드문드문했는데 서로 안면을 틀 새나 있었겠는가.

"이건 서로 아는 놈들끼리 작당을 한 게야. 그게 아니면 설명이 안 되지."

스승님은 이를 앙다물었다. 무언가 놓친 것이 있다. 보성과 은겸을 연결할 고리가 없다.

"여자랑 절름발이가 남아 있지 않습니까? 저만 그 소리를 들었다면 할 말이 없지만 경허스님도 같은 말을 했어요."

나는 보성의 번질번질한 눈빛이 지워지지 않았다. 수용소에서도 포로들 주머니를 털곤 했다. 철조망 너머에 갇혀 사는 인생들에게 돈이 있을 턱이 없었다. 잔돈푼이 들어와도 쓸 데가 없다. 놈은 혹여 북에 두고 온 아내, 여동생의 사진이 있는지 눈에 불을 켜고 찾았다. 나도 여동생 사진을 뺏긴 적이 있었다. 보성은 내가 황태사에 도착했을 때 천지연에 놀러 가고 했다. 목욕하는 비구니들의 모습까지 훔쳐본 것이 분명했다. 여자라면 비구니뿐이었다.

"범어사에 여승이 없다 보니 그런 걸 못 배운 모양이구나. 팔경계(八敬戒), 팔기계(八棄戒)란 말을 들어 본 적 없더냐?"

불교에서 가르치는 금기 사항은 거개 비슷비슷하다. 팔경계는 들어 본 적이 있다. 비구니는 비구에게 구족계를 받고,

보름마다 비구의 가르침을 배운다. 비구가 사는 곳에 기거할 수 없고 안거가 끝날 때마다 비구의 심사를 받는다. 비구의 허물을 들출 수 없고, 허락 없이 교리를 물어서도 안 된다. 잘못을 범하면 비구에게 사죄하고, 백 살이 되어도 막 출가한 비구에게 존대를 해야 한다.

"팔기계에서는 살생, 도둑질, 음행, 망언을 하지 말라고 하지."

여기까지야 비구들도 지키는 계율이었다.

"그런데 비구니들은 남성과 접촉할 수 없고, 음심을 품고 남자 옷자락을 잡고 으슥한 곳에 가서도 곤란하다. 남자와 한자리에 앉거나 몸을 기대도 못쓰고, 무엇보다 다른 사람의 잘못을 덮어 둘 수도 없다."

즉, 여자는 출가해도 미주알고주알 사소한 것까지 비구와 상의해야 한다는 말이었다. 보성이 음심을 품고 접근했다면 그 비구니는 반드시 누군가에게 이것을 털어놓아야 한다는 것이었다. 천상 산 너머 말사로 가야 풀릴 문제였다. 재 너머 말사까지는 시간이 제법 걸렸다. 허공에 떠 있던 해가 산마루에 걸칠 때쯤에야 도달할 수 있었다.

"야심한 시각에 무슨 일이신지요?"

늙수그레한 비구니가 우리를 맞았다. 황태사에서도 본 적 있는 비구니였다. 내 기억이 정확하다면 다비식 직후 현정스님께 꾸중을 들었던 그 중 같았다. 비구니는 경계의 눈초리를 감추지 않고 우리를 위아래로 훑어보았다. 사내가 비구니들만 사는 데 온 것 자체가 불쾌한 눈치였다.

"먼저 간단한 사과 말씀 올리고자 합니다. 다비식 문제로 현정스님께 원망도 많이 들으셨다죠? 그 어른이 원래 성마른 구석이 있지만 근본이 삐뚤어진 분은 아닙니다."

현정스님의 대추방망이처럼 딱 부러지는 말투와는 대조적으로 스승님은 한마디 한마디가 나긋나긋했다. 요즘이야 세상이 좋아졌지만, 당시엔 비구가 비구니에게 허리를 굽히는 것은 이례적인 일이었다. 비구니는 스승님이 자세를 낮추자 오히려 몸 둘 바를 몰라 했다.

"다 소승이 무지해서 생긴 일입니다. 당치 않은 말씀이세요."

비구니도 그제야 경계심을 좀 늦추는 기색이었다. 그래도 새파랗게 젊은 내가 옆에 있어 쉬이 운을 떼지 못하는 듯 보였다.

"휘문아, 너는 나가서 스님들 도와드릴 일이라도 찾아보렴."

스승님이 은근슬쩍 눈치를 줬다. 훼방꾼이 없어져야 대화가 매끄럽게 풀릴 것이었다. 나는 절 옆 나뭇광에 가서 도끼를 손에 쥐었다. 다가올 겨울 동안 쓸 장작이라도 패주고 싶어서였다. 내가 구슬땀을 훔치며 일을 하는 동안 스승님은 비구니를 슬슬 구슬렸다.

"늙어도 사내라면 할 말은 없지만 제 사형이 무례를 저지른 것 같아 마음이 편치 않더군요. 스승님 살아 계실 적에는 그리 엄하지 않으셨을 텐데요."

"여자로 태어난 것이 죄라면 죄겠죠. 한 달에 한 번씩 그걸 거르지 않고 넘어갈 수 없는데, 하필 다비식 때와 겹칠 게 또 뭐랍니까."

비구니는 억울한 심정을 토로하듯 하소연을 털어놓았다.

"스님 한 분이 몸도 약하고 마침 하혈이 심해서 상의는 드렸죠. 도문스님도 그럼 다비식에는 참가하지 말고 공양이나 돌보라고 하셨는데, 난데없이 딴 절에서 온 말라깽이 스님이 화를 내시더라고요."

비구니의 말투가 뾰로통하게 부어 있었다.

"어디 몸이 편찮으신가 보죠? 소승이 진맥은 좀 하는데 스님을 뵐 수 있을까요?"

비구니는 쑥스러운 듯 고개를 숙이고 소리를 죽여가며 속삭였다.

"실은 그 일 있고 나서 부끄러웠는지 절을 나가 버렸습니다. 원체 몸이 부실했는데 어디 가서 뭘 하는지 원……."

"함께 살던 스님이 사라졌는데 찾지도 않으십니까?"

스승님이 놀라서 왈칵 다가섰다. 비구니는 스승님의 태도에 기가 질렸는지 입을 막고 돌아앉았다.

"실은 전쟁 통에 갈 곳 없는 보살님들이 꽤 많이 찾아오곤 했어요. 양구는 이북 땅이었다 보니 친척들이 북으로 넘어간 경우도 많았고, 우리도 출가하는 사람이 없어서 받아 주긴 했죠. 문혜스님도 그런 경우였는데, 남편이 전사한 것 같다더군요."

늙은 비구니의 입에서 문혜라는 말이 나오는 순간, 나는 어디선가 들은 이름에 귀를 쫑긋 세웠다.

"불가 전통에도 미망인들이 머리를 깎는 경우는 있었거든요. 그런데 종종 남편이 살아올 경우 문제가 터지기도 합니다."

"남편이 찾아온 적이 있나 보군요."

스승님이 지레짐작으로 묻자 비구니는 고개를 흔들었다.

"그건 아니고 자기 말로 병치레가 잦아서 다른 스님들에게 미안하다는 말만 반복했어요. 폐병이 있는 눈치였습니다. 다비식 날도 자기 몰골이 신통치 않은데 신도들 눈에 띄면 곤란하다고 해서 공양간으로 빼준 건데 일이 꼬이려니까⋯ 그게 전염된다고 하니 무섭기도 했고, 무엇보다 몸을 추스르려면 비린 것이 좋다더군요. 절에서야 푸성귀, 산나물 외에는 찬이 없으니 차라리 친정에 돌아가 요양을 하라고 권한 적은 있습니다. 더구나 다비식 일로 마음이 상했던 모양이에요."

폐병이 대수롭지 않던 시절이기는 했다. 부산 같은 대도시에서도 버스를 기다리며 피를 토하는 사람들이 종종 눈에 들어왔다. 그래도 사람이 몰리는 다비식에서 불가의 여인이 피를 흘려서는 곤란했을 것이다.

"그럼 밤중에 말사를 빠져나와 황태사 근처까지 온 분이 없으신가요?"

이 말에 비구니는 펄쩍 뛰며 당치 않은 소리라고 맞받아쳤다.

"저희는 특별한 허락이 없으면 비구들 그림자도 밟을 수 없어요. 계율을 어기면 그야말로 호되게 야단을 맞죠. 절이 따로 떨어져 있지만 시시콜콜한 것까지 비구들과 상의해야 합니다. 혼자 누구라도 내보낼 수 없죠."

늙은 비구니는 언성을 높이며 계율을 들먹였다. 계율이란게 분명 사람 발목을 잡아 묶는 족쇄인 것은 맞다. 하지만 남녀가 바람이 났다면 그것이 무조건 여자 탓일까.

"지난 전쟁 동안 많은 중생이 고통을 받았어요. 특히 여자와 아이들은 그 정도가 불지옥보다 심했습니다. 내가 아는 보살님들 중에도 자기 의사와 상관없이 몹쓸 짓을 당해 몸을 더럽힌 분들이 많답니다. 황태사에서 혹시 불미스러운 일은 없었는지요?"

스승님은 눈을 지그시 뜬 채 한참을 노려봤다. 비구니는 너무 황당한 질문에 치를 떨며 당황했다.

"군인들이 몰려와서 우리보고 절을 비우라고 할 때도 이런 모멸감은 느낀 적 없습니다. 연세도 있는 스님 입에서 나올 화두는 아니라고 봅니다만……."

비구니는 애써 당혹감을 감추려 했지만 파르르 떨리는 입술이 심상치 않았다. 이 여승은 원리 원칙에 목을 매는 사람 같았다. 팔경계, 팔기계를 들먹이며 조목조목 따지고 드는 통에 스승님도 진땀을 뺐다. 무엇보다 팔기계에는 남의 허물을 덮지 말고 비구에게 알려야 한다는 구절도 있다고 한다. 자기는 비행을 저지르는 여승이 나오면 곧바로 이실직고할 사람이라고 강조했다.

분위기를 보니 공연히 얼쩡거리다가는 괜한 오해를 살까 두려웠다. 절을 빠져나가는 스승님의 발걸음도 급해졌다. 공연히 꺼내지 말아야 할 이야기까지 했다가 망신을 당한 기분이었다. 그런데 스승님은 귀한 이야기를 듣기라도 한 듯 휘파람을 불며 좋아했다.

"그래, 그날 비가 왔지. 역시 내 제자였어. 장하구나, 휘문아!"

내가 잘한 일이 무엇인지 영문도 모른 채 스승님 뒤를 따랐다.

"여인네 목소리의 정체를 알겠구나. 보성이 죽고 난 다음 날 군인들이 쇠죽 쑤는 아궁이를 뒤진 것을 기억하느냐?"

"예, 무슨 옷가지를 꺼내지 않았습니까?"

"옷에 피가 묻어 있었지?"

분명 그랬다. 누군가가 종이에 불을 붙여 태워 버리려고 했다. 그런데 비가 너무 많이 와서 눅눅하게 젖었던지 옷은 온전히 남아 있었다.

"너도 폐병이란 걸 앓아 봤다니 잘 알겠구나. 그게 툭하면 피가 넘어오지 않더냐?"

해방되고도 2년간 입에서 비릿한 냄새가 가신 적이 없었다. 자다가도 피를 뱉어냈고, 재채기만 해도 코에서 핏방울이 터져 나왔다. 무슨 연유에선지 몰라도 당시에는 폐병쟁이라면 엄청난 색골로 여겼다. 일본에서도 마작판, 유곽에 들락거리던 놈들 중 결핵 환자가 많기는 했다. 바짝 마른 몰골에 피부는 백지장처럼 하얘서 왠지 모르게 끌리던 기생들도 알고 보면 다들 폐병으로 골골하던 것들이었다.

보호해 주고 싶은 충동이 일고, 그러면서 청초한 맛도 흐르던 여자들이었다. 나 역시 어느 온천 여관에서 섣부르게 하룻밤을 보낸 뒤 폐병에 걸렸다. 반쯤 술에 취해, 그리고 반쯤은 여자에 취해 벌거벗은 몸을 밤새도록 만끽했다. 여자는 간간이 신음 소리를 내다가도 탁! 피가 섞인 침을 토해내곤 했다. 폐병은 죽음의 화신이다. 몸에서 진액까지 빠질 정도로 토하고 또 토해서 낯빛을 흰 눈처럼 만들고도 모자라 목숨까지 노린다.

장독대 뒤에서 감을 줍던 문혜스님에게서도 그와 같은 느낌을 받았다. 모습을 볼 수야 없었지만, 보성의 움막에서 나지막한 신음 소리를 흘리던 그 여자를 떠올리면 아랫도리에 빳빳하게 힘이 들어가기도 했다. 그것이었나!

"그럼 절름발이는 죽었다던 남편일까요?"

"인적 드문 곳으로만 골라 다니고 밤에 나타나는 자라… 뭔가 말 못할 사연이 있음직도 한데."

슬그머니 나를 향해 돌리는 스승님의 시선에서 너도 같은 놈 아니냐는 비아냥거림이 묻어났다. 과거가 떳떳하지 못한 자. 반공 포로가 아니면 빨갱이나 부역자일 터였다.

"보성이란 놈이 거제도에서 악명을 날렸다고 했느냐?"

"힘이 장사였고 성질이 포악했습니다. 그래도 영악한 구석은 없이 아둔하고 무지했다고나 할까요."

대학 물 좀 먹었다던 당 간부들은 굳이 비유하자면 가죽에 문질러 날이 바짝 선 면도날 같았다. 매사에 빈틈없고 치밀하기 그지없었다. 그에 비해 언청이 보성은 시키는 일을 하기에도 벅찬 면이 있었다. 애당초 공산주의, 친공 통일 따위에는 관심도 없었다. 제 배를 채우고 마음에 안 드는 놈을 골라 주먹질을 하는 것이 고작이었다. 마치 제 성질을 못 이겨 날뛰는 산짐승 같은 면이 있었다.

"폐병 걸린 여자와 다리 저는 남자가 당해낼 상대는 아닌 듯싶구나."

하지만 거기에 둘 외에는 아무도 없었다.

"보성은 목 아래 구멍이 났다. 보통은 바로 숨통에 피가 고여 쓰러지고 말지. 제아무리 장사라도 그 먼 벼랑으로 뛰어갈 수 없어. 나는 오히려 보성이 움막 근처에서 당한 것 같구나."

말은 그럴싸하지만 증거가 없지 않는가. 핏자국만 찾으면 보성이 걸어간 길도 알 수 있는데, 그날 밤 비가 줄기차게 내린 탓에 혈흔이 다 지워졌다고 했다.

"필경 보성이 여자에게 손찌검을 한 것은 맞다. 그리고 네게는 까막눈이라 모르는 것이 있으니 좀 도와달라고 했다지? 어차피 보성은 여자가 아니라 너를 기다리고 있었다. 우연히 여자가 먼저 도착한 것뿐이지. 오밤중에 몸도 부실한 여자가 왜 거기까지 내려갔을까?"

스승님은 문혜스님이 그때 그 여자일 것이라고 못박았다. 사실 나는 그 점이 께름칙했다. 마을은 한참 떨어져 있으니 민가에서 온 사람은 아니겠지만 말사의 다른 여승일 수도 있다.

"다비식을 막 마친 뒤 문혜스님이 절에서 사라졌다고 했지? 수중에 돈 한 푼 없을 텐데 무슨 수로 멀리 갈 수 있겠느냐? 더구나 남자가 몸이 성치도 않으니 보성에게 달구지로 읍까지만 태워 달라고 했겠지."

그리고 무슨 일 때문인지 서로 사이가 틀어져 싸움이 벌어졌다는 말이었다. 그날 보성은 무엇을 보여 주려 했던 것일까? 그리고 그 뒤 해우소에서 난 신음 소리는 다 무엇일까? 의문이 꼬리를 물고 머릿속을 지나갔다.

"나는 무엇보다 은겸이 죽은 이유가 더 궁금하다. 보란 듯이 해우소에 처박아 둔 점이 더 수상해. 음! 불을 질러 사람을 죽인 것만은 셋 다 같군."

스승님 말씀이 맞았다. 홍안스님은 연기를 피워 숨지게 했고, 보성은 지뢰를 건드렸다. 그리고 은겸스님을 죽일 때는 해우소에 불을 질렀다. 불이다! 지옥불이다! 그리고 두 번째, 세 번째 죽음의 현장에는 내가 있었다.

# 15

## 여승

스승님은 선방에 돌아와서는 몸을 사방으로 굴렸다. 궁금
증이라는 악귀를 떼어내려는 듯 몸부림치는 형국이었다.

"너도 여기 아랫목에서 몸을 좀 지져라. 몸이 따뜻해야 머
리도 잘 돌아가느니라."

나는 출가 전 부모님 옆에도 나란히 누워 본 적 없었다. 언
제나 무릎을 꿇고 몸가짐을 추슬렀다. 그래서인지 일본에 가
서는 정말 내 맘대로 살았던 것 같다. 이름도 모르는 일본 여
자와의 하룻밤 후 피를 토할 때까지 먹고 마셨다. 절에 들어와
서는 그런 버릇을 떨치려고 부단히 노력해왔다. 그런데 스승
님은 몸은 껍데기에 불과하다는 듯 도무지 절제를 몰랐다. 술
을 입에 대면 반드시 병을 비워야 직성이 풀렸고 생각에 잠기
면 먹지도, 자지도 않고 그렇게 뒹굴었다.

"필경 보성이 죽은 것은 사고에 가깝다. 그 비구니는 다비

식을 망친 죄를 물어 호되게 야단을 맞은 뒤 절을 떠나려고 했을 게야. 그러다가 보성이란 놈이 엉뚱한 수작을 부리자 죽여버린 것이지. 그런데 해우소의 방화는 그것과는 달라. 너무 정리정돈이 잘돼 있거든. 필경 해우소에서 죽은 은겸이 말실수를 한 거야. 너를 함께 없애려고 한 것도 따지고 보면 장독대에서 입을 함부로 놀린 탓이겠지."

은겸스님은 홍안스님의 최후를 꽤나 자세히 설명했다. 입에 거품이 부글부글 끓어올랐고 숨도 쉬지 않았다고.

"꼭 독살당한 사람 모습이네요. 청산가리를 먹고 죽은 사람을 본 적 있어 압니다."

항복 선언을 한 직후 일본인 교사 몇 명이 실험실에 있던 청산가리를 나눠 먹은 일이 있었다. 할복을 할 엄두는 나지 않았던 것 같다. 세 명 모두 실험실 바닥에서 팔다리를 버둥거리고 있었다. 눈은 피가 터져 나올 듯 빨갛게 충혈됐고, 입에는 허연 거품이 사이다처럼 흘러넘쳤다.

"왜놈들이야 워낙 사람 목숨을 하찮게 여기는 족속들이니까 남 죽이는 것도 쉽고 제 목숨 끊는 것도 자랑으로 여기는 자들 아니더냐. 죽은 보성도 네게 살충제를 사왔다고 떠벌렸다는데, 난 놈이 사람을 해친 것 같지는 않구나. 살인자가 범행 도구까지 얘기해 줄 턱도 없고 그 무지렁이가 DDT가 뭔지 몰랐을 수도 있고."

은행나무 잎사귀만 있으면 바퀴벌레도 도망가는데 필요도 없는 DDT를 사왔다. 그리고 역시 쓸데없이 사람 죽은 얘기를 하다가 정작 자신이 변을 당했다. 죽은 두 사람의 공통점은 입을 함부로 놀린 죄였다.

"네 눈에는 고작 그것밖에 보이지 않느냐? 나는 죽인 놈이 뭔가를 말하고 싶어 하는 것으로 느껴지는구나."

스승님은 빙그레 웃더니 지옥 얘기를 다시 시작했다. 보성은 불벼락을 맞고 죽었다. 물론 목에 깊이 찔린 상처만 해도 치명상이었을 테지만, 결국에는 지뢰를 밟아 새까맣게 그을렸다. 스승님은 이것이 꼭 필파라침(必波羅鍼) 같다고 앞서 말했다.

"아비지옥은 석탑을 훼손하고 현자를 죽이면 가는 곳이지. 또한 비구니의 몸은 사찰과 매한가지니 여승을 농락해도 지옥행이야. 거기서는 쇠꼬챙이로 몸을 꿰어 필파라침이라는 열풍을 쐬게 한다."

보성이 죽은 형상은 영락없이 아비지옥과 들어맞았다. 도문스님도 보성이 절 물건에 손대고 석탑 안을 훑은 적이 있다고 말했다. 거기에 홍안스님을 죽인 DDT를 사온 것도 보성이었다.

"비구니라! 여승에게 손찌검을 했다면 필히 뭔가 약점을 잡은 것이지. 혹시 여승의 몸을 노렸을 수도 있겠구나."

언청이는 무식하고 탐욕스러운 자였다. 불구자 남편 따위는 안중에도 없이 여승을 노렸을 수도 있다. 여승이 쫓겨 도망치다 반격을 가했던 것일까.

"아니, 목에 창을 꽂은 것은 남자 솜씨야. 우선 여자들은 키가 작아 목까지 닿지 않지. 사람 죽이는 게 말처럼 쉽지만은 않다. 죽여 본 놈이 망설임 없이 급소를 찔렀겠지. 보성은 치명상을 입고 지뢰밭으로 데굴데굴 굴렀을 거야."

"그럼 은겸스님이 홍안스님을 살해했다는 말인가요?"

똥통에 박혀 고생하는 등활지옥은 살생한 자들이 가는 곳이다. 은겸스님은 홍안스님의 최후도 알고 있고 임종도 지킨 자였다. 은겸스님이 곁에서 그림자처럼 따라다녔던 일두스님도 연기를 운운했다. 그렇다면 일두스님은 목격자, 은겸스님은 살인자라는 것이 아닐까. 무엇보다 은겸스님은 장독대 관리를 해왔으니 다비식 때 쓸 독도 일부러 터진 놈만 골라 묻었을 수 있다.

"그럼 그 살인자를 누가 또 죽였겠느냐? 오히려 우리가 그렇게 믿도록 만들려는 수작이 아니겠느냐?"

스승님의 말에도 일리가 있었다. 은겸스님이 살인자라면

그를 또 죽일 이유는 없다. 오히려 죄를 은겸스님에게 뒤집어 씌우려면 입방정 떠는 자가 없어지는 편이 낫다.

"득도하신 고승과 여색을 밝히는 좀도둑 승려, 그리고 입이 가벼운 중. 무엇 하나 통하는 구석이 없구나!"

여기부터는 스승님도 앞이 막힌 듯 탄식을 토했다.

"사람 999명을 죽인 앙굴마라(央掘魔羅)도 부처를 만나 아라한이 되었거늘 어느 중생이 어리석은 짓을 계속하는고!"

단순히 절의 재산 싸움은 아니었다. 황태사가 큰 절이기는 해도 전란 동안 수탈도 많이 당했다. 좋은 물건은 보성이 죄다 팔아 넘겼고, 하나 남은 『용감수경』도 스승님이 맡고 있었다.

"혹시 홍안스님께서 대처승들의 비위를 건드리신 건 아닐까요?"

지난 며칠 동안 이어진 법회에서는 날카로운 설전이 오갔다. 손에 칼만 들지 않았을 뿐 말 한마디 한마디가 죄다 비수가 되어 서로의 심장을 노렸다. 벼랑 끝에 내몰린 대처들이 비구들을 꺾으려고 흉계를 꾸몄는지도 모른다.

"권박사 일파 말이더냐? 이건 대처와 비구의 대립이 아니다. 목숨을 부지하려고 간에 붙었다 쓸개에 붙었다 하는 기회주의자와 앞뒤 구분 없이 원리만 지키는 꽉 막힌 소인배들 간의 다툼일 뿐이다. 이런 걸로 피바람까지 일으키면 오히려 큰어 부스럼이 아니겠느냐?"

나는 대처승들이 일본군에 입대하라고 권했다는 점이 마음
에 걸렸다. 어쩌면 경무대의 미움을 받게 된 것도 거기에서 비
롯됐는지도 모른다. 지금 정부에는 한때 독립운동에 매진했
던 인물들이 많다. 그들의 눈에는 중이 살생계를 깨고 군대에
가려 했다는 사실, 그러면서 빨갱이와 싸울 때는 몸을 사렸다
는 점이 눈엣가시일 터였다.

"홍안스님은 이런 문제를 어찌 다루셨습니까?"

스승님은 눈을 감고 옛일을 회상했다.

"홍안스님은 버림받고 핍박받는 사람은 누구든 받아 주
셨다. 내가 만주를 떠돌다 돌아왔을 때도 마찬가지였다. 왜
놈들에게 쫓겨 위협받을 당시 친지들도 나를 외면했건만
스승님은 따사롭게 못난 나를 감싸셨지. 해방 후에는 왜놈
들에게 협조해 살던 기생충 같은 것들을 역시 두둔하셨다.
사람이 사람을 심판하는 행동은 부처님 말씀에 어긋난다는
것이지."

스승님은 홍안스님께 배운 교훈을 내게 베풀었다. 갈 곳 없
는 포로 출신을 일언반구 없이 범어사로 들였으니 말이다.

"불제자는 남을 내치기보다는 허물을 덮어 주고, 삐뚤어진
중생도 배척하기보다는 안아 줘야 한다. 스스로 깨달음을 얻

도록 바른 길로 인도하는 데는 명쾌한 지적보다 인내심이 필요한 것이야. 그것이 바로 자비니라."

홍안스님이 살아 계셨다 해도 대처들을 감쌌을 것이라는 말이었다. 그렇다면 차라리 비구들을 의심해 볼 필요가 있다.

"법회에 참가한 비구라면 현정사형뿐이다. 그분이 소견 머리가 빡빡하긴 해도 남을 해칠 정도로 음험한 구석은 없느니라."

스승님은 단호하게 잘라 말했다. 그러나 첫날 보여 준 그 노기는 쉬이 잊혀지지 않았다. 그 나이 정도라면 일반인도 성격이 죽게 마련이다. 세월은 칼날처럼 시퍼런 성미도 날이 무뎌지게 한다. 현정스님은 다비식이 끝난 뒤 사리가 나오지 않자 안달을 하며 사람을 볶아대기도 했다. 불심이 깊기는 하나 부처를 찾느라 강아지처럼 킁킁대기만 했다. 게다가 다소 삐뚤어진 성향마저 엿보였다.

"저는 그 스님과 마주치면 주눅이 들고 살벌하기까지 합니다."

스승님은 현정스님이 홀대해도 미소를 잃은 적이 없었다. 오히려 더욱 깍듯하게 모시며 공손한 태도를 유지했다.

"윤회가 왜 필요하겠느냐? 이승에서 못 갚은 빚을 내세에 태어나 다시 갚으라는 자연의 섭리니라. 현정스님은 이승에서 업을 쌓는 것을 무척이나 두려워했다. 훼방꾼을 없애고 눈 앞의 장애물을 건너뛰지 않고 치워 버리는 식은 궁지에 몰린 짐승들이나 하는 짓이니라."

이 부분에서 나는 스승님의 말씀에 동의할 수 없었다. 현정 스님은 대처들을 몰아내고 절을 차지하려고 눈이 시뻘갰다. 아니, 그보다는 절 재산을 빼앗기고 부처의 도량이 열려 아무 나 절에 발을 들이는 것이 마음에 안 들었을 것이다. 대처들은 의견이 분분했다. 나라에서 절 재산을 몰수하면 소신공양을 해서라도 결사 저지하겠다는 쪽과 경무대의 눈치를 살피자는 쪽으로 나뉘었다. 사분오열된 쪽보다는 하나의 의견을 초지 일관 밀어붙이는 사람이 더 살벌한 법이다.

"그 양반 성격에 남편과 도망친 비구니가 안중에나 있었겠 느냐."

스승님은 심드렁하게 대꾸하며 돌아누워 버렸다. 남편 있 는 비구니라… 그리고 보면 홍안스님은 참으로 별난 중생들 을 받아들였다. 언청이 보성은 나와 같은 빨갱이 포로 출신이 었다. 도문스님은 국군으로 참전까지 했던 경우다. 둘만 보아 도 참으로 어울리지 않는 관계다. 도문이 반듯한 청년이라면 보성은 길들이지 않은 야생동물 같은 놈이었다. 배고프면 손 에 잡히는 대로 훔쳐 먹고, 볼일 보고 밑도 닦지 않을 놈이었다. 그런 사람들을 한 울타리 안에 보듬어 안기가 쉽지 않았을 터였다.

"절은 드넓은 바다와도 같은 게다. 손가락보다 작은 멸치와 그걸 잡아먹는 고래를 다 품을 수 있어야 하지. 그 바다는 또 어찌 만들어지느냐? 산골짜기 시냇물이 흘러 강이 되고, 강물이 모여서 바다로 나가는 법이야. 부처는 그냥 만날 수 있는 게 아니다. 정신 바짝 차리고 눈, 코, 귀 다 열어 두고 살아라. 과거가 없으면 현재도 없고 아침 해가 떠오르면 오늘도 어제가 된다. 부처님 말씀은 이처럼 시간, 공간을 초월한 절대 진리니라. 과거의 기억과 현재 네 눈으로 보는 것을 잘 연결하면 미래도 점칠 수 있지. 어제를 오늘처럼 바짝 당겨서 보면 풀리지 않을 수수께끼는 없느니라."

스승님은 잠에 취해 앞뒤 맞지 않는 소리만 해댔다. 눈, 코, 귀를 열고 어제를 오늘처럼 당겨서 보라. 이 말이 마음속에 메아리처럼 맴돌았다. 여승은 결핵을 심하게 앓았다고 했다. 뭔가 엇박자가 돌아갔다.

"스승님, 문혜스님이 폐병을 앓았다고 하지 않았습니까?"

"그래, 몸이 많이 아팠다고 하더구나. 곧 엄동설한인데 어디 가서 몸이나 성하게 지낼지 걱정이구나."

스승님은 절이 싫어 뛰쳐나간 비구니 걱정을 했다. 겉보기에 그리 불량해 보이지 않는 사람이 거센 운명의 소용돌이에 빠진 양 동정하는 기색이 역력했다.

"저도 폐병이란 걸 걸려 봐서 압니다만, 그게 잘 먹지 않으면 낫기 어렵습니다."

"그래서 비린 것을 입에 댈 수 없으니 절 생활이 고달팠을 거라고 하더구나."

"그게 병이 독해서라기보다는 약 때문에 고생을 하는 겁니다. 결핵약이란 것이 부작용도 심하고, 얼굴에서 공연히 열이 올라 후끈거리기도 하죠. 또 공복에 먹으면 속이 쓰리고 배가 아픕니다. 섭생을 잘하지 않으면 병을 치료하려고 먹는 약이 오히려 사람을 잡죠."

내가 느닷없이 폐병 걸렸을 때의 경험을 늘어놓자 스승님은 의아한 표정을 지었다.

"여자들은 더 심각합니다. 임신했을 때 약을 먹으면 양수가 말라붙어 애가 떨어지고 생리까지 멈춰 버리니까요."

일본에서 징병 검사를 받을 때 군의관에게 들은 말이었다. 귀국 후 서울의 한 병원에서도 같은 이야기를 들었다.

"결핵에 걸린 여자들은 한결같이 생리가 멎습니다. 즉, 달거리 때문에 공양간에 가서 일을 했다는 게 말이 되지 않아요."

스승님은 그제야 눈을 반짝였다. 대단한 걸 발견한 듯 한껏

들뜬 표정이었다.

"그렇지! 처음 감나무 아래서 우릴 만났을 때도 꽤나 놀라는 눈치였어. 문혜가 사람을 피한 게 단지 병 때문만은 아닐 거야. 공양간 일을 자청한 것도 실은 다비식에 모이는 사람들을 피하고 싶었던 것이지."

그렇다면 생리 운운한 것도 다 핑계에 불과했다. 여승은 뭔가가 두려워 모습을 감췄다. 다비식을 전후해 신변에 무슨 일이 생긴 것이 분명했다.

"필경 다비식을 망친 놈과도 관련이 있으렷다. 어쩌면 문혜가 장독대 부근을 서성인 것이 우연이 아닐지도 모르겠구나."

스승님은 골똘히 생각에 잠겼다. 바둑을 두면서 다음 수를 생각해내듯 이제는 놈이 어디로 움직일지 미리 점쳐야 한다.

"스승님, 짚이는 곳이 있기는 합니다. 그 결핵이란 것이 전염병이고, 하루라도 약을 거르면 견딜 수가 없습니다. 이 절에 결핵 환자가 또 있지 않습니까?"

사실 이 말을 꺼내기 전에 나는 몇 번을 망설였다. 도문의 핼쑥한 얼굴을 떠올리니 도무지 살인이란 단어와 연결되지 않았기 때문이다. 하지만 적어도 사라진 여승과 무슨 관련은 있을지 모른다는 생각이 머릿속을 지배했다. 스승님은 내 말에 빙그레 웃음으로 답을 대신했다. 진작부터 스승님은 도문

의 행동을 찜찜하게 여기고 있었다. 그 속에 도사리고 있는 만
(慢)이란 놈이 무엇인지 한번 낮짝 구경을 해보고 싶었다. 막
연하기는 해도 문혜스님에 대해 물어볼 사람은 도문밖에 없
었다.

# 16

## 결핵

창호지를 뚫고 아침 햇살이 들어오자 나는 눈을 비비고 일어섰다. 찬 새벽 공기가 코 안으로 들어오자 잠이 달아났다. 스승님은 한숨도 자지 않고 가부좌를 튼 채 벽만 바라보고 있었다. 엊저녁 스승님이 은밀히 내게 시킨 일이 떠올랐다. 늦잠을 자는 바람에 그만 새벽 예불을 놓치고 말았다. 급한 김에 찬물로 세수를 했더니 호되게 재채기가 나왔다.

먼발치에서 장삼가사를 걸친 도문스님이 다가오고 있었다. 얼굴이 뽀얗고 입술은 한결 붉은 것이 전형적인 결핵 환자의 모습이었다.

"스님! 아침 예불에 늦으셨네요."

도문스님은 으레 지나가는 말로 인사를 건넸다. 예불에 빠졌다고 나무라는 말투는 아니었다. 다만, 어디 아픈 곳은 없는지 궁금한 눈치였다.

"잡념이 생겨 잠을 설치는 바람에 그리 됐습니다. 죄송합니다."

"간밤에 꿈자리가 사나우셨나 봅니다."

도문스님은 눈웃음을 치며 물었다. 웃는 눈빛이 참으로 맑고 정갈해 보였다. 젊은 스님이 이리도 미남이니 보살님들 마음이 꽤나 설렐 듯싶었다.

"실은 제가 몇 해 전까지 결핵을 심하게 앓았습니다. 그런데 요즘 다시 피가 넘어오네요."

점잖은 스님에게 여자들의 비밀스러운 일까지 들먹이고 싶지 않았다. 차라리 내가 아프다고 거짓말을 좀 섞는 편이 말 꺼내기가 편했다.

"저런! 약을 끊은 지 얼마나 되셨나요?"

"전쟁 나던 해 정월에 마지막으로 진단을 받았습니다. 의사 말로는 이 병이 재발을 잘하니까 섭생에 신경을 쓰라더군요. 그런데 피난통에 그런 것까지 따질 겨를이 없었습니다. 무리를 하니 나른하고 손발이 저려오는가 싶더니 급기야 피가 넘어오더군요."

도문스님은 이맛살을 찌푸리며 자못 심각한 표정을 지었다.

"결핵은 몸을 좀먹는 마귀와도 같아요. 조금만 빈틈을 보여도 사정없이 치고 들어옵니다. 저도 벌써 약 먹은 지 2년이 넘었지만 쉽사리 잡히지 않습니다. 부처님은 고행을 하셨다지만 요즘은 시대가 달라졌어요. 저한테 약이 좀 있으니 나눠 드리죠. 아침 공양 마친 뒤 제 방으로 오십시오."

도문스님은 말을 마친 뒤 물 위를 미끄러지는 백조처럼 사라졌다. 역시 약을 가지고 있었다. 도문스님은 문혜스님에게도 약을 주었을 것이다. 아침 공양을 뜨면서도 나는 쉴 새 없이 눈알을 굴렸다. 도문스님은 반찬을 찬찬히 꼭꼭 씹어 먹었다. 나도 한참 아플 때는 그랬다. 속이 부대끼는 통에 급히 먹을 수도 없었다. 독한 약을 장복할 때 흔히 나타나는 증상이었다. 공양을 마치고 다들 자리에서 일어서자 나는 도문스님을 따라나섰다.

"보잘것없는 방이지만 잠시 기다리세요."

젊은 스님은 상냥하게 덧붙이며 앉기를 권했다. 방 안에는 불교 서적은 물론 신문을 오려 붙인 스크랩북이며 영어 사전까지 있었다. 주인 없는 방에서 한참을 책 구경에 정신이 팔려 있었다. 잠시 후 도문스님이 약상자를 들고 방 안으로 들어섰다.

"소승은 절에서 약을 관리합니다. 아무래도 설명서가 죄다 영어인지라 모자라는 실력을 좀 발휘하고 있습니다."

군대에서도 미군 부대 통역을 한 적 있다고 했다. 출가하기 전에 무슨 인연으로 영어를 배웠는지는 몰라도 실력이 제법이었다. 꽤 어려운 의학 용어도 사전을 뒤져가며 성실하게 찾는 눈치였다.

"이 약은 좀 최근에 나온 것 같아요. 양구에 가면 미군 부대에서 흘러나온 약이 많습니다. 좌판에서 골라 보고 약 시효가 한참 남은 걸로만 샀죠."

전쟁의 화마가 스쳐 지나간 땅에 제대로 돌아가는 공장이 있을 턱이 없었다. 미군 부대와 무슨 연줄이 있는 사람은 뭐든 빼돌려 팔아먹고 있었다. 시장에는 미제 나일론 양말에서부터 화장품, 미군복, 군화는 물론 치약, 칫솔까지 나돌았다. 미제면 똥도 좋다던 시절이었다.

그런데 이런 미제 물건을 파는 장사꾼들은 도무지 유효기간을 몰랐다. 영어는 고작 들어서 입으로 중얼대는 수준이니 복잡하게 적힌 사용법이나 유통기간을 알 길이 없었다. 도문스님은 물건 하나를 사들여도 일일이 살피면서 장보기를 알뜰히 한 모양이었다. 약상자에는 군대용 압박 붕대, 옥도정기는 물론 가벼운 소화제, 해열제도 있었다. 도문스님은 소화제와 결핵약을 섞어 봉투에 담아 주었다.

"전 일 년에 두 번 나가서 약만 챙겨옵니다. 제 몸이 부실한 것도 업보라 여기고 이 병과 꾸준히 싸워갈 작정입니다. 이 약

드시고 나면 소화가 잘되지 않으니 주의해서 드세요. 식후에 하루 두 번만 챙겨 드시면 효과를 볼 겁니다."

도문스님은 약 이름까지 적어서 건네주었다. 약이 떨어지면 부산에 돌아가서도 사서 먹으라는 당부도 잊지 않았다. 몸이 건강해야 부처님을 잘 모실 수 있다고 몇 번이고 강조했다.

"스님, 그런데 영어는 어디서 배우셨나요?"

영어 한마디만 해도 사람이 잘나 보이던 시절이었다. 그런데 도문스님은 좀 부끄러운지 낮을 붉혔다.

"과찬이십니다. 전쟁 전부터 관심이 좀 있었어요. 왜정 말기에는 배울 길이 없었잖아요? 집에서 일본놈들 학교에 못 가게 해서 배움에 목마르던 차였습니다. 그런데 해방 후 미국인들이 강습소를 열었다길래 몇 번 들락거린 적이 있습니다. 예수 모시는 사람들은 아니고 군대에서 운영하던 학교였습니다."

어깨 너머로 배운 솜씨치고는 대단했다. 해방 후 앵무새처럼 미군들 하는 말을 따라 하는 경우는 본 적 있었지만, 도문스님은 수준이 달랐다. 사전을 찾아보며 복잡한 의학 용어까지 섭렵한 눈치였다. 천성이 끈기 있고 침착한 사람인 듯했다.

"젊은 나이에 출가하셔서 적적하진 않으십니까? 바깥에 인연도 많으실 텐데 친구나 가족들 생각도 날 것 같은데요."

절에서는 몇 가지 금기가 있다. 바깥에서 한 일이나 두고 온 식구 소식은 좀체 묻지 않는다. 결혼한 사람들이 가족과 생이별하고 몇 년씩 수련을 하는 경우가 많았기 때문이다.

"전쟁 때 가족들은 다 흩어지고 아버지는 돌아가셨더군요. 제가 군에 있을 때였습니다. 빨갱이들이 절을 쑥대밭으로 만들어 버렸다더군요."

"그 때문에 군에 가신 거군요?"

나의 이 한마디에 도문스님의 눈빛이 흔들렸다.

"출가하는 순간 가족과의 정도 끊어졌습니다. 제 아버지를 죽인 자들이 바른길로 가도록 저는 지금도 간절히 기원합니다. 군에 간 것은 제자들 때문이었어요. 아무것도 모르는 아이들을 전쟁터로 내모는 이 시대가 싫었어요. 그렇다고 선생이라는 사람이 열댓 살 먹은 아이들끼리 전쟁터로 가게 할 수는 없었지요."

전쟁터에서 자주 마주치던 참상이었다. 총이 길어 질질 끌면서 어른들을 따라가던 아이들의 모습이 떠올랐다. 북측은 중학생들까지 총동원했다. 남쪽도 이에 못지않았던 듯싶다.

"저도 전쟁터의 잔상이 뇌리에서 떠나지 않습니다. 떼거지로 몰려드는 적보다 무서운 게 미군 함포 사격이었습니다. 비행기는 어디서 날아오는지 보고 피하면 그만이지만 함포는 느닷없이 들이닥쳐 땅을 뒤흔들거든요. 그 아비규환에서 쓰러져간 제자들, 제 총에 맞아 죽었을 북한 군인들… 모두가 불쌍한 중생들이었습니다. 저는 그들의 넋을 기리며 여생을 보내고 싶을 따름입니다."

"문혜스님이 결핵이란 것도 아셨겠군요."

도문스님은 대답 대신 고개를 끄덕였다.

"그게 사찰 같은 단체 생활에 맞지 않는다는 점도 잘 압니다. 하지만 피를 토하는 불쌍한 여인을 내칠 수 없어 홍안스님이 받아 주셨지요. 약은 제가 줬고, 간혹 읍내 보건소에도 같이 갔습니다. 같은 병을 앓는다는 점에서 묘한 동지 의식까지 생겨나더군요."

도문스님은 미리 준비라도 한 듯 막힘없이 척척 답했다. 태도가 너무나 태연했다. 아픈 사람을 도와준 것이 잘못은 아니다. 나 또한 약을 받았으니 입이 열 개라도 할 말은 없다. 하지만 다비식 날 무엇이 두려워 공양간에 숨었는지가 궁금하던 차였다.

"문혜스님이 곤혹스런 사정을 털어놓은 적은 있어요. 최근에 각혈이 부쩍 심해졌다는 겁니다. 툭하면 피가 나오고 코피가 터지면 걷잡을 수 없다더군요. 가뜩이나 절에 귀신이 돌아다닌다고 소문이 파다한 판국에 절에 폐병 환자가 산다는 게 알려지면 큰일이었죠. 다비식에는 신도들이 많이 오고 손님 스님들도 계십니다. 그래서 제가 눈에 띄지 않도록 공양간으로 보낸 뒤 둘러댄 것이지요."

도문은 이제 궁금증이 다 풀렸냐는 듯 미소를 지었다. 이쯤 되면 남의 뒤를 캐고 다닌 격이 된다. 그런데도 스님은 짜증 한 번 내지 않고 질문에 꼬박꼬박 대답했다. 더 이상 물고 늘어질 것이 없었다.

"혹시 만(慢)이란 말을 들어 보셨나요?"

나는 정곡을 찔린 듯 가슴이 뜨끔했다. 스승님도 도문을 보고 만을 운운한 적이 있었다.

"누구든 만은 한 가지씩 품고 있습니다. 이것을 쉬운 말로는 자격지심이라 할지 자만심이라 할지… 나라면 이건 꼭 할 수 있다, 난 도저히 못한다는 식의 생각이죠. 포항에서 적의 전차 부대와 맞닥뜨릴 때도 그랬어요. 적을 막을 수 있을까, 아이들을 살려 보낼 것인가, 무엇보다 내 부족한 목숨은 부지할 수 있나. 정리할 수 없었습니다. 중대장 지위에 있으면서 중대원들을 전선 곳곳에 배치했습니다. 다음 날 아침이면 적의 포격이 떨어진 곳에 있던 아이들이 죽어 나갔습니다. 부대 배치를 하면서도 적의 포탄이 어디 떨어질지, 적이 정면에서 올지, 후방을 칠지 몰랐지만, 어쨌든 그 애들은 제 명령을 받고 갔다 죽었습니다."

도문스님의 두 눈가에 짙은 그늘이 졌다. 살아남은 자만이 느끼는 강한 죄책감이 나에게 성큼 다가왔다.

"그 와중에도 한 가지만은 남더군요. 꼭 살아서 돌아가야 한다는 만(慢) 말입니다. 나는 그 만이 싫었습니다. 또다시 선택의 기회가 온다면 내 몸을 희생시켜 다른 사람을 살리고 싶습니다."

그렇다. 나 역시 그 만이란 괴물에 홀려 여기까지 왔다. 도문스님과 나는 공통점이 많았다. 억지로 군대에 간 것, 책을 좋아하고 지식욕이 넘친다는 점, 둘 다 결핵으로 고생한 적이 있다는 사실, 마지막으로 전쟁에서 살아 돌아왔다는 것 등등. 그리고 나와 도문스님에게는 공통된 만이 있었다. 바로 살아 돌아온 자의 죄책감, 모든 기억을 거기에 버려두고 싶은 만이었다. 옷깃 하나만 스쳐도 인연이라는데 나는 수많은 인연들이 죽게 내팽개쳤다. 빨갱이들이 서슬 퍼렇게 날뛸 때 찍소리 못하고 숨만 죽인 겁쟁이였다.

그동안 나는 이런 증상이 전쟁을 겪은 젊은이라면 누구에게나 나타나는 줄 알았다. 하지만 도문스님은 이 만이란 괴물과 격렬히 싸우고 있었다.

"저는 몸을 잡아먹는 결핵보다 부처가 깃들 틈 없이 마음을 집어삼키는 만을 떨쳐내고자 노력합니다. 스님께서도 그것만 물리치면 성불하실 겁니다. 절 재산이나 지키려고 소중한 목숨을 버릴 것이 아니라 중생을 구하고자 죽는 것도 한 방법이겠죠."

도문스님은 고개 숙여 합장했다. 나는 동년배인 청년 앞에서 몹시 위축되고 말았다. 머리를 깎고 출가할 때 마음속 부처를 찾는다는 말은 새빨간 거짓말이었다. 하지만 스스로를 추스르며 구도의 길을 앞서 나가는 청년에게 질투도 나고 부러움마저 느꼈다. 그 순간 난생처음 이승에서의 목숨을 부지하기보다는 사바세계의 부처를 내 더러워진 속에 모시고 싶었다. 그리고 도문에 대해 쌓여 있던 의혹도 눈 녹듯 사라졌다. 사소하게 던진 몇 마디 말이 맞지 않는다고 무턱대고 이런 사람을 의심할 수는 없었다.

나는 하릴없이 터덜터덜 선방으로 돌아왔다. 수용소에서는 어제까지 친하게 어깨동무하던 사이도 오늘은 서로 죽고 죽이는 관계로 변했다. 사람을 믿지 못하는 못된 버릇이 그때 생겼다. 하마터면 생사람 잡을 뻔했다며 놀란 가슴을 쓸어내리고 있는데, 마침 스승님이 이를 쑤시며 들어섰다. 공양을 하며 다른 스님들과 말이 길어진 모양이었다. 스승님은 내 안색이 핼쑥한 것을 보더니 혀를 끌끌 찼다.

"원하던 답을 얻지 못했나 보구나."

엊저녁 나는 스승님께 꼭 하나 확인할 것이 있다고 말했다. 마음속에 품은 의심을 씻을 수 있는 기회라고 여겼건만 오히려 코가 납작해져 돌아온 것이다.

"엉뚱한 사람을 의심했습니다. 부끄러워서 쥐구멍이라도 찾고 싶은 심정입니다."

내가 얼굴을 붉히자 스승님도 시선을 내리깔았다.

"믿음이 무엇인지 이제 알겠느냐? 네가 눈으로 보지 않은 것을 믿고 사실이라고 우기면 악귀를 부처라고 우기는 꼴이지. 그래, 네가 그토록 의심했던 바가 무엇이냐?"

스승님은 내가 확인할 것이 있다고 소란을 피울 때도 일언반구 하지 않았다. 이제 슬슬 그게 무엇인지 궁금한 눈치였다.

"수용소에는 전국 각지에서 잡힌 사람들이 죄다 모여들었습니다. 새로 온 포로들을 통하면 전선 돌아가는 사정도 신문보다 정확히 알 수 있었죠."

전시에는 신문, 라디오방송도 검열을 받는다. 간혹 국민의 사기를 저하시킬 만큼 큰 패배라도 당하면 보도부터 막았다. 반대로 자그마한 승리를 뻥튀기를 해서 보도하기도 했다. 그바람에 정확한 소식을 접할 길이 없었다. 특히 이북 출신들은 고향 소식에 항상 목말라했다.

"도문스님은 포항에서 유경수 사단과 싸웠다고 했습니다. 사단 전체가 중국에서 지원한 탱크 부대였지요. 제가 의심을 품은 것은 유경수 사단이 포항에 간 적이 없다는 점이었습니다."

스승님은 눈을 반짝이며 내 말을 꼼꼼히 챙겨 들었다.

"포항은 길이 좁고 바다와 접해 있어서 탱크 부대를 보내기 힘들다고 들었습니다. 대신 낙동강 서쪽에서만 싸웠다고요. 그런데 이게 제 실수였습니다."

실수라는 말에 스승님은 다시금 캐물었다.

"무엇을 놓치기라도 했더냐?"

"도문스님은 인민군보다 겁났던 것이 미군 함포 사격이라고 했어요. 낙동강 전선 서쪽은 미군, 동쪽은 국군이 맡았지요. 국군의 화력이 부족하니 동쪽에서는 미해군이 함포 지원을 했던 것 같습니다. 즉, 포항 근처에 있기는 했던 거죠."

"인민군 탱크 부대는 없었다고 하지 않았느냐?"

스승님은 더 의아해하면서 캐물었다. 군대에 대해서는 알 길이 없으니 내 기억이 절실한 눈치였다.

"그게 실수였습니다. 인민군이 쓰던 자주포가 꼭 탱크와 닮은꼴이거든요. 아마 도문스님은 그걸 탱크로 착각한 모양입니다."

영어를 잘하는 것도 사실 이유가 있었다. 약 처방전까지 척척 읽어내는 솜씨가 도저히 군대 뒤꽁무니를 따라다니며 배운 영어는 아니었다.

"미군에게서 대충 배운 솜씨가 아니라 학교에서 제대로 배웠다는군요."

그리고 무엇보다 도문스님은 미움에 눈이 멀어 피바다를 이룬 속세에서 벗어나고 싶어 했다. 아버지를 해친 적도 용서하고 얼싸안을 각오가 돼 있었다.

"이게 네가 보고 들은 전부더냐?"

스승님이 묘한 미소를 흘리며 물었다.

"예, 제법 솔직했습니다. 대처승의 자식이라는 점도 감추지 않더군요. 중생을 위해 목숨을 바쳐야지 절간 땅, 유물이나 지키려고 죽는 짓도 만이라는군요."

"만이라! 그게 사람의 마음을 좀먹는 괴물이긴 하지."

스승님은 고개를 끄덕이며 잠깐 한눈을 팔았다. 조금은 미덥지 못하다는 눈치였다.

"그래서 중이 살생을 입에 담았더냐? 설사 제 목숨을 끊는다 해도 그게 살생이 아닐까?"

스승님은 필경 도문스님을 의심하고 있었다. 그렇다고 도문스님이 살인을 저질렀다고 보는 것은 섣부른 판단이었다.

"중생을 구제하려고 소신공양하는 중들도 있지 않습니까?"

"그게 자신의 좁은 소견으로 정한 것이지 부처의 뜻이라고 누가 장담하겠느냐? 해탈로 가는 길은 믿어서 생기는 게 아니라 마음을 비워야 하는 것이다."

스승님은 이제 좀 귀찮아졌는지 옆으로 몸을 눕혔다. 이내 코고는 소리가 들릴 것이 분명했다. 그날 밤 나는 잠을 한숨도 이루지 못했다. 피비린내 나는 전장에서 죽어간 전우들, 수용소의 피바람 속에서 목숨을 잃은 지인들, 신문에서 얼핏 본 빨치산 처형 사진 그리고 지긋지긋하게만 여기던 보성까지 떠올랐다. 모두 죽었다.

나는 죽음이 두려워서 피한 것일까? 어쩌면 내가 아직 발을 들이지 않은 사바세계로 떠날 시기가 아니었던 것은 아닐까? 나는 여전히 구차한 변명거리만 찾고 있었다.

# 17

## 미끼

아침부터 조용하던 절간이 다시 분주해졌다. 며칠 사이에 중이 둘이나 죽어 나간 것은 매우 불미스러운 일이었다. 절이 바로 산기슭에 있으니 공비들이 제 집처럼 드나들던 시절이었다. 하지만 중들까지 해친 경우는 그리 흔치 않았다. 속사정을 모르는 손님 스님들은 쑤군거리면서도 슬슬 자기 절로 돌아가고 싶은 눈치였다. 하지만 보성의 시체가 아직 양구읍에서 돌아오지 않고 있었다. 도문스님은 시신을 경찰서 창고 구석에 며칠째 처박아 둘 수는 없다며 새벽부터 양구로 나갔다. 군대도 경찰도 얼씬하지 않는 것을 보면 아마 특이 사항을 발견하지 못한 것 같았다.

스승님은 오전 내내 현정스님과 독대하며 무슨 말인가를 주고받았다. 나는 발바리처럼 왈왈대는 그 스님이 못마땅했다. 이번에는 스승님께 무슨 짓을 저지를지 내심 걱정까지 되었다. 참으로 신기한 것은 황태사에 머무르는 동안 스승님에 대한 내 태도가 묘하게 바뀌었다는 사실이다. 전에는 잘 봐야 목숨을 구해 준 은인, 그보다 못하면 고기를 먹는 땡추 정도로 치부했다. 그런데 이제는 가파른 산길을 걸어갈 때도 혹여 낙상이라도 하실까 봐 가슴을 졸이게 되었다. 어려서 돌아가신 아버지의 뒷모습이 어렴풋이 겹쳐 보이기도 했다.

벌써 30분 넘게 이야기가 계속되고 있었다. 문간에서 아무리 귀를 기울여도 목소리를 낮게 깔고 속삭이는 통에 도무지 알아들을 수 없었다. 필경 심각한 내용인 것 같은데 현정스님이 핏대를 세우지 않고 묵묵부답이니 더욱 놀라웠다.

현정스님과 스승님의 관계가 좀 묘하다는 느낌은 벌써부터 받고 있었다. 한 스승 밑에서 동문수학한 사이여서인지는 몰라도 서로를 매우 잘 알고 있었다. 현정스님은 남들 보는 앞에서는 대놓고 스승님을 멸시하면서도 그렇다고 떨쳐낼 마음은 없는 듯 보였다. 애초에 다비식을 조사해 달라고 한 것도 현정스님이었다. 그러면서 법회에서는 손에 피를 묻혔다고 스승님에게 비난을 퍼부었다.

산사에서 오랫동안 사람을 접하지 않고 수련을 한 몸들은 한 가지씩 특기가 있다고들 한다. 스승님과 현정스님의 특기는 얼굴 표정과 마음속 생각이 영 딴판이라는 것이었다. 견원

지간 같으면서도 서로를 끌어당기는 뭔가가 존재했다.

"제 제자놈이 공부를 제대로 한 것 같아요. 이제 우리가 나서서 사태를 무마시켜야 하지 않겠습니까? 젊은 것들이 저지른 일은 늙은이가 감당해야죠."

스승님이 한마디 건넸다.

"스승님이 그런 농간에 당했다니 놀랍구나. 원체 노환이 심하셨고 연세도 아흔을 바라보셨으니 이해는 간다만, 이것을 어찌 처분해야 좋을까?"

"대처승처럼 내칠 생각은 아니시죠?"

스승님의 음성에 웃음이 섞여 있었다.

"글쎄다. 법을 어긴 것은 사실이지만, 사찰에서 그런 불상사가 일어났으니 어찌 처리할꼬?"

"아직 누구의 소행이라고 단정 지을 수는 없지만 그 수법은 파악했습니다. 정신 나간 놈이 저지른 어처구니없는 소행인데 잘 다독여서 기회를 한 번 더 주죠. 무엇보다 또 발광하기 전에 손발을 잘라야 할 것 같습니다만……."

"하나만 약속하게. 절대 경찰이나 군대에 신고해서는 곤란하네. 경무대의 눈치를 살피는 마당에 이런 것이 터지면 정말 수습할 수 없으니 말이야."

현정스님의 목청이 딱딱하게 굳어 있었다. 잔뜩 긴장한 기색이 역력했다.

"대신 사형도 제게 협조를 해주시기 바랍니다. 물건은 잘 간수해 주십시오. 저같이 곳곳을 떠도는 자가 지닐 물건이 못 됩니다. 잘 보존할 자신도 없고요."

"그래, 자네 뜻은 알겠네. 사찰에서 잘 간직하면 되겠나?"

이 대목에서 대화가 끊겼다.

"스승님이라면 이 귀중한 것이 후미진 사찰 한 귀퉁이에 박혀 있기를 원하시겠습니까? 스승님의 마음을 헤아려 주십시오. 이것은 불교만의 보배가 아닙니다."

순간 나는 흠칫 놀라고 말았다. 『용감수경』이다! 그 책을 스승님은 지금 현정스님에게 전하고 있었다.

"물욕이라고는 터럭만치도 없던 분이 세상에 남긴 마지막 선물입니다. 이제 도서관에서 누구라도 볼 수 있게 합시다. 부처님의 말씀이 이런 식으로 중생에 퍼지는 것도 좋은 일 아니겠습니까?"

"대신 이번 건은 무난하게 풀어 줄 수 있다는 말이지?"

"예! 제가 하자는 대로 하시면 됩니다. 제게는 수족처럼 움직이는 수하가 있지 않습니까?"

두 사람이 필경 무슨 거래를 하고 있었다. 사찰 재산을 축낸다며 대처승들에게 호통을 쳐대던 현정스님도 군소리가 없었다.

"휘문아, 밖에 있느냐!"

천이통(天耳通)이라도 통한 것일까. 스승님은 문밖에 도사리고 있던 내게 고함을 쳤다.

"우리 선방에서 뒹굴고 있는 귀신 붙은 요망한 책을 가져오너라."

고려 때 쓰인 귀하디귀한 서책을 요물이라 힐난하고 있었다. 도문스님이 책을 건넨 날 희미하게나마 미소까지 보였을 때와는 완전히 딴판이었다. 내가 『용감수경』을 가져오자 스승님은 무슨 더러운 것을 만지기라도 하듯 슬그머니 집어 들었다.

"너는 읍내에 가서 골동품 파는 업자 하나를 물색해 오너라. 그리고 경찰에 들러서 공비를 신고하면 상금이 얼마인지도 물어보아라!"

스승님은 공비가 사람을 해쳤다는 말에 반신반의했다. 그것은 군인들이 한 말일 뿐 그다지 믿는 눈치가 아니었다. 방금 현정스님도 절대 경찰에 신고하지 말고 조용히 해결하자고 하지 않았는가. 나는 마지못해 고개를 끄덕이고는 짚신을 고쳐 신고 길을 나섰다. 대낮이긴 했지만 양구읍까지 왕복하는 데는 꼬박 하루는 걸릴 터였다. 좁은 산길을 혼자 걸어갈 생각을 하니 엄두가 나지 않았다.

"동행이 하나 있었으면 합니다."

내가 좀 뾰로통하게 대꾸하자 스승님도 동의하는 눈치였다. 누가 좋을지 살피던 중 경허스님이 눈에 들어왔다.

"스님, 죄송하지만 길동무가 되어 주시겠습니까?"

이런 일에는 젊고 팔팔한 자가 적합하다. 경허스님의 듬직한 두 어깨가 믿음직스러웠다. 스님도 지난번 해우소에 늦게 나타난 것이 마음이 걸렸던 듯했다. 잠시 머리를 긁적이더니 곧 차비를 갖췄다. 이제 날씨가 추워져서 두툼한 솜옷에 모자를 써야 했다. 절 아래 계곡으로 들어서자 칼바람이 불어와 서로의 목소리도 들리지 않았다.

"진짜 공비가 맞나 보죠?"

경허스님이 입을 뗐다. 하지만 스승님의 속내를 알 길 없으니 속 시원한 답이 나올 턱이 없었다.

"현정스님과 혜장스님이 현상금이 얼마인지 알아보라고 하잖아요? 필경 아직도 공비가 얼쩡대는 모양이군요."

경허스님은 보기와는 달리 담력이 좀 약한 모양이었다. 추위 탓인지는 몰라도 아까부터 계속 이를 딱딱 부딪치고 있었다.

"스님은 전쟁 전에 뭘 하셨나요?"

나는 화제를 다른 데로 돌리고 싶었다.

"별것 있나요? 고향에서는 일본놈 농장에서 일하다가 무작정 서울로 와 지게꾼 일을 했죠. 거기서 우리 스승님을 만나 사천으로 내려왔고요. 난리가 터졌어도 남쪽이니 좀 나았죠. 바로 옆이 진해였는데, 해군 병원 근처 보살님 집에서 신세를 좀 졌어요."

"그나마 거기 사찰은 전화를 덜 입은 게로군요."

그런데 그것은 내 어설픈 짐작에 불과했나 보다.

"지리산이 펑퍼짐하게 자리 잡고 있는데 온전할 턱이 있나요? 진주까지 왔던 것들이 낙동강에서 밀리니까 죄다 지리산에 빈대처럼 늘어붙었죠. 객줏집 빈대 잡듯이 산을 홀랑 태워버리려고 했나 봐요. 그나마 합천 해인사는 무사해서 다행이죠. 대장경이 잿더미로 변할 뻔했다니까요."

경허스님은 호들갑을 떨며 장황하게 설명했다. 공비들은 해인사를 막사로 썼다고 한다. 미군들이 그곳을 폭격하려고 했는데 국군 장교들이 명령에 불복하고 비행기를 돌렸다는 것이다.

"그 양반들은 감옥에 갔다지만, 그 덕분에 천년 고찰과 부처님 말씀이 적힌 대장경은 건졌어요. 이승에서 벌을 받아도 사바세계에 가면 바로 보살이 될 분입니다."

"인민군이 점령까지 한 마당에 대장경이 무사했다니 정말 부처님이 보살핀 모양이네요. 그놈들이 단체로 눈이 삐었던 모양입니다. 그 귀한 것을 북으로 가져가지 않고 팽개치다니요."

나는 경허스님이 지껄이는 얘기를 흘려들으며 건성으로 대꾸하는 중이었다.

"대장경을 그놈들이 손대요? 허! 허! 난리통에 어디 계셨던 거예요?"

경허스님은 기가 막힌다는 듯 낄낄댔다.

"전라도 무주 적상산에 있는 안국사도 귀한 물건을 털렸잖아요? 거기 있던 『조선왕조실록』을 이북으로 통째 들고튀었다던데요?"

"그건 불교 문화재가 아니니까요. 그놈들은 종교는 아편으로 치고 중은 산송장 취급해요. 절간에 뒹구는 불경, 사리, 불화도 그 가치를 아는 사람이나 사죠. 너덜너덜 걸레가 된 책이 얼마인지 물어봐도 제값을 부를 턱이 없어요. 지금 도시에는 각 집안에서 간직하던 도자기, 글씨, 그림이 흘러나오고 있어요. 그걸 팔아서 입에 풀칠이라도 하려는 거겠죠. 당장 끼니가 없는 판국에 그런 것을 간직할 바보도 없고 하니 가격이 바닥을 쳤을 겁니다."

죽은 보성도 내가 부산에 머무른다는 말에 높은 사람을 연결해 달라고 졸랐다. 좋은 물건이 있으니 팔고 싶어 하는 눈치였다. 하기는 보성은 좀 아둔한 구석도 많았고, 배운 놈들에 대해서는 무한한 적개심도 드러낸 바 있다. 사납기는 해도 섬 뜩하다기보다는 노린내 나는 산짐승처럼 거칠고 야만적이었 다. 배가 고프면 먹고, 싸고 싶으면 싸고, 여자가 필요하면 제 몽둥이라도 쥐고 흔들던 자였다. 이런 일에 앞뒤를 재고 덤빌 머리는 없었다. 아마도 보성은 절에 있는 물건 중 제 눈에 탐 나는 것은 남도 후하게 쳐줄 것으로 여겼나 보다.

"가뜩이나 추운데 뻔히 헛걸음할 것을 아시면서 왜 보내셨 을까요?"

경허스님이 입을 나팔꽃처럼 내밀며 투덜거렸다. 사실 그 것은 나도 묻고 싶은 말이었다. 하지만 어젯밤 스승님의 말씀 을 떠올리면서 입술을 깨물어야 했다. 스승님은 고기가 미끼 를 물게끔 하겠다고 장담했다. 대충 의심 가는 자를 잡아서 다 그치면 실토하지 않겠느냐는 말에 콧방귀를 뀌기도 했다.

"이놈아! 도둑놈보고 훔친 물건 내놓으라면 순순히 항복하 겠느냐? 적어도 이 정도 머리를 썼다면 필경 잡혀도 입을 다 물 것이야. 꼼짝 못하게 함정을 파놓아야겠구나."

나는 그놈의 함정과 골동품상이 무슨 상관이 있는지 도무 지 이해가 가지 않았다. 양구에 도착한 것은 점심때가 조금 지 나서였다. 군청 옆 국민학교 건물을 돌자 군인들이 지키는 초소가 나왔다. 나는 으레 살짝 긴장해서 온몸에 닭살이 돋는 것을 감출 수 없었다. 내가 주춤거리자 경허스님이 재촉했다.

"해 떨어지기 전에 절로 돌아가야죠. 헌책, 옷가지, 그림, 글씨 취급하는 가게가 이 근처랍니다."

경허스님은 황태사 스님들이 일러준 가게를 용케 기억하고 있었다. 골목길에 접어들자 머리가 듬성듬성 세어 들어간 노인이 진열장 앞 유리창을 호호 불며 닦고 있었다. 진열장에는 조그마한 불상, 보기만 해도 묵직한 벼루, 붓이 먼지를 뒤집어 쓴 채 뒹굴고 있었다. 한눈에 보아도 영 파리만 날리는 게 분명했다.

"아이고! 스님들! 성불하세요."

노인은 합장하며 절을 올렸다. 살뜰하게 대하는 것이 장삿속은 보이지 않았다. 아마 이 장사를 하기 전부터 불심은 깊었던 모양이다.

"제 이름이 붓돌이입니다. 위로 누님만 연달아 아홉을 낳고 어머니가 애가 닳았던지 돌에 불공을 드렸거든요. 돌에 치성 드리고 낳은 자식이라고 붓돌이라고 이름 붙인 거지요."

주인은 묻지도 않은 말을 서슴없이 해댔다. 겉으로는 번듯한 가게를 굴리지만 실은 남들이 훔친 장물도 꽤 취급하는 눈치였다. 코앞이 군부대인데 장사 수완이 대담하기까지 했다.

"군인들도 종종 들러서 묘한 물건들을 내놓기는 합니다. 어떤 사람은 소련제 권총까지 팔려고 해서 기겁한 적도 있어요."

전쟁 중에는 죽은 시체를 뒤져 값나가는 물건을 훔치기도 했다. 인민군은 국군들이 찬 시계를 좋아했고, 국군도 아마 전리품을 훔친 모양이었다. 강원도 산골이다 보니 골동품 말고도 온갖 잡동사니를 다 사들인다고 했다. 전반적인 분위기가 꼭 전당포 같았다.

"저희 절의 사정이 궁해서 좋은 책 한 권을 내놓고 싶은데 얼마나 쳐주실 수 있을는지요?"

중들이 절 물건을 팔려고 나섰다면 꼼꼼히 따져야 마땅하다. 머리만 깎았다고 다 중은 아니다. 중을 가장한 도둑놈일 수도 있고, 절 물건을 훔친 뒤 도망친 파계승도 수두룩했다. 그런데 가게 주인은 그보다는 물건이 무엇인지 더 궁금한 모양이었다.

"『용감수경』이라고 고려 때 만든 물건입니다. 금강산 절에서 피난 온 스님들이 맡기고 간 물건이지요."

금강산이라는 말에 영감은 눈을 가늘게 떴다. 그리고 뒤에 있는 창고로 들어가더니 두툼한 백과사전 한 권을 들고 나왔다. 왜놈들이 만든 일본어 사전이었는데, 『용감수경』에 대한 설명이 붙어 있었다. 아래에는 조잡하긴 해도 사진까지 첨부돼 있었는데, 우리가 가지고 있는 그 책이 맞았다.

"스님들, 황태사에서 오셨죠?"

노인이 족집게처럼 짚어내자 속이 좀 뜨끔했다.

"달포 전에도 한 스님이 와서 책에 대해 꼬치꼬치 묻고 가긴 했습니다. 진본이면 가격은 얼마인지, 그걸 팔아 줄 수 없는지 집요하게 묻더군요. 저야 돈만 벌면 그만이지만, 워낙 값이 나가는 물건이라서 저 같은 촌놈이 맡을 재간이 없더군요."

"그래서 뭐라고 하셨습니까?"

"부산에나 가야 팔 수 있을 거라고 했죠. 거기서는 미군들 상대로 장사를 많이 합니다. 그렇다고 코쟁이들 안목이 좋은 게 아니라 달러가 워낙 세니까 헐값에 넘겨도 어느 정도 마진이 빠집니다. 양놈 달러를 다시 달러 장사에게서 바꾸면 그런대로 수지는 맞는 셈이죠."

"그 스님이 이런 걸 꼬치꼬치 묻고 다녔다는 말인가요?"

주인장은 대답 대신 고개를 끄덕거렸다.

"그 양반 생김새가 어떻지요?"

가게 주인은 그 물음에 잠깐 말을 끊고 머뭇거렸다. 영감은 손바닥을 비비며 눈치만 살피다가 간신히 입을 뗐다.

"여기 두 분은 풍채도 좋고 얼굴도 준수하시지만 그 스님은 좀 수상쩍었어요. 우선 인상 자체가 도 닦는 분으로 여겨지지도 않고, 장터에서 국밥을 시켜 먹더군요. 그게 다 소뼈다귀 고아 만든 것 아닌가요? 말투나 외모가 전반적으로 좀 거칠었습니다."

보성이 확실했다. 역시 그날 나를 보자고 한 것도, 부산에 아는 인맥이 있으면 소개시켜 달라고 한 것도 이 때문이었다. 그리고 보성이 눈독을 들였던 『용감수경』을 도문스님은 냉큼 스승님에게 드렸다. 아마도 보성의 음흉한 속내를 알아차려 소중한 보물을 지키고 싶었던 모양이다. 외부로 몰래 빼돌리면 보성도 단념할지 모르니 말이다.

"제가 가장 수상쩍게 여긴 것은 스님이 여승과 함께 왔다는 겁니다. 그 비구니를 막 대하는 것이 영 눈에 밟히더군요. 말로는 황태사에서 왔다는데 태도가 불량하고, 여승도 어쩔 줄 몰라 하며 곤혹스러워하더군요. 그 스님, 참하게 생긴 것이 양갓집 규수같이 다소곳하던데 어쩌다 그런 인간이랑 어울리게 되었는지……."

영감은 연신 혀를 쯧쯧 차면서 안타까워했다. 얌전하게 생긴 여승이라면 필경 사라진 문혜스님이 분명했다. 그럼 보성을 해치운 것이 문혜스님이 맞는다는 말인가? 내 머릿속이 점점 더 복잡해졌다. 누구보다 경건하게 부처를 오롯이 모셔야 할 비구니가 이런 추잡한 일에 연루되었다는 말이 아닌가. 좀처럼 내 귀를 믿을 수가 없었다.

주인은 『용감수경』이 있으면 꼭 부산이나 서울에 가서 팔아야 한다고 신신당부했다. 무엇보다 그런 문화재가 외국으로 나간다는 사실이 안타까운 듯 고개를 저었다. 나와 경허스님은 터덜터덜 거리로 나와 지서를 찾아보았다. 경찰서에서 들은 대답도 별로 신통치는 않았다.

"그 절에서 사람 죽어 나간 게 한둘도 아닌데요, 뭘. 공비 신고를 하신다면 적어도 아지트를 찾아서 알려 주세요. 막연하게 뒷산에 사는 것 같다는 식으로는 한 푼도 못 드려요. 조무래기 말고 굵직한 놈이 있는지 저기 수배 명단을 살펴보세요."

홀로 지서를 지키고 있던 경찰관은 심드렁하게 턱으로 가리켰다. 벽에는 수배 중이거나 생사 여부를 알 수 없는 공비의 사진이 수두룩하게 붙어 있었다.

"찾으실 때 이북에서 온 놈들 말고 토종 빨갱이만 추리세요. 사진 밑에 고향집 주소가 나와 있으니 쉽게 구별하실 겁니다."

제아무리 외골수에 고집이 센 놈도 인연이란 것을 끊기는 힘들다. 사상이 좋아서 휴전선을 넘은 놈은 별로 많지 않다고 한다. 대신 가족, 친구가 있는 고향 근처를 배회하며 혁명을 일으키려 한다는 것이다. 빨간 물이 들면 쉬이 빠지지 않는다는데, 태어날 때부터 이어지는 인연은 그보다도 질긴 모양이었다. 사실 나 역시 일가친척 하나 없는 북으로 끌려가기 싫어 몸부림을 친 바 있다. 이런 인연마저 접어 두고 출가하는 중들이 빨갱이, 공비보다 독한 존재는 아닐까 생각하니 쓴웃음이 나왔다.

"뭐가 그리 재미있으세요?"

경허스님은 내 입가가 묘하게 비틀리자 신기한 듯 물었다.

"아닙니다. 이 사람들도 다 인연에 얽매여 이 땅을 떠나지 못하고 맴돈다는 생각에 그만……."

나는 슬그머니 말끝을 흐렸다. 가족, 스승이라는 인연이 이어져 나 역시 여기 남았다. 소중하게 여기는 사람들의 뒷모습이라도 먼발치에서 바라볼 수 있다면 인연을 간직하고 싶었다. 그리고 누군가가 누에고치보다 캄캄하게 내 앞을 가리던 악연을 끊어줬다. 세상을 자기 의지대로만 살 수 있다면 인연 따위는 필요 없다. 만만 있으면 세상을 활개치고 다닐 수 있기 때문이다.

나의 운명이 또 다른 자의 운명과 겹치면서 인연이라는 묘한 팔자가 생겨나는 모양이었다. 나는 절에 들어온 이래 처음으로 배울 만한 가치를 찾을 수 있었다. 그리고 비록 살생을 저지른 흉악한 자일지언정 그에게 감사한다는 말을 하고 싶어졌다. 스승님의 계획대로라면 조만간 그자가 모습을 드러낼 것이었다.

# 18

# 도벽

절에 도착했을 때는 저녁 공양이 끝나 있었다. 나와 경허스님은 미숫가루와 누룽지를 물에 불려 허기를 채웠다. 절 문간의 헛간에는 새끼를 꼬아 만든 금줄이 쳐져 있었다. 아마 도문이 보성의 시신을 찾아온 듯 보였다. 스승님은 마루에 걸터앉아 나를 기다리고 있었다. 어둠이 서서히 내리깔리는 절 마당에서 헛기침을 하자 스승님이 반갑게 손을 흔들었다.

"도둑놈 왕초는 만나 보았더냐?"

스승님이 은근히 너스레를 떨며 물었다.

"스승님, 처음부터 알고 계셨던 건가요?"

나는 스승님의 그런 눈초리가 얄미워서 슬그머니 입이 튀어나왔다. 먼 길 다리품을 판 것도 억울했지만, 뻔히 속이 들여다보이는 수작에 더욱 분통이 터졌다.

"짐작이야 했지. 그런데 값나가는 물건을 이 첩첩산중에서 무슨 수로 처리하겠느냐? 손바닥보다 좁은 읍내를 다 뒤져도 그런 장물 처리해 줄 곳은 한두 군데에 불과하지. 그래, 보성이 책을 탐낸 것이 맞기는 하더냐?"

"그거야 당연하죠. 그런데……."

나는 절로 목소리를 낮추었다. 벌건 대낮에 여승 이야기를 꺼내기가 쑥스러웠기 때문이다.

"거기 문혜스님이 함께 찾아왔었답니다."

떠올리기만 해도 참으로 어울리지 않는 앙상블이었다. 스승님은 그러나 짐작한 바가 있었던지 쓴웃음만 지었다.

"여기까지는 네 짐작대로 그 비구니가 보성을 죽인 것처럼 보이겠구나. 그래도 사람 일이란 끝까지 지켜봐야지. 이런 싸움은 성질 급한 놈이 지게 마련이다."

스승님은 슬슬 눈웃음을 치며 대웅전으로 향했다. 절 앞마당 석등에는 모처럼 불이 환히 밝혀져 있었다. 오밤중에 또 무슨 일을 벌이려는지 각 절의 주지들도 꾸역꾸역 모여들었다. 현정스님마저 구부정한 허리를 애써 펴고 돌계단을 올랐다.

"오늘 공비들에게 변을 당한 스님의 시신이 돌아왔답니다. 벌써 여러 날이 흘러 시신을 모시기도 힘드니 내일 후딱 다비식을 했으면 합니다."

현정스님은 마른기침을 해대며 운을 뗐다.

"여기 계신 분들께 잠시 불미스러운 소식을 알리고자 합니다. 제 스승이신 홍안스님은 물욕이 강했습니다. 사리가 나오지 않은 것도 따지고 보면 나올 사리가 없었던 것입니다. 소승은 스승님을 욕되게 할 수 없어 여러 스님들께 거짓말을 하고 말았습니다. 아니, 스승님의 그런 면을 인정하고 싶지 않았던 것이지요."

현정스님이 고개를 떨구자 스승님도 무릎을 꿇고 좌중을 바라보았다.

"이 절은 욕심과 음험한 비밀이 안개처럼 자욱한 곳입니다. 이것을 보십시오."

스님의 비썩 마른 손에는 『용감수경』이 쥐어져 있었다.

"이북에서 가장 가까운 사찰이다 보니 북에서 온 갖가지 보물들이 가장 먼저 모이기도 했답니다. 오늘 양구 읍내에서 알아본 바로는 골동품상에 이런 물건들이 흘러 나간 모양입니다. 제 스승님께서 이걸로 뭘 하셨는지 모르나 여승이 모습을 감춘 것으로 보아 육욕이 심하셨나 봅니다."

주지들 사이에서 웅성거리는 소리가 들렸다. 나 역시 놀란 입을 다물지 못했다. 읍내 장물아비를 만난 것은 다름 아닌 나였다. 장물아비는 절에서 수상한 물건이 나오긴 했지만 자기는 팔지 않았다고 시치미까지 뗐다. 도대체 무슨 수작을 부리는 것일까.

"그럼 사람이 둘이나 죽어 나간 것도 다 그것과 관련이 있다는 소리요?"

권박사는 의기양양한 미소를 흘리며 물었다.

"연로하신 분이 물건을 직접 훔쳐 팔았을 리 만무합니다. 필경 젊은 놈이 도왔는데, 그게 첫날 죽은 보성인 것 같습니다."

두 스님이 도대체 무슨 작당을 했던 것일까. 자신들의 스승을 졸지에 도둑놈으로 몰고, 보성을 그 하수인이라고 몰아붙였다.

"도문 자네는 뭔가 아는 게 있었나?"

현정스님이 그 신랄한 말투로 캐묻기 시작했다. 모두의 시선이 도문스님의 희멀건 얼굴로 쏠렸다.

"지금 두 분이 무슨 뚱딴지같은 소리를 내뱉는지 아십니까? 지엄하신 스승님께 이런 몰상식한 짓을 하시다니요!"

도문스님은 목에 퍼런 핏줄을 세운 채 맞받아쳤다.

"자네가 건네준 『용감수경』부터 좀 따져 보지. 이걸 스승님 유품이라고 내게 건넨 까닭이 무엇인가? 절 안에 진드기처럼 붙어살던 인간 말종이 손을 못 대게 막으려던 조치가 아니었나?"

이번에는 스승님이 나서서 날카롭게 캐물었다.

"그럴 리가요. 저는 홍안스님의 말년을 지킨 막내 제자입니다. 큰스님은 입버릇처럼 이 귀한 보배를 수제자인 혜·장·스·님께 남긴다고 했습니다."

도문은 혜장스님의 이름을 한 자 한 자 끊어서 말했다. 당신이야말로 그 책을 받을 자격이 있고, 당신이야말로 홍안스님의 수제자라는 것을 강조하는 것 같았다.

"스승님께서 절 물건을 내다 판 것은 맞습니다. 하지만 그것은 다 절을 살리기 위해서였다고 합니다. 전쟁 중에 절은 온통 공비들의 놀이판으로 변했고, 툭하면 양식을 요구했습니다. 홍안스님은 절 식구들을 보호하고자 특단의 조치를 내렸습니다. 어차피 밤에는 공비, 낮에는 토벌대가 찾아와 횡포를 부렸고, 세상은 밤과 낮으로 나뉜 시절이었습니다. 여기 계신 분들 중 전쟁통에 그런 일 겪지 않은 분이 계신가요?"

도문은 주변을 둘러보며 날카롭게 물었다. 마치 모든 이의 공감을 사려는 듯 몸짓마저 격렬했다. 아니, 몸담고 있는 절을 지키려는 발악처럼 보였다.

"우리끼리 이런 일로 언성을 높인다고 해결될 것이 무엇이오? 부처님 도량에서 사람이 죽은 것만 해도 끔찍한 일입니다. 그런데 한술 더 떠서 도둑질이라니요? 이런 일은 우리끼리 덮고 가는 편이 나을지 모릅니다. 범인을 잡아 봤자 딱히 달라질 일도 없지 않소?"

권박사가 두툼한 돋보기 알을 닦으며 어깨를 으쓱했다. 별 도리가 없다는 투였다. 다들 고개를 끄덕이며 수긍하는 분위기였다.

"모든 일에는 원인이 있고 또 결과가 있는 법입니다. 억겁의 시간을 뛰어넘는 악연도 인연이요, 순간의 찰나에 마주치는 인연도 인연입니다. 어찌 되었건 두 사람을 죽인 자를 찾아야 악연의 고리를 끊을 수 있습니다. 그게 군인들이 말하는 공비라면 역시 교화해야 하고, 도둑놈이라면 꾸짖어서 바른길로 이끌어야 합니다. 그 과정에서 어떤 불편한 진실이 밝혀져도 우리 불자들이 지고 갈 번뇌가 아니겠는지요?"

스승님은 아랫배에 힘을 준 채 목소리를 낮게 깔았다.

"저는 도망친 여승이 모든 열쇠를 쥐고 있다고 봅니다. 죽은 보성은 여인네라면 사족을 못 썼다더군요."

이 말이 떨어지기 무섭게 곳곳에서 한숨이 터져 나왔다.

"굳이 산사의 그 후미진 내막까지 들춰야 직성이 풀리시겠소?"

권박사의 목소리가 가늘게 떨렸다. 중이 여인을 탐했다. 그걸 밝혀내면 처자를 거느린 대처승들의 입지는 한층 좁아지게 된다. 비구승인 스승님이 여색을 운운하자 속이 개운치 못했으리라.

"어쩌면 홍안스님 다비식에서 사리가 나오지 않은 것도 그 도벽 때문일지 모릅니다. 부처님 물건을 훔친 자에게서 사리가 나온다는 게 어불성설이지요."

권박사는 안경 너머로 뭔가 비굴하게 눈웃음을 쳤다.

"또 사리 타령인 게요? 그럼 이렇게 합시다. 내일 다비식은 내가 준비하겠소. 죄 많은 인생이라지만 가는 길은 홀가분하게 보내 줘야죠. 그리고 그놈의 사리가 뭐 그리 대단한지 밝혀 보겠소이다. 다들 놀라실 준비를 단단히 하세요."

자기 스승을 도둑으로 몰더니, 이제 진짜 도둑놈을 화장하면서 사리를 운운한다. 스승님은 어디로 튈지 모르는 탁구공 같은 분이었다.

"휘문아! 뒤꼍에 가서 옹기를 골라 오너라. 전에 내가 한 대로 물을 채워서 새지 않는 단단한 놈으로만 가져와야 한다."

스승님은 연신 헛기침을 하며 말했다. 이쯤 되자 나도 속으로 구시렁거릴 수밖에 없었다. 밑도 끝도 없이 사람을 먼 읍내까지 심부름시킨 걸로도 부족해 이제 다비식까지 준비하라니 정말 환장할 지경이었다. 더구나 나는 황태사 중도 아니다. 여러 사람의 이목이 있어서 대놓고 볼멘소리를 해댈 수는 없었지만 부아가 치밀기는 했다.

뒷마당에 뒹구는 빈 옹기 열 개를 골라 지푸라기에 불을 붙였다. 일단 연기가 새어 나가는 것은 없었다. 물을 부어 확인을 하려는데 우물은 한참 떨어져 있었다. 하는 수 없이 물지게를 지고 어슬렁거리며 발걸음을 옮기는데, 스승님이 공양간 앞에서 서성거리고 있었다.

"늙으니까 이가 시원치 않아서요. 두부 한 점만 얻어먹읍시다."

이제 별짓을 다 하시는구나! 절로 탄식이 터져 나왔다.

"이게 콩을 가는 맷돌이고 이건 간수군요."

스승님이 말참견을 해대자 공양간 스님의 얼굴에는 귀찮은 기색이 역력했다.

"두부는 일주일에 한 번은 꼭 올립니다. 연세가 높은 스님들이 많으시니까요. 여기 어제 만든 것이 있으니 데워서 양념장에 찍어 드세요."

제자는 끙끙거리며 물지게를 지는데 스승님은 남의 절 안살림을 살피고 있었다. 연신 두부를 먹으면서 공양간 이곳저곳을 기웃거리는 것이었다. 나는 꼴사나운 말참견을 듣기 싫어서 부리나케 달음질쳤다. 얼른 끝낸 뒤 발이나 씻고 잠자리에 들 요량이었다. 이제 완전히 해가 지면 빌어먹을 옹기 바닥도 살필 수 없다.

항아리는 다행히 깨진 곳 없이 온전한 상태였다. 찰랑찰랑 넘칠 듯 들이부은 물도 줄곧 제자리를 지켰다. 서서히 떠오른 겨울 달빛이 물 위를 매끄럽게 빛내고 있었다. 찬 밤공기를 피해 선방에 들어왔지만 인기척이 없었다.

"노인네가 어디로 가신 걸까?"

혼잣말로 중얼거리며 호롱불을 붙였다. 파르스름한 불빛이 피어오르자 시야가 밝아졌다. 스승님의 이부자리는 구석에 말끔히 개어져 있었다. 아예 방에 발도 들이지 않은 모양이었다. 나는 모처럼 편하게 누워 뒤척이기 시작했다.

'도대체 무슨 수작을 부리시는 것일까?'

무엇보다 걸리는 점은 바로 현정스님이었다. 첫날부터 스승님을 잡아먹을 듯 몰아붙이던 기세는 감쪽같이 사라지고 없었다. 다정한 정도가 아니라 아예 성환배처럼 사근사근해졌다. 두 양반이 무슨 일을 꾸미는 것이 분명했다.

"절 마당에 놓은 게 그 옹기가 맞느냐?"

멀리서 스승님이 고함치는 소리가 들렸다. 나는 몸을 반쯤 일으킨 채 그렇다고 응답을 했다. 그런데 이 양반이 후딱 들어올 생각은 않고 꾸물거렸다. 궁금증을 못 이겨 장지문을 열고 보니 스승님은 항아리 주변을 서성이고 있었다.

"무엇을 하시는 겁니까? 감기라도 들면 어쩌시려고요? 날이 쌀쌀해졌어요."

스승님은 내 말은 깡그리 무시한 채 옹기에 손을 넣고 열심히 휘저었다.

"내일 사람들을 깜짝 놀라게 할 마술을 보여 줄 작정이다. 네놈 눈이 휘둥그레지게 해주지. 그리고 사람 죽인 놈이 제 발로 나서게 만들어야겠다."

이 말에 내 마음이 싱숭생숭했다. 도무지 노망난 노인네 같은 소리만 뱉어대는 저 양반을 믿어야 할까. 마음 한편이 회오리치듯 격렬히 동요하고 있었다.

# 19

## 번뇌

밤사이에 하얀 서리가 내렸다. 북쪽의 겨울은 예고도 없이 성큼 다가온다. 식전부터 스님들이 하얀 입김을 내뿜으며 나무를 지어 나르고 있었다. 지난번 다비식처럼 요란을 떨며 사람을 부를 일도 아니었다. 그저 소리 소문 없이 슬그머니 해치울 요량인 듯했다. 장작은 산 아래 벌목장에 뒹구는 잡목들을 가져와 구덩이를 채웠다. 그리고 헛간에 보관하고 있던 관을 끌어내 시신을 나뭇단 위에 얹었다.

"비록 죄 많은 중생이나 누구든 한 번 가는 길로 떠난 것은 우리들과 다를 바 없습니다. 예의를 갖춰 정중하게 모시기 바랍니다."

스승님은 자못 근엄한 말투로 모두에게 일렀다. 현정스님은 구부정한 허리를 펴고 자리에 앉았다. 몇 시간이고 서서 다비식을 치르기에는 힘겨워 보였다.

"돌아가신 스님들 약력이 필요한데 아시는 분 없으신가요?"

스승님이 주변을 돌아보며 물었다. 보성의 약력은 내가 들려 준 바를 참고해 간단히 만들었지만, 장독지기 은겸스님에 대해서는 아는 바가 없었다. 다비식을 마치기 전에 고인의 명복을 빌며 간단한 소개 정도는 올려야 마땅하다.

"제가 적어 둔 바가 있습니다."

도문스님은 원고지 위에 철필로 꼼꼼하게 적은 메모 한 장을 건넸다.

"늦은 나이에 참전까지 하셨군요."

스승님은 고개를 끄덕이며 돋보기 알을 닦았다.

"예, 여기 있는 스님들 태반은 전쟁 후에 들어오신 분들이죠. 돌림병으로 스님들이 많이 돌아가셨거든요."

"태어난 고향이 평안도 영변이고 해방 전 서울에 오셨네요."

스승님은 젊은 중과 말을 맞추듯 곁눈질을 하며 읽어 내려갔다.

"군대에서는 공병대에 있었군요."

"예, 전에 제게 그런 얘기를 한 적 있습니다. 사람 죽이는 최전선은 아니고 후방에서 다리, 도로 보수하는 일을 했다더군요."

"그럼 다비식을 시작합시다."

스승님은 횃불을 건네받아 불을 붙였다. 밤새 서리가 내려서인지 나무가 눅눅히 젖어 있었다. 불이 붙지도 않고 자욱하게 연기만 피어오르고 있었다. 연기 속에 서 있는 두 사람의 모습이 오락가락 시야에서 지워지고 있었다. 스승님은 장작에 휘발유를 붓고는 불길을 거세게 키웠다. 그래도 꾸역꾸역 연기를 토해내기는 마찬가지였다.

"외양간에서 소를 지키던 보성은 손버릇이 고약하고 여색을 밝힌 인간 말종이었소."

스승님이 뜻밖의 구절을 읽기 시작했다. 내가 적어 준 약력과는 영 딴판의 말을 지어내고 있었다.

"인민군 앞잡이로 거제도 포로수용소에 있다가 도망 나와 이 절에 숨어들었소이다. 그 뒤 말사의 문혜스님을 호시탐탐 노리며 육욕을 채우는 데 급급하다가 죽임을 당했습니다."

그 말에 모여 있던 스님들 모두가 놀란 입을 다물지 못한 채 한동안 멍하니 바라만 보았다.

"여보시오, 혜장스님! 돌아가신 분을 보내는 마당에 이 무슨 망발입니까!"

권박사가 발끈하며 앞으로 나섰다. 하지만 스승님은 말을 끊지 않고 총알처럼 내뱉었다.

"돌아가신 홍안스님을 겁박하고 절의 물건을 강탈하려고

한 죄는 필경 죽어서라도 갚아야 하건만 누군가가 이승에서 아비지옥으로 보내고 말았소. 석탑을 훼손하고 현자를 욕보였으며 비구니를 농락한 죄를 물어 몸이 쇠꼬챙이에 꿰어졌소. 또 지뢰밭에서 필파라침을 맞아 새까맣게 그을린 채 죽고 말았소.”

스님들은 귀를 막은 채 나지막이 신음만 토해내고 있었다.

“은겸은 살생을 방조한 것은 물론 남의 허물을 고자질하려다 오히려 죽임을 당했소. 천하의 아둔하기 짝이 없는 중생이었소. 그런데 누군가가 이자를 살인자로 몰려는 듯 똥통에 빠뜨린 것이오. 내가 보기에는 등활지옥을 헤맬 팔자는 아니거늘 제 눈으로 본 바를 미끼로 사람을 꾀어내다가 오히려 되치기를 당한 듯싶소. 그럼 이 둘을 죽인 자는 누구겠소?”

좌우가 찬물을 끼얹은 듯 고요해졌다.

“말해 보시오, 스님. 왜 이자들을 지옥행으로 보내신 것이오?”

스승님의 눈길이 향한 곳에 모두의 이목이 쏠렸다. 도문스님은 희멀건 낯빛을 붉히며 겸연쩍게 기침을 했다.

“스님, 도무지 무슨 말씀인지 종잡을 수 없습니다.”

“그럼 알기 쉽게 설명해 드리지. 난리통에 전국의 호적이 죄다 엉망이 되고 북으로 끌려간 자가 수만 명, 북에서 내려온 자도 수십만 명에 달했소. 남의 신분을 가로채기에는 안성맞춤인 상황이었지. 그런데 하나 속일 수 없는 게 있거든. 폐병 같은 전염병 환자는 다른 곳은 몰라도 군대에서는 절대 받아주지 않는다는 사실이 그것이오."

전시에 전염병 환자가 군대에 들어오면 병이 삽시간에 퍼질 것이다. 사실 나도 그 점이 내내 목에 걸린 가시처럼 불편했다. 도문은 긴장한 듯 마른침을 삼켰다. 시인도 부인도 하지 않은 채 불편한 침묵만이 흘렀다.

"포항에서 적 탱크 부대와 싸웠다고 했는데, 거기에는 전차 부대가 간 적이 없었지요."

스승님은 나를 지그시 바라보며 확인이라도 받으려는 듯 눈을 찡그렸다.

"만주에서 온 동포 부대는 진주와 사천에 들이닥쳤습니다. 그럼 도문이란 사람이 누굴까? 곰곰이 궁리하던 차에 뭔가 눈에 걸리는 게 있었습니다. 바로 이겁니다."

스승님은 미군들이 뿌렸다는 삐라 한 장을 꺼내 들었다. 전염병이 도니 주민들은 피하라는 경고문이 담긴 바로 그 삐라였다.

"미군 약품에서 결핵약을 척척 찾아낼 정도로 영어를 잘하시면서 이런 걸 못 읽다니 희한합니다. 내가 여기 온 첫날 날 찾아와 절에 귀신이 들었다고 호들갑을 떤 이유가 석연치 않았죠. 어쩌면 귀신을 언급한 것은 손님들을 재빨리 돌려보내려는 수작이 아니었는지요?"

황태사는 전쟁 기간 동안 버려진 절이었다. 신도들은 물론 중들도 귀신이 무서워서 얼씬도 않았다. 오직 홍안스님만이 절을 지키고 있었다.

"그건 미군들이 하는 말이고, 당시 검진을 했던 의사들은 갈피를 잡지 못했습니다. 사람이 모르는 병이라면 귀신이 농간질을 부린 걸로 볼 수도 있죠."

도문은 눈을 부릅뜬 채 스승님을 노려보고 있었다. 마치 밝힐 테면 까발려 보라는 듯 버티는 눈치였다.

"죽은 보성과는 어떤 사이였소? 그리고 스승님을 해친 까닭은 무엇이오?"

이윽고 뒤에 있던 장작에 불이 붙어 지글지글 열기가 오르기 시작했다. 하지만 두 사람 사이에는 싸늘한 긴장감만 감돌았다.

"보성은 인민군으로 복무했던 자외다. 거칠고 무식하기 짝이 없던 자가 절에서 나온 잡동사니를 알아볼 안목이 있을 턱이 있겠소? 그저 절의 비밀을 지켜 주는 대가로 비구니를 탐한 게 틀림없소. 무슨 거래를 한 것이오?"

스승님이 보성을 운운하자 도문은 이를 지그시 깨물고 고개를 떨구었다.

"스승님은 돌아가시기 전 내게 전보를 하나 띄우셨소. 그 전보를 아마 보성이 우체국에 가서 보냈을 테지만, 까막눈인지라 내용은 알 길이 없었을 것이오."

스승님은 주머니에서 구깃구깃 구겨진 쪽지를 꺼내 펼쳐 보였다.

중생은 북도 남도, 좌도 우도 가를 수 없는 부처 자체이다.
부처를 구하여라.

전보의 어디에도 『용감수경』에 관한 이야기는 없었다.

"스승님께서는 참선을 할 때 책을 멀리하라고 가르치셨소. 그깟 책 한 권을 도둑고양이처럼 남의 눈을 피해가며 내게 남겨 주실 리도 없고, 무엇이든 소유하는 것은 번뇌를 짊어지는 어리석은 짓으로 치부하셨소. 설사 책을 넘겨주시더라도 이 떠도는 걸승보다는 자기 절이 있는 현정사형께 드렸을 겁니다."

스승님은 이 대목에서 잠시 숨을 돌리더니 도문을 쏘아보았다.

"황태사 스님들은 모두 북에서 온 것이 맞지요? 이북에서는 군인이 부족해 열댓 살 먹은 애들까지 끌고 왔다더군. 그러니 폐병쟁이라고 예외는 아니었을 텐데? 분명 전쟁터 얘기는 흥미진진했고, 사람 죽이는 재주도 거기서 배웠겠지요."

스승님의 말투에서 단호함이 묻어 나왔다. 뭔가를 묻는다기보다는 이미 알고 있는 사실을 확인하려는 듯 들렸다.

"보성도 인민군 출신이지만 포로수용소에서 반공 포로와 함께 석방됐어요. 휴전회담이 끝났으니 자기는 처벌받지 않는다는 사실도 잘 알고 있었고요. 하지만 나머지 분들은 사정이 좀 다르겠죠."

은은하지만 어딘지 날이 선 듯 날카로운 지적이었다. 나도 세월만 조용해지면 절을 벗어나 집으로 돌아가려던 참이었다.

"그자는 천벌을 받아 마땅한 자였습니다."

도문은 힘겹게 입을 열었다.

"황태사의 승려들은 전쟁 중에 뿔뿔이 흩어졌습니다. 다시 돌아온 사람이 단 하나도 없었지요. 대신 인민군으로 내려왔다 발목을 잡힌 자들이 절을 세운 것입니다."

너무나 충격적인 발언이었다. 그렇다면 절의 구성원이 모두 빨갱이라는 소리가 아닌가.

"고향만 따진다면 그렇지요. 하지만 저를 포함한 모든 스님들은 부처님을 진정으로 받아들였습니다. 적어도 보성이 오기 전까지는 말이죠."

　여기서부터는 나도 고개가 끄덕여졌다. 보성은 인민군 출신 중들이 모여 산다는 절에 대한 소문을 들었을지도 모른다. 그리고 절에 비집고 들어와 갖은 악행을 일삼았던 것 같았다.

　"문혜스님은 전쟁 중에 인민군 간호장교로 복무했던 사람입니다. 그 병원에서 보성을 만났었는데, 그놈이 스님을 알아본 것이지요. 그리고 절로 쳐들어와서 자기가 바깥출입은 도맡겠다고 선언하더군요. 술에 취하면 입버릇처럼 다 지서에 고발하겠다고 난동을 부렸습니다. 이자를 내보낼 수도, 끌어안고 살 수도 없는 처지였습니다. 다행히 절 세간을 빼돌려 팔아 쓰고 입을 다물어 달라고 사정했지요. 그런데 얼마 전 지서 앞에 붙은 방을 뜯어와 읽어 달라더군요. 공비 신고 시 받을 포상금 5천 원이 적혀 있었습니다."

　내용을 일러주지는 않았지만 보성도 대충 무슨 내용인지 눈치를 챈 것 같았다고 한다. 도문은 움직일 수 없는 증거 앞에 무릎을 꿇은 듯했다. 아니, 그보다는 밀려오는 후회에 몸을 가눌 수 없는 지경에 빠진 듯 보였다.

　"스승님께서는 그때 뭐라고 하시던가요?"

　도문은 스승님의 물음에 말문이 막히는지 뜸을 들였다. 그리고 기어 들어가는 소리로 대꾸했다.

"물욕과 색욕이 심해도 사람은 모두 부처이니라."

보성을 없애지 않는 한 절의 평화를 지킬 수는 없었다. 하지만 홍안스님이 두 팔을 벌려 그 야차 같은 놈의 방패막이가 되어 주고 있었다.

"스님께서는 낌새를 채신 듯했습니다. 당신이 살아 계실 때 법회를 열겠다고 각 사찰의 주지들을 불러 모으셨습니다."

당연히 사정이 긴박하게 돌아갔을 터였다. 모두가 모이기 전에 일을 치러야만 했을 것이다.

"그래서 살충제를 태워 그분을 살해한 것입니까?"

스승님과 나는 이미 짐작하는 바가 있었지만, 다른 스님들은 모두 어안이 벙벙한 눈치였다.

"여보시오, 혜장스님! 영문이나 좀 알고 들읍시다. 나는 도무지 자다가 봉창 두드리는 소리 같아 듣기 거북하외다."

권박사가 헛기침을 하며 나섰다. 이때 현정스님이 자리에서 일어나 큰 소리로 일갈했다. 비썩 마른 보잘것없는 체구에서 그렇게 우렁찬 고함 소리가 나올 줄은 몰랐다.

"스승과 제자 간의 문제요. 제3자는 빠지고 이야기를 들어봅시다."

돌아가신 홍안스님은 현정스님에게도 스승이었다.

"보성을 없애는 것 외에 다른 해결 방법이 없었습니다. 북으로 도망치지 못한 인민군 패잔병들이 우리 절로 몰리는 판에 행여 입을 함부로 놀릴까 두려웠습니다. 하지만 홍안스님은 우리를 거둬 주실 때와는 딴판으로 나왔습니다."

"경찰에 다 같이 자수하자고 권하셨군요."

스승님은 미리 대답을 간파하고 있었다.

"법회에서 불교의 장래를 논한다는 말은 들었습니다. 신승(神僧)으로 알려진 분에게서 사리가 나오지 않으면 당연히 비구 쪽이 불리해지겠죠. 법회가 일방적으로 끝나고 빨리 흩어지기를 바랐습니다."

도문은 담담히 털어놓았다. 곤혹스럽다기보다는 오히려 홀가분한 기운이 감돌았다.

"그런데 사람 피까지 묻힌 내 편은 왜 들었던 것이오?"

"그것은 저 역시 같은 처지였기 때문입니다. 내가 믿는 사회주의, 노동자, 농민의 사회를 위해 저 역시 피를 묻혔기에 양심을 속일 수 없었지요. 그리고 『용감수경』을 무사히 간직해 줄 분은 스님뿐이라 여겼습니다."

"그렇다면 문혜스님과 함께 있던 절름발이는 누구이며, 왜 은겸까지 해친 것이오?"

한마디 한마디 가슴을 파고드는 비수 같은 질문이 이어졌다.

"문혜스님한테는 남편이 있었습니다. 그 남편이 크게 다쳐서 제게 도움을 청해왔고, 차마 거절할 수 없었습니다."

다리를 다쳐서 인민군 무리에서 떨어진 자였을 것이다.

"저는 평소에도 보성이 문혜스님을 노린다는 점을 알았습니다. 이미 『용감수경』은 스님께 넘겼지만, 놈도 그 책을 원했던 것 같습니다. 결국 문혜스님 남편을 장물아비라고 소개한 뒤 밖에 내다 팔고 절을 떠나 달라고 애걸하는데 일이 벌어졌습니다."

보성은 동물 같은 본능의 소유자였다. 정작 책을 보여 주지 않은 채 미적거리자 손찌검이 시작되었다.

"혼자 힘으로는 보성을 막을 수 없었습니다. 결국 책이 있는 곳으로 안내한다고 유인한 뒤 제가 찔렀습니다. 은겸은 스님이 장독대를 뒤지는 광경을 본 뒤 겁에 질려 버렸습니다. 사실대로 털어놓고 용서를 빌자며 애원하길래 일단 해우소 헛간에서 만나자고 했지요. 문혜스님과 남편이 거기서 숨어 지내고 있었으니 둘이 손을 잡고 해치웠습니다."

스승님은 눈 하나 깜빡이지 않고 이야기를 곱씹는 눈치였다.

"결국 이 너절한 책 한 권이 사람을 죽인 셈이군. 잘 보시게! 이게 그리도 소중한 부처님이었는지."

스승님은 품 안에서 『용감수경』을 꺼내 도문에게 펼쳐 보였다. 도문은 머리가 비상한 자였다. 오방수 항아리를 깨서 사리를 남기지 않고 뼈를 다 태워 버린 것도 보통 술수는 아니었다.

"지금껏 말을 들어봤지만 사리를 사라지게 한 것은 영 납득할 수 없소이다. 단지 자백만으로 멀쩡한 사람을 너무 몰아붙이는 것이 아니오?"

다른 스님들이 웅성대는 가운데 권박사가 볼멘소리를 터뜨렸다. 도문은 대처승의 아들이라고 했으니 대처승인 권박사로서는 팔이 안으로 굽을 수밖에 없었다.

"자, 이제 신기한 것을 보여 드리죠."

불이 조금씩 잦아들자 스승님은 장작을 헤치기 시작했다. 보성과 은겸의 유해는 흉물스럽게 그을려 군데군데 부러진 우산살처럼 뼈가 삐져나와 있었다. 스승님은 뼈 사이에서 재를 한 줌 떠내더니 훌훌 불어댔다. 그리고 맑고 투명한 쌀알 같은 것을 쥐고 좌중에게 보여줬다.

"여기 소담스러운 사리가 있소이다. 도둑질, 간음, 고자질에 도가 튼 자들에게서 이것이 나올 수 있겠소이까?"

"이럴 수가!"

현정스님은 입을 다물지 못한 채 멍하니 앞을 응시했다. 다른 스님들도 손으로 입을 가린 채 웅성대며 『법화경』을 외우기 시작했다.

"이 사리는 어떻게 나온 것인가?"

현정스님의 음성이 잔뜩 갈라져 있었다.

"본디 사리란 사람의 정기와 피 속의 소금기가 불에 녹다 차가운 물에 떨어지면 엉겨 붙는 것입니다. 이번 다비식에서는 오방수도 온전했고 무엇보다 공양간에서 도움을 좀 받았지요."

스승님은 은근슬쩍 눈웃음을 치면서 나를 바라보았다. 그랬다. 나는 절로 무릎을 탁! 치고 싶었다. 두부! 스승님이 이가 아프다며 두부를 찾았다. 어쩌면 두부 만들 때 쓰는 간수를 얻었을지 모른다. 그렇다면 지금 저 사리는 사리가 아니다. 그저 단단하게 굳은 소금 알갱이에 불과할지 모른다. 그래도 모두를 깜짝 놀라게 한 눈속임인 것은 틀림없었다.

"이제 다 털어놓게. 문혜스님은 어디 있나? 공비를 숨겨주면 어찌 되는지 잘 알겠군. 사람을 죽인 죄는 경찰에서 자백하면 그만이고, 일단 달아난 사람들이 어디에 있는지 말해보게."

스승님의 말투에 험악함은 없었다. 그러나 이실직고하지 않으면 더 캐볼 작정으로 한 치도 양보할 기미가 없었다. 도문은 입이 굳어 버린 듯 뻣뻣하게 서 있었다. 그러고는 스승님의 손에 들려 있던 책을 잽싸게 낚아챘다. 뒤이어 아직 통에서 찰랑거리는 휘발유를 들어 통째로 온몸에 부었다.

"한 걸음만 다가오면 나도, 책도 모조리 사라질 겁니다."

나는 도문의 눈가가 젖어들었음을 알아차렸다. 단순한 공갈 협박이 아니었다.

"다른 스님들은 모르는 일이고 저 혼자 처리한 겁니다. 다만 지금 잡혀가면 필경 고문을 받을 테니 조금만, 조금만 두 사람을 위해 시간을 벌어 주십시오."

이어서 울음 섞인 음성이 들려왔다. 나는 순간 도문이 문혜 스님에게 어떤 특별한 정을 품은 게 아닌지 의심했다. 육체적으로 탐할 수는 없지만 마음으로 행복을 비는 남자의 심경이 느껴졌다. 사랑하는 여자의 행복을 지키고자 몸부림치는 그런 남자의 감정이었다. 아직 뒤의 타다 만 장작에서는 연기가 꾸역꾸역 올라오고 있었다. 남들은 연기에 눈이 매워 콜록대며 눈물을 짰지만 도문은 아니었다. 필경 두 줄기 눈물이 주르르 흘러내렸다.

"두 사람을 잡으려는 게 아니오. 다만, 이제 세상이 바뀌었소. 더 이상 어두운 곳에서 숨어 살 수 없는 그런 시대가 왔소."

스승님은 말씨를 누그러뜨리며 설득에 나섰다. 하지만 스승님이 앞으로 한 발짝을 뗄 때마다 도문은 비틀거리며 뒷걸음질했다.

"연기다! 홍안을 잡아먹은 부처가 또 나타났어! 모두 피해!
다 죽어!"

갑자기 사람들 뒤편에서 찢어지는 비명이 들렸다. 일두스
님이 발광을 해댔다. 치매 걸린 노인이 무슨 힘이 그렇게 센지
앞을 막아서는 스님 둘을 제치고 뛰어들었다.

"이 나쁜 놈! 홍안을 죽인 혓바닥을 또 날름거리는구나!"

일두스님은 아직 꺼지지 않은 새빨간 잔불에 대고 독사라
도 만난 듯 열을 내고 있었다.

"그래, 네가 죽나 내가 죽나 한번 해보자꾸나!"

불과 서너 발자국 떨어져 있었지만 걷잡을 수 없었다. 일두
스님은 비호처럼 도문을 향해 돌진했다. 이 기세에 눌려 도문
도 휘청거렸다. 두 사람은 한 덩어리가 되어 불구덩이로 떨어
졌다. 순간 화르르 불길이 치솟았다. 좀 전에 뿌린 휘발유에
불이 붙었다. 도문은 기를 쓰고 벗어나려 애썼지만 일두스님
은 절대 놓아주지 않았다. 오히려 손에 깍지를 낀 채 불구덩이
속을 뒹굴고 있었다.

"부처가 간다! 부처가 지옥불로 떨어진다!"

스승님은 기함을 한 채 고함쳤다.

"물! 물! 빨리! 빨리!"

장삼가사가 타들어가며 종이짝처럼 쭈그러들었다. 일두스

님의 늙은 육신이 시뻘건 맨살을 드러내고 있었다. 그 밑에 깔린 도문의 하얀 얼굴도 이내 일그러졌다.

"으아아악!"

비명 소리, 살이 타는 비릿한 냄새가 뒤섞이며 사방이 아수라장으로 변했다.

"저 책! 저 귀한 것을 어찌할꼬!"

현정스님의 애타는 고함 소리도 벽 너머에서 들려오는 메아리처럼 울렸다. 스승님은 얼이 빠진 듯 제자리에 털썩 주저앉고 말았다.

"이게 아니었는데… 내가 원하는 결말은 이게 아니었는데……."

스승님은 기가 막힌 듯 허공을 바라보며 울부짖었다. 나 역시 온몸이 얼어붙기라도 한 듯 꼼짝도 할 수 없었다.

부처가 불에 탄다. 인간의 마음이 지옥불로 떨어진다. 예전 낙동강에서 본 그 지옥불이 덮치고 있었다. 순간 눈앞이 나른해지면서 몸이 탁 풀리고 말았다. 그리고 그대로 정신을 놓아버렸다.

## 20

# 부처

눈을 떴을 때 가장 먼저 보인 것은 스승님의 얼굴이었다. 스승님은 근심스러운 듯 미간에 주름을 잡고 내 이마를 쓰다듬고 있었다.

"도문은 어찌 되었습니까?"

스승님은 내 질문에 시야를 돌린 채 한숨을 내쉬었다. 서글픈 표정으로 대답을 대신하고 있었다.

"도문은 그 만 때문에 살인을 저지른 것입니까? 그것이 무엇이길래 그리도 잔혹할 수 있습니까?"

불과 한 시간 전 내 눈앞에서 벌어진 일이었다.

"만은 집착이니라. 도문은 그 의도야 어찌 되었건 이 작은 세상을 자신만이 구할 수 있다고 믿었다. 그것을 가로막는 자는 모조리 제거하면서 말이다. 너의 만은 무엇이더냐?"

스승님의 질문이 아주 의미심장하게 들렸다. 나는 얼른 대답을 할 수 없었다. 그리고 그 화두를 마음속에 묻어 두고 말았다.

산촌의 작은 절에서 벌어진 참상이 남긴 여파는 거셌다. 대처승들은 시신을 수습하기가 무섭게 서둘러 절을 떠났다.

"저자들이 입조심을 할지 모르겠구나."

현정스님은 한심하다는 듯 혀를 끌끌 찼다.

"걱정하지 마십시오. 처자가 딸린 중들이 절단나는 판국에 절이 빨갱이 소굴이라고 떠벌리면 자살행위나 다름없습니다."

스승님은 더할 나위 없이 다정한 말투로 안심시켰다.

"자네는 언제부터 도문을 의심했는가? 설마 첫날부터는 아니겠지?"

현정스님이 은근히 스승님을 떠보고 있었다.

"글쎄요. 언제부터인지 모르지만, 스승님 다비식을 마치고는 어느 정도 확신이 섰습니다."

"그럼 왜 살인을 막지 않았는가?"

현정스님이 의아하다는 듯 고개를 갸웃거렸다.

"스승님의 전보가 마음에 걸렸습니다. 부처를 구해라. 세상천지가 부처님투성이인데 내 부처가 어디 있는지 찾느라 우물쭈물 망설였지요. 그나저나 사형께서는 지금도 제가 그리 얄미우십니까?"

"모르겠구나. 어쩌면 지금 도망치는 저 겁쟁이들도 부처를 하나쯤은 가슴속에 묻어 두고 살지 않을까 짐작은 된다만……."

스승님의 입가에 인자한 미소가 번지고 있었다.

어느덧 흰 눈발이 날리기 시작했다. 우리는 마당 한구석이 흉물스럽게 타 버린 절을 박차고 나왔다.


부산에 돌아온 뒤에도 드문드문 황태사 소식은 들을 수 있었다. 군인들이 비무장지대라는 것을 설치했는데, 절이 그 안에 들어서고 말았다. 사방이 지뢰밭으로 변해 산짐승도 다닐 수 없게 되자 황태사는 결국 문을 닫았다.

처음 몇 해 동안은 이따금 문혜스님이 어디 있을지 궁금했다. 도문은 모든 비밀을 털어놓지 않았다. 마지막 죽음을 앞둔 상황에서 흘린 눈물은 필경 고통도, 연민도, 그렇다고 죄책감의 결정체도 아니었다. 그저 사랑하는 여자를 구하고자 하는 한 남자의 간절함만이 배어 있었다. 혹시 그것이 만이었을까? 이런 의문만이 한참을 내 마음속에서 맴돌았다.


"네 만이 무엇인지는 알았느냐?"

스승님이 불현듯 물어본 적이 있다. 아마도 그 일이 있고 한

10년이 지난 어느 가을날이었던 것 같다. 지난날 내 머릿속을 사로잡았던 생각, 집착은 단 하나였다. 살고 싶다는 욕망, 그것이었다.

"예끼! 이놈아! 살아도 지옥 같은 세상이 뭐가 그리 좋아서 살고 싶었던 것이냐?"

종종 여전히 짊어지고 있는 집착을 털어놓으면 돌아오는 것은 스승님의 핀잔뿐이었다. 그렇다고 크게 꾸지람을 하지는 않았다. 돌이켜 보면 스승님은 살고 싶다는 것은 욕망이 아니라고 꼬집고 싶었던 모양이다. 그렇다. 죽는 게 두려워서는 아니었다. 그렇다고 사는 것이 기막히게 달콤한 꿈도 아니었다. 적어도 내가 살아온 세대는 그랬다. 절을 찾은 신도들 사이를 뛰어다니며 재잘거리는 어린 계집애들을 바라보며 저 아이들 세상에는 그런 일은 없을 거라고 위로했다.

"사람이 스스로 죽고 살 수 있다면 얼마나 좋겠습니까? 막상 죽음이란 게 다가오니 가장 먼저 행주치마 두르신 어머니 얼굴이 떠올랐습니다. 그리고 철없는 여동생, 검은 교복이 아직 어색한 막내 남동생, 심지어 집에서 기르던 누렁이까지 생각나더군요. 삶의 집착이라기보다는 나란 사람이 없어지면 마음 아파할 다른 누군가가 있다는 사실이 뼈저리게 다가왔습니다."

"할(喝)!"

스승님은 박장대소를 했다. 제자에게 한 수 가르침을 받았다는 듯 허리를 굽히며 좋아했다. 천진난만한 미소는 스승님의 나이마저 잊게 했다.

"네가 이제 인연이 무엇인지 깨달았구나. 부처께서 인연을 중시한 것은 우리가 홀로 살아갈 수 없다는 점을 지적하신 것이다. 무거운 짐은 서로 나눠 지고 죽음보다는 삶을 누리며 함께 살아가는 것이 부처의 가르침이다. 그래서 나도 대처승들을 비난할 수 없었던 것이야."

대처승들이 우려하던 최악의 사태는 피할 수 있었다. 나라에서는 절 건물, 골동품을 문화재로 등록하면 보조금을 주며 보살필 수 있게 했다. 이제 절은 외떨어진 장소가 아니었다. 불자가 아니라도 먼 산길을 걷던 객이 마른 목을 축일 수 있는 작은 공간으로 변했다. 그렇다고 꼬장꼬장한 현정스님이 잠자코 있을 리 없었다.

불교계는 결국 비구와 대처가 서로 갈라져 딴 집 살림을 시작했다. 스승님은 이 모든 논쟁이 지겨운 듯 깊은 산으로 모습을 감출 작정을 했다. 몇 해가 지난 뒤 스승님이 경상도 두메 산골에 작은 암자를 짓자 나 역시 자석에 못이 딸려 가듯 뒤를 쫓았다.

우리 암자는 식구가 수시로 바뀌었다. 불자가 아닌 이들에게도 문을 활짝 열었다. 두툼한 안경을 쓰고 고시 공부를 하겠다고 들어온 학생부터 때리는 남편을 피해 산에 들어온 아낙네, 그리고 조금은 과거가 수상한 어두운 표정의 사내들까지 합류했다. 간혹 손님이 떠나고 난 뒤 공양간의 쌀이 없어지기도 했지만, 그래도 워낙 가진 것이 없으니 없어질 물건도 없었다.

"몸이 가벼우면 마음은 깃털처럼 둥둥 떠다닐 게다."

절 살림이 축날 때마다 내가 역정을 내면 스승님은 실소를 하며 나를 달랬다. 이렇게 아버지와 아들처럼 지내면서도 나와 스승님 사이에는 형언할 수 없는 간격이 있었다. 적어도 그 옛날 황태사에서 벌어진 참극에 대해서는 차마 말문을 터지 못했던 것이다.


그렇게 또 몇 해가 흘러갔다.

키 작고 못생긴 남자 하나가 다 같이 잘살아 보자며 요란을 떨었다. 바짝 날이 선 광대뼈 위로 걸친 검은 선글라스를 좀체 벗지 않아 무척이나 생경해 보였다.

잘살아 보자는 노랫소리가 온 동네에 시끄럽게 울려 퍼지던 어느 여름날 아침이었다. 아침 공양을 드시던 스승님이 숟

가락을 떨어뜨렸다. 그러고는 몸이 서서히 옆으로 기울었다. 그날로 정정하던 기력도 사그라진 듯 툇마루에 앉아 햇볕만 쬐는 나날이 계속되었다.

"스승님, 뭘 좀 여쭤봐도 좋을지요?"

기력이 쇠한데 머리라도 굴리면 조금 나아지실 듯 보여 어렵게 말씀을 올렸다. 스승님의 누렇게 뜬 얼굴에 모처럼 희미한 미소가 드리웠다.

"정말 귀신을 볼 줄 아시나요? 황태사에서 처음 도문을 만난 날 스승님은 만이 있어서 성불하긴 글렀다고 하셨죠?"

무려 20년 넘게 나 홀로 간직해온 의문점이었다. 딱히 대답을 기대한 것도 아니었지만, 이렇게 털어놓고 나니 속이 좀 홀가분해지는 느낌은 들었다.

"그럼 성불은 스스로 한다더냐? 적어도 자기 혼자 도를 닦아 성불한 분은 석가모니밖에 없느니라. 도문은 속세에서의 인연을 통해 자기 마음속에서 부처를 찾지 않고 다른 이의 마음을 훑어 성불하려 했다. 미련은 때로 사람의 눈을 가리기도 하지."

"그럼 문혜스님이 도문의 마음을 받아 줬다면 상황이 달라졌을까요? 원하는 바를 얻으면 미련도 사라지지 않겠는지요?"

내 물음에 스승님은 잠시 눈을 감았다.

"그것이 여인의 몸이건 마음이건 달라질 것이야 있겠느냐?

조국은 허리가 끊겼고, 돌아갈 고향이 없기는 둘 다 마찬가지였지. 절을 떠났더라도 문혜를 탐하는 자가 나오면 도문은 또다시 손에 피를 묻혔을 것이다. 그래도 나는 도문이 부럽구나. 거창하게 부처님, 조국 독립을 찾기보다 사랑하는 여인을 지키려고 했다니, 적어도 그 인연이 제 눈에서 어른거리지 않았더냐."

스승님은 도문을 끝까지 동정했다. 적어도 사람이 사람을 죽이는 생지옥을 겪어 본 자라면 누구나 동의했을 터였다.

"도문은 부처를 내몰고 악귀를 마음에 품은 게 아니야. 생지옥에서 악귀가 되어 살아남아 저만의 부처를 지켰는지도 모를 일이지."

인연, 특히 사모하는 이에 대한 연정이 그토록 질긴 것일까. 얼른 납득이 된 것은 아니지만, 필경 우리가 생지옥을 빠져나와 살아남았다는 말에는 고개가 끄덕여졌다.

산촌에는 어느덧 겨울이 성큼 다가와 있었다. 찬 서리가 내린 뒤 스승님의 해수병은 한층 심해졌다. 숨은 짧아지고 손발은 차갑게 식어만 갔다.

"휘문아! 어깨를 좀 빌려 다오."

스승님도 세월의 거센 파도를 비켜갈 수는 없었다. 스승님은 한층 메마른 손으로 내 두 어깨를 감싸 안았다.

"스승님은 평생 지고 사신 만이 무엇이었습니까?"

"모른다는 사실을 인정하는 것이 무척이나 힘들더구나. 인간이란 태어나면서부터 무지한 존재이거늘, 나 자신이 한낱 미물이란 사실을 인정할 수 없었느니라."

내 눈에는 적어도 스승님은 삼라만상을 모두 꿰고 있는 듯 보였다. 그런 분이 자신의 오만을 탓하며 스스로를 무지한 자라고 비난하고 있었다.

"인생은 한 번 오면 한 번은 가야 하는 법. 그걸 이제야 깨달았구나."

스승님의 입가에 다시금 평온한 미소가 감돌았다.

"내 눈으로 찾을 수 없는 부처를 구하기 전에 눈앞의 부처를 섬겨라."

스승님이 손에 쥐고 있던 염주를 흘리셨다. 숨소리가 완전히 잦아들자 우리 모두 숨죽여 눈물을 흘렸다. 세수(歲壽) 여든둘, 법랍(法臘) 예순하나셨다.


이제 나도 그때 스승님의 연세를 바라보고 있다. 눈앞의 부처를 찾는 데 무척이나 오래 걸렸다. 거제도 수용소에서 눈앞의 부처들이 수도 없이 죽어 나갈 때, 나는 생사를 알 수 없는 내 식구들 걱정에 전전긍긍했다. 아직 닥치지도 않은 죽음의 공포에 몸을 사렸다. 그리고 그 죽음은 아직도 나를 찾아오지 않았다.

늙은 중은 스스로에게 묻는다.

너의 만을 깨 버렸는가?

아직 다가오지 않은 죽음 앞에서 확실한 대답을 할 수는 없다. 다만 범어사에 처음 발을 들이던 날 했던 약속이 공염불이 되지 않기만을 바랄 따름이다.

'부처님의 도를 배워 중생을 구하고 싶습니다!'

내 암자를 바람처럼 오가는 중생이 부처라는 사실은 어렴풋이 알 것 같다. 함께 공양을 나누고 예불을 하지 않아도 건넛방 아랫목에서 몸을 지지는 식객들 모두가 부처이며 내가 구할 대상이라는 사실도 이제 실감이 간다.

실타래처럼 헝클어진 인연을 자르지 않고 풀 수 있는 여유가 생긴 것을 보니 스승님 밑에서 헛공부를 한 것은 아닌 듯싶다. 늙은 중은 오늘도 부처를 구하고자 절문을 열어 둔다. 포화에 벗겨진 벌거숭이산처럼.

〈끝〉

# 우리 이웃들의 분노를 달래 주고 싶어

인간의 기억이란 참으로 신비한 것이다. 꼬박 20년 전 어느 산사에서 들은 이야기를 머릿속에서 끄집어내 다시 풀어놓기가 쉽지는 않았다.

대학시절 짝사랑했던 여학생에게 보기 좋게 걷어차인 뒤 쓰린 속을 달래고자 무작정 떠난 산행이었다. 그녀가 내게 돌아온다면 불지옥에라도 뛰어들고 싶은 심정이었다. 낮에는 걷고 밤에는 텐트 치고 야영하거나 산사의 빈 방에 몰래 기어들어가곤 했다. 그렇게 강원도와 마주한 경북 영주에서 소백산을 넘어 결국 비무장지대가 보이는 북쪽 끝까지 발길이 닿았다. 그 시절 끓어오르는 스무 살 청춘은 나를 잔뜩 성난 기관차처럼 몰아붙였다. 차디찬 아침이슬을 맞아도, 딱딱한 된밥을 먹어도 그녀만 떠올리면 열불이 치밀곤 했다. 사람 마음이란 게 간사해선지 사랑의 불꽃은 금세 미움의 화염으로 둔갑했다.

사랑하는, 아니 사랑이란 말을 꺼내기도 쑥스럽던 내 유치한 감정을 들먹일수록 그녀가 원망스럽기만 했다. 거절당했다는 기억은 수치심이 되어 돌아왔다. 할 수만 있다면 나를 걷어찬 그 여자애의 작은 자취방에 불이라도 지르고 싶은 심정이었다. 물론 그럴 배짱이 없으니 괜스레 자신에게 채찍질을 가하며 정처 없이 걸었겠지만 말이다.

　그리고 여름방학이 끝을 보이던 어느 날 친절한 노스님이 사는 암자에 잠시 기거하게 되었다. 스님은 남루한 차림의 학생이 제 몸체보다 큰 배낭을 메고 홀로 찾아온 연유가 궁금했던 모양이다. 그리고 나는 스님의 유도심문(?)에 말려들어 얼굴 화끈거리는 경험담을 털어놓았다.

　스님은 꼬박 두 시간 동안 쉴 새 없이 토해낸 말을 끈기 있게 들어주었다. 그녀와 함께한 장밋빛 기억들, 약간은 농도 짙은 로맨스도 웃음으로 화답하며 꼼꼼히 챙기는 눈치였다.

　"처사님, 그런데 사랑은 반드시 둘이 함께 해야 하나요? 저는 혼자서도 사랑을 합니다. 마당에 피어난 민들레 꽃씨와 댄

스를 추고, 펑펑 쏟아지는 함박눈은 내 언 몸을 덮어 주니 솜
이불보다 낫더군요.”

스님은 이어서 사랑을 위해 사람을 죽이고 살아남기 위해
마음의 문을 닫은 사람들의 이야기를 들려주었다. 내 마음속
에 존재하는 열정을 불가에서는 ‘만(慢)’이라 부른다는 사실
도 깨닫게 되었다. 스님의 뜨뜻한 대접을 받으며 절에서 보낸
일주일이 내 상처를 치유하지는 못했다. 그래도 어렴풋이 철
부지 소년이 남자가 되어간다는 느낌만은 받았다.

이 이야기에서 나오는 사찰, 등장인물에는 약간의 거짓이
섞여 있다. 그저 주워들은 이야기로 방대한 분량의 원고지를
채우기에는 내 경륜이 부족했던 탓이다. 그러나 이야기가 전
하는 진실만은 크게 바꾸지 않았다.

새삼스럽게 옛이야기를 꺼내 소설을 쓰게 된 이유는 간단
하다. 바로 우리 이웃들의 분노를 달래 주고 싶어서다. 내 뜻
대로 세상사가 풀리지 않는다며 멀쩡한 문화재에 불을 지르
고, 남의 행복이 밉다고 지하철에 방화를 하는 세상이 왔다.

나 역시 불같은 성미를 잡지 못해 고충이 심했던 적도 있다. 누구든 이 글을 읽고 불에 덴 듯 쓰라린 마음의 상처를 다잡을 수 있다면 좋겠다는 작은 바람을 가져 본다.

또한 불교 신자가 아닌 일반인이 쓴 의심쩍은 이야기를 기꺼이 출간해 주신 다차원북스 황인원사장님께도 감사드린다. 출판사측은 책 교열을 위해 각종 불교 서적을 검토하는 등 많은 성원을 아끼지 않았다.

도와주신 여러분께 감사의 말씀 드리며 잠시 독자들과 지옥 여행을 떠나고자 한다.


2012년 8월 늦은 밤 서재에서

작가 이서규

 이서규 장편소설

지은이 | 이서규
펴낸이 | 황인원
펴낸곳 | 다차원북스

신고번호 | 제313-2011-248호

초판 1쇄 인쇄 | 2012년 9월 3일
초판 1쇄 발행 | 2012년 9월 10일

우편번호 | 121-897
주소 | 서울특별시 마포구 독막로 10(합정동 373-4) 성지빌딩 510호
전화 | (02)333-0471(代)
팩시밀리 | (02)334-0471
E-mail | dachawon@daum.net

ISBN 978-89-97659-12-8 03810

값·12,000원

이 도서의 국립중앙도서관 출판시도서목록(CIP)은
e-CIP 홈페이지(http://www.nl.go.kr/ecip)와
국가자료공동목록시스템(http://www.nl.go.kr/kolisnet)에서
이용하실 수 있습니다.
(CIP제어번호: CIP2012003956)